医学研究生系列教材

高等医学实验技术

GAODENG YIXUE SHIYAN JISHU

主　编　陈　虹　李灵芝　张　莉

副主编　刘岱琳　顾　军

参编人员　（以姓氏笔画为序）

刘岱琳　冯欲静　李灵芝

张　丽　张　岭　张　莉

陈　虹　陈　莉　顾　军

高　颖　郭一沙　郭　鹏

崔　颖

人民军醫出版社

PEOPLE'S MILITARY MEDICAL PRESS

北 京

图书在版编目(CIP)数据

高等医学实验技术/陈　虹,李灵芝,张　莉主编. 一北京:人民军医出版社,2011.6
医学研究生系列教材
ISBN 978-7-5091-4812-9

Ⅰ.①高… Ⅱ.①陈… ②李… ③张… Ⅲ.①实验医学－研究生－教材 Ⅳ.①R-33

中国版本图书馆 CIP 数据核字(2011)第 101752 号

策划编辑:杨磊石　　文字编辑:黄栩兵　　责任审读:杨磊石
出 版 人:石　虹
出版发行:人民军医出版社　　　　　经销:新华书店
通信地址:北京市 100036 信箱 188 分箱　　邮编:100036
质量反馈电话:(010)51927290;(010)51927283
邮购电话:(010)51927252
策划编辑电话:(010)51927292
网址:www.pmmp.com.cn

印刷:京南印刷厂　　装订:桃园装订有限公司
开本:787mm×1092mm　1/16
印张:10　字数:232 千字
版、印次:2011 年 6 月第 1 版第 1 次印刷
印数:0001~1200
定价:39.00 元

医学研究生系列教材编审委员会名单

内 容 提 要

　　本书为医学研究生系列教材之一,详细介绍了11种高等医学实验技术。包括紫外-可见分光光度法、荧光分光光度法、荧光共振能量转移技术、核磁共振波谱分析技术、高效液相色谱法、毛细管电泳技术、质谱分析技术、色谱联用技术、热分析技术、膜片钳技术及激光共聚焦显微镜的构造原理与应用。内容新颖,阐述简明,主要供开设本课程的医学院校教学之用,亦适合相关专业人员学习参考。

序

　　研究生教育是本科学员毕业之后继续进行深造和学习的一种教育形式,其目标是为国家、军队和武警部队培养德、智、体全面发展的高素质专门人才。《中国医学教育改革和发展纲要》明确提出:到 2015 年,普通医学院校研究生招生规模将进一步扩大,并通过不断深化医学研究生教育改革,努力提高医学研究生培养质量。《国家中长期教育改革和发展规划纲要(2010—2020 年)》也明确提出:到 2020 年,全面加大研究生教育培养规模,在校研究生达到 200 万人,不断提高研究生特别是博士生培养质量,建立完善军民结合,寓军于民的军队高层次人才培养体系。

　　武警医学院是武警部队唯一一所医学院校,自 1998 年以来,先后与天津医科大学、河北医科大学等单位开展联合培养博、硕士研究生工作,经过十余年不断探索与实践,逐步摸索出了一条具有武警特色的研究生教育之路,锻炼了一批创新精神强、业务技术精、教学经验丰富的导师队伍,为武警部队培养了一大批高层次卫勤保障人才。2010 年,学院被国务院学位委员会正式批准为新增硕士学位授予立项建设单位,标志着学院研究生教育又迈入了一个新的发展阶段。目前,学院正在全力开展立项建设工作,为早日独立开展研究生教育奠定坚实基础。

　　加强研究生教材建设,逐步实现教材多样化、个性化、现代化,形成具有层次、专业特色的高质量医学教材,对于深化高等医学教育教学改革,完善医学教育体系,提高医学研究生培养质量,培养符合社会需求的高层次人才来讲尤为重要。

　　本套研究生教材的编写以突出理论创新为指导,以贴近武警部队遂行多样化任务需求为立足点,以努力培养高素质卫勤保障人才为目标,注重知识、能力、素质协调发展,力求突出教材的“三基”(基础理论、基本知识、基本技能)、“六性”(创新性、科学性、先进性、启发性、实用性、适用性),有利于培养善于思考、勇于探索、敢于创新的科研型和临床型人才;同时本套教材还可作为各武警总队、机动师、警种部队医院及基层部队各级医务人员和卫生防疫、管理干部的参考用书。

　　本套教材由我院长期从事研究生教学的人员编写,汇集了部分地方、军队和武警部队一线研究生教学科研人员多年来在各自研究领域的成果和经验,希望这套教材的出版能为武警部队医学教育的探索、发展和医学研究生人才的培养尽一份力量。

　　此次编写的为研究生用系列教材,由于编写人员水平和时间有限,教材中难免存在疏漏之处,还望广大同仁多提宝贵意见。

李玉明

2011 年 5 月

前　言

　　高等医学实验技术课程是医药学院校研究生必修的重要实验技术课程。通过理论学习和实验技能练习，使学生巩固和加深对高等医学实验技术应用范围的理解，掌握常用的高等医学实验技术，学会正确的实验操作技能，科学地运用这些技术进行科学研究，从而培养学生分析、解决实际问题的能力。

　　本教材根据我院培养具有一定创新能力的应用型人才培养目标的要求，结合武警部队医药学研究专业特点，汇集编者多年的教学和科研实践经验，列举了大量医药研究涉及的常用分析方法，详细介绍了每种分析方法的原理、特点、使用范围和应用，介绍了大量的研究实例，阐述了仪器使用过程中需要注意的问题，并根据作者的研究经验指出问题的解决方案，系统地论述了上述技术的研究进展，以拓宽研究生的知识面。

　　本书既包括紫外分光光度法、荧光分析法、核磁共振法、高效液相色谱法、质谱法、热分析法、色谱联用技术等仪器分析方法，也包括激光共聚焦、荧光共振能量转移技术、膜片钳等分子生物学研究技术，以适应面向新世纪教育、教学改革和科技发展的需求。

　　本书内容丰富，具有很强的综合性和实用性，突出了实验技术的应用，可为研究生熟练应用现代分析技术奠定基础；可作为医药学专业研究生教材和本科生选修课教材，并可作为相关学科科研人员的参考用书。

　　本书编写过程中得到武警医学院训练部研究生处以及各相关部门领导和教师的大力支持，在此一并对他们表示衷心的感谢。

　　由于我们的水平有限，编写时间比较仓促，书中难免有不妥之处，敬请专家、同行和广大读者予以指正。

编　者

2011 年 5 月

目　录

第1章　紫外-可见分光光度法

紫外光谱(也称为紫外吸收光谱)是分子中的某些价电子吸收一定波长的紫外光后由基态跃迁到激发态而产生的光谱。研究物质在紫外-可见光区分子吸收光谱的分析方法称为紫外-可见分光光度法(ultraviolet and visible spectrophotometry,UV-vis)。紫外-可见光指的是波长为10～800nm范围的光。一般分成3个区域,10～190nm为远紫外区,也称真空紫外区,190～400nm为近紫外区,也称石英紫外区,400～800nm为可见光区。

利用紫外吸收光谱可以对具有共轭结构的有机化合物进行定性鉴别和定量分析,也可以对全部金属元素和大部分非金属元素及其化合物进行测定。紫外分光光度法灵敏度,一般可达到 10^{-6}～10^{-4}g/ml,部分可达到 10^{-7}g/ml,可用于检测微量或痕量组分。

第一节　概　　述

一、有机物分子电子跃迁的类型

在紫外和可见光区范围内,有机化合物的吸收光谱主要由 $\sigma \rightarrow \sigma^*$、$\pi \rightarrow \pi^*$、$n \rightarrow \pi^*$ 和 $n \rightarrow \sigma^*$ 跃迁及电荷迁移跃迁产生(表1-1)。

表 1-1　有机化合物分子电子跃迁类型

化合物分子类型	电子跃迁类型	紫外波长 λ
饱和烃分子	$\sigma \rightarrow \sigma^*$	＜200nm
仅含 S、I 杂原子分子	$n \rightarrow \sigma^*$	近紫外,远紫外均有
	$\sigma \rightarrow \sigma^*$	
仅含 S、I 之外杂原子的分子	$n \rightarrow \sigma^*$	＞200nm
	$\sigma \rightarrow \sigma^*$	
只含孤立双键的烯烃分子	$\pi \rightarrow \pi^*$	170～200nm
	$\sigma \rightarrow \sigma^*$	
芳烃、共轭烯烃或烯烃上有取代基的分子	$\pi \rightarrow \pi^*$	＞200nm
	$\sigma \rightarrow \sigma^*$	
既有双键又有杂原子如醛、酮、酯、酸等的分子	$\sigma \rightarrow \sigma^*$	＞200nm
	$\pi \rightarrow \pi^*$	
	$n \rightarrow \sigma^*$	
	$n \rightarrow \pi^*$	

(引自:崔永芳.实用有机物波谱分析.北京:中国纺织出版社,1994)

1.$\sigma \rightarrow \sigma^*$ 跃迁　处于 σ 成键轨道上的电子吸收光能后向 σ^* 反键轨道跃迁,跃迁需要能量最大,所以最不易激发,故吸收峰在远紫外区。饱和碳氢化合物中只含有 σ 电子,$\lambda_{max} <$ 200nm。如:甲烷的 λ_{max} 为 125nm,乙烷的 λ_{max} 为 135nm,丙烷的 λ_{max} 为 190nm,环丙烷的 λ_{max} 为 190nm。

2.$n \rightarrow \sigma^*$ 跃迁　含有 $-OH$、$-NH_2$、$-X$、$-S$ 等基团的化合物,杂原子 N、O、S、X(卤素)中的 n 电子吸收能量后向反键轨道跃迁。由于 n 电子比 σ 电子能量高许多,所以 $n \rightarrow \sigma^*$ 跃迁所需的能量小于 $\sigma \rightarrow \sigma^*$,$n \rightarrow \sigma^*$ 跃迁形成的谱带比 $\sigma \rightarrow \sigma^*$ 跃迁谱带波长要长。因而一些含杂原子的碳氢化合物在近紫外区和远紫外区有吸收峰,一般吸收发生在波长 150~250nm,但主要在 200nm 以下。如 CH_3Cl 的 λ_{max} 为 173nm,CH_3NH_2 的 λ_{max} 为 215nm,CH_3OH 的 λ_{max} 为 184nm,碘甲烷(己烷中)λ_{max} 为 258nm。

3.$n \rightarrow \pi^*$ 跃迁　含有 $C=O$,$C=S$、$-N=O$、$-N=N-$ 等杂原子不饱和基团的化合物,其非键轨道中的孤对电子吸收能量后,向 π^* 反键轨道跃迁。$n \rightarrow \pi^*$ 跃迁所需的能量最小,因此其波长 λ 最大,大多在 200~400nm 产生弱吸收带,一般 ε_{max} 在 10~100,常称之为 R 吸收带。如丙酮的 λ_{max} 为 279nm,ε_{max} 为 10~100,即属此种跃迁。

4.$\pi \rightarrow \pi^*$ 跃迁　处于 π 成键轨道上的电子吸收光能后向 π^* 反键轨道跃迁。引起这种跃迁的能量比 $n \rightarrow \pi^*$ 大,但比 $n \rightarrow \sigma^*$ 小,因此,此跃迁也是大部分发生在远紫外区。孤立双键的 $\pi \rightarrow \pi^*$ 跃迁一般在 200nm 左右,其特征是吸收系数 ε_{max} 很大,为 $10^3 \sim 10^4$,常 $>10^4$,属于强吸收。如:$CH_2=CH_2$ 的吸收峰在 165nm,ε_{max} 为 10^4。具有共轭双键的化合物,相间的 π 键与 π 键相互作用形成离域键,电子容易激发,使 $\pi \rightarrow \pi^*$ 跃迁所需能量降低。随着共轭体系的增长,吸收带可向长波方向移动至近紫外甚至可见光区,通常以强吸收带出现,$\varepsilon > 7\ 000$。如丁二烯 $CH_2=CH-CH=CH_2$ 的 λ_{max} 为 217nm,ε_{max} 为 21 000。

5.电荷迁移跃迁　化合物被电磁辐射照射时,电子从给予体向接受体轨道迁移,相应的吸收光谱即为电荷迁移吸收光谱。电荷迁移跃迁实质上是一个内氧化还原过程。某些有机化合物如取代芳香烃可产生这种分子内电荷迁移跃迁。电荷迁移吸收带的谱带较宽,吸收强度较大,最大波长处的 ε_{max} 可 $>10^4$。

二、影响有机化合物紫外-可见吸收光谱的因素

紫外-可见吸收光谱是分子光谱,吸收带的位置易受分子结构及测定条件等多种因素的影响,在较宽的波长范围内变动。虽然影响因素较多,但其核心是对分子中电子共轭结构的影响。

(一)共轭体系的影响

共轭烯烃的分子中因为共轭系统的存在,使最高成键轨道与最低反键轨道之间的能量差减小,跃迁所需的能量降低,波长增大,进入近紫外区。随共轭体系延伸,$\pi \rightarrow \pi^*$,$n \rightarrow \pi^*$ 跃迁的能级差降低,几率增加。共轭双键的数目增加,吸收峰红移(图 1-1,表 1-2)。芳香体系随共轭芳环的增加,吸收峰红移。

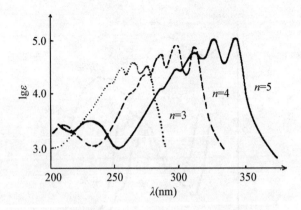

图 1-1　二甲基多烯 $CH_3(CH=CH)_n CH_3$ 紫外图谱

（引自：马广慈，唐任寰，郑斯成. 药物分析方法及应用. 北京：科学出版社，2000）

表 1-2　共轭双键的数目对化合物 λ_{max} 的影响

双键数	$\lambda_{max}(nm)$	ε_{max}	颜色
1	175	10 000	无
2	217	21 000	无
3	258	34 000	无
4	304	52 000	无
5	334	121 000	淡黄
6	364	138 000	黄
8	415	210 000	橙
11	470	185 000	红

（大部分数据引自：马广慈，唐任寰，郑斯成. 药物分析方法及应用. 北京：科学出版社，2000）

(二)取代基的影响

烷基无孤对电子，但其超共轭效应使苯环的 B 带稍向长波位移，对 E 带的影响不明显，在非极性溶剂中仍可看到振动精细结构。苯环上有 $-CH_2OH$、$-(CH_2)_n OH$、$-CH_2NH_2$ 等基团取代时，由于助色团被 $-CH_2$ 与苯环隔开，故其紫外吸收光谱与甲苯相近。苯环上有 $-CH_2 C_6H_5$、$-CH_2CHO$、$-CH_2CH=CH_2$ 等基团取代时，由于生色团与苯环之间被 $-CH_2$ 隔开，不能形成共轭，故紫外吸收不能红移。$-CH_2$ 的这种效应称为"隔离效应"，这种化合物的紫外吸收是苯环与另外生色团吸收的叠加。引入取代基为助色团时，由于助色团有孤对电子，可与苯环 π 电子共轭，故使 B 带、E 带均红移，B 带被强化，同时精细结构消失（图 1-2）。

引入发色团时，由于发色团的 π 键可与苯环的大 π 键共轭，使 B 带发生显著的红移，并在 $220\sim250nm$ 范围内出现一个 $\varepsilon > 10\ 000$ 的 K 带，有时 B 带会淹没在 K 带中（表 1-3）。如果发色团具有 R 带，有时还可见到红移的弱 R 带。

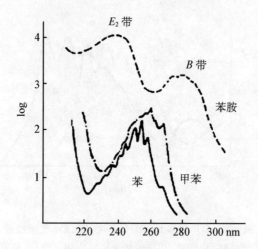

图 1-2 苯、甲苯及苯胺的紫外图谱

（引自：崔永芳. 实用有机物波谱分析. 北京：中国纺织出版社，1994）

表 1-3 有生色团取代的苯环的紫外吸收

化合物	K 带		B 带		R 带		溶剂
	λ_{max}（nm）	ε_{max}	λ_{max}	ε_{max}	λ_{max}	ε_{max}	
苯	/	/	255	215	/	/	乙醇
苯乙烯	244	12 000	282	450	/	/	乙醇
苯乙炔	236	125 000	278	650	/	/	己烷
苯甲醛	244	15 000	280	1 500	328	20	乙醇
甲基苯基酮	240	13 000	278	1 100	319	50	乙醇
硝基苯	252	10 000	280	1 000	330	125	己烷
苯甲酸	230	10 000	270	800	/	/	水
苯腈	224	13 000	271	1 000	/	/	水
二苯亚砜	232	14 000	262	2 400	/	/	乙醇
苯基甲基砜	217	6 700	264	977	/	/	/
苯酮	252	20 000	/	/	325	180	乙醇
联苯	246	20 000	被淹没		/	/	乙醇
顺式均二苯乙烯	283	12 300*	被淹没		/	/	乙醇
反式均二苯乙烯	295	25 000*	被淹没		/	/	乙醇
顺式苯基 1,3-丁二烯	268	185 000	/	/	/	/	异辛烷
反式苯基 1,3-丁二烯	280	27 000	/	/	/	/	异辛烷

注：* 200～230nm 也出现强吸收

（引自：宁永成. 有机化合物结构鉴定与有机波谱学. 2 版. 北京：科学出版社，2000）

(三)溶剂效应

溶剂的影响主要是溶剂极性的影响和溶剂化影响,改变溶剂的极性,会引起吸收带形状的变化。一般化合物在气态时的谱图可以显示出较清晰的精细结构,在非极性溶剂中,也能观察到振动跃迁的精细结构。但由非极性溶剂改换为极性溶剂后,由于溶剂与溶质分子的作用增强,使谱带的精细结构变得模糊,以至完全消失成为平滑的吸收谱带。当溶剂由非极性改变到极性时,精细结构消失,吸收带变平滑(图 1-3,图 1-4)。

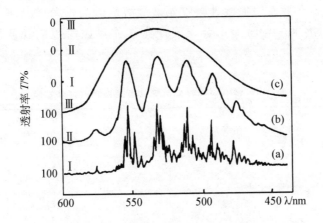

图 1-3　对称四嗪在不同环境的紫外图谱

a. 气态;b. 烃类溶液;c. 水溶液

(引自:孙毓庆.分析化学,4 版.北京:人民卫生出版社,1992)

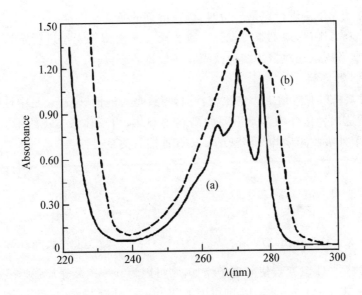

图 1-4　苯酚在不同环境的紫外图谱

a. 异己烷溶液;b. 乙醇溶液

(引自:Conggeshall ND,Lang EM. J Am Chem Soc,1948,70:3288)

改变溶剂的极性还可能改变最大吸收峰的位置(λ_{max})。这种影响对 n→π*、π→π* 和 n→σ* 跃迁类型是不同的。极性增加，使 π→π* 跃迁能量降低，吸收峰红移，这是因为激发态的极性总比基态的极性大，因而激发态与极性溶剂间的相互作用所降低的能量大，所以红移。而在 n→π* 跃迁中，基态极性大，非键电子（n 电子）与极性溶剂间能形成较强的氢键，使基态能量降低，大于反键轨道与极性溶剂相互作用所降低的能量，因而使 n→π* 跃迁能量增加，故吸收峰蓝移（表 1-4）。后者移动一般比前者大。表 1-4 显示了溶剂极性对异丙叉基丙酮两种跃迁的影响。因为化合物在溶液中的紫外吸收光谱受溶剂影响较大，故在吸收光谱图上或数据表中必须注明所用溶剂。与已知化合物紫外光谱作对照时也应注明所用的溶剂是否相同。

表 1-4　溶剂极性对异丙叉基丙酮两种跃迁的影响

溶剂	介电常数	λ_{max}（nm）	
		π→π*	n→π*
正己烷	2	229.5	327
氯仿	4.8	238	315
丁醇	18	237	311
乙醇	25	237	310
甲醇	32.6	237	309
水	81	243	305

注：大部分数据引自：马广慈，唐任寰，郑斯成.药物分析方法及应用.北京：科学出版社，2000

采用紫外分光光度法进行定量分析时，选择溶剂的条件除了样品不能与溶剂有反应外，还要求在测定的波长范围内，溶剂本身没有吸收。而在采用紫外光谱进行定性分析尤其是进行结构判定时，还要考虑溶剂对精细结构及吸收峰位置的影响。

（四）体系 pH 的影响

体系 pH 对紫外吸收光谱的影响比较普遍，不管是对酸性、碱性还是中性样品都有明显影响。苯胺和苯酚这两种化合物都是重要的染料中间体，由于体系 pH 的不同，其解离情况不同，因而它们的紫外吸收光谱均与溶液的 pH 有直接的关系。

λ_{max} 210.5nm，270nm　　　　　　　　λ_{max} 235nm，287nm

一般来讲，体系 pH 改变若使 n 电子增加，则可因为 n→π* 共轭加强，导致红移，吸收强度增强；若体系 pH 改变使 n 电子减少，则可因为使 n→π* 共轭减弱，导致蓝移，吸收强度减弱。这种方法可以作为鉴别含氮化合物中苯胺的方法，即通过加酸及加碱改变其 pH 观察其紫外光谱的变化，判断是否为苯胺类衍生物。对于羟基化合物，也可以通过改变溶液的 pH，观察其紫外光谱，判断是否直接连在苯环上（图 1-5），从酚红在不同 pH 溶液中紫外吸收光谱可以看出，体系 pH 对化合物吸收光谱的影响。很多染料中含有 —NO₂ 和 —N＝N—，硝基苯中的

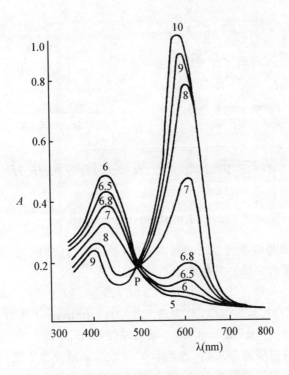

图 1-5　酚红在不同 pH 时的紫外光谱

（引自：马广慈，唐任寰，郑斯成．药物分析方法及应用．北京：科学出版社，2000）

吸收带由于苯环与－NO_2 共轭都发生红移。偶氮苯则由于共轭体系的加长使红移更为显著，并且吸收强度增加。

（五）位阻的影响

化合物中若有两个发色团产生共轭效应，可使吸收带红移。但若两个发色团由于立体位阻妨碍它们处于同一平面上，就会影响共轭效应，可造成吸收带的位移和吸收强度的改变。如 Δ^4-3 酮和 Δ^4-6 酮。

Δ^4-3 酮　λ_{max}=214nm （ε=16 600）　　　　Δ^4-6 酮　λ_{max}=244nm （ε=6 300）

各种异构现象（顺反异构及几何异构）也可使紫外吸收光谱产生明显差异。二苯乙烯反式结构的 K 带 λ_{max} 明显比顺式红移，且吸收系数也增大。顺式结构有立体位阻，苯环不能与乙烯双键在同一平面上，不易产生共轭。

$\lambda_{max}=208nm$（$\varepsilon=10\,500$）
顺式二苯乙烯

$\lambda_{max}=295.5nm$（$\varepsilon=29\,000$）
反式二苯乙烯

第二节　紫外-可见分光光度法

一、Lambert-Beer 定律

Lambert-Beer 定律是吸收光度法的基本定律，是说明物质对单色光吸收的强弱与吸光物质的浓度和厚度间关系的定律。其数学表达式为：

$$A = \lg T = \lg(I_0/I) = Ecl \tag{1-1}$$

其中，A 为吸光度（absorbance），T 为透光率（transimitance），$E(\varepsilon)$ 为吸收系数（absorptivity），c 为溶液浓度（g/100ml 或 mol/L），l 液层厚度（cm）。

上式说明单色光通过吸光介质后，透光率 T 与浓度 c 或厚度 l 之间的关系是指数函数的关系。若以透光率的负对数为吸光度 A，则吸光度与浓度或厚度之间的关系是简单的正比关系，吸收系数 E 是比例常数。

二、吸 收 系 数

由 $A=-\lg T=Ecl$ 得 $E=A/c\cdot l$

由上式可知吸收系数即为吸光物质在单位浓度（1mol/L，1g/100ml）、单位厚度（1cm）时的吸光度。在给定波长、溶剂、温度等测定条件下，吸收系数的数值稳定，是物质的特性常数。吸收系数表明物质对某一特定波长光的吸收能力，吸收系数愈大，表明该物质的吸光能力愈强，灵敏度愈高，所以吸收系数是定性和定量的依据。

吸收系数有两种常用的表示方式，一种是摩尔吸收系数，又称分子吸收系数，是指在一定波长时，溶液浓度为 1mol/L，厚度为 1cm 的吸光度，用 ε 或 E_M 表示，用 $\log\varepsilon$ 表示时常称为吸收指数。摩尔吸收系数与物质的分子量相联系，用以表示物质的特性更为合理。物质在最大吸收波长时的 ε_{max} 值代表吸收强度的大小。$\varepsilon_{max}>5\,000$ 为强吸收，$\varepsilon_{max}=200\sim5\,000$ 为中强吸收，$\varepsilon_{max}<200$ 为弱吸收。

另一种是百分吸收系数又称比吸收系数，是指在一定波长时，溶液浓度为 1g/100ml，厚度为 1cm 的吸光度，用 $E_{1cm}^{1\%}$ 表示。

吸收系数两种表示方式之间的关系是：

$$\varepsilon = (M/10) \times E_{1cm}^{1\%} \tag{1-2}$$

式中 M 是吸光物质的摩尔质量。摩尔吸收系数一般不超过 10^5 数量级，通常 $\varepsilon>5\,000$ 为强吸收，$<10^2$ 为弱吸收，介于两者之间为中强吸收。ε 和 $E_{1cm}^{1\%}$ 不能直接测得，需用已知准确浓度的稀溶液测得吸光度换算得到。

三、吸光度的加合性

分子中含有两个或两个以上不同生色团,且相互之间没有作用时,光谱图上呈现的是各个单独生色团的加合谱,分子内含有两个以上被分离的相同生色团时,其光谱在此生色团的特征吸收波长处的吸收强度和生色团的数目成正比。同样,如果在同一溶液中含有两种或两种以上吸光物质时,只要共存物质不互相影响性质,则该溶液的吸光度等于在此波长有吸收的各组分吸光度的总和,此即吸光度的加合性。

若溶液中含有 2 种互不影响的组分,则可由图 1-6 反映出其吸光度的加合性;若溶液中含有 n 种组分,则溶液的吸光度可由下式表示。

$$A = A_1 + A_2 + \cdots + A_n = \varepsilon_1 c_1 + \varepsilon_2 c_2 + \cdots + \varepsilon_n c_n \tag{1-3}$$

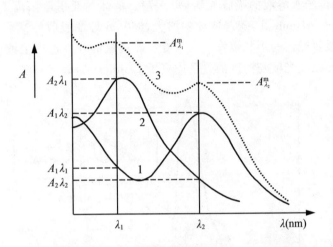

图 1-6 物质 A_1,A_2 的光谱和 $A_1 A_2$ 混合物的光谱图

(引自:马广慈,唐任寰,郑斯成.药物分析方法及应用.北京:科学出版社,2000)

四、影响紫外分光光度法准确度的因素

分光光度法的准确度受化学因素、仪器因素以及实验技术等方面的影响,仪器因素的影响可通过选用精密度更高的仪器、规范仪器检定和计量认证而得到控制,因此在日常分析工作中化学因素和实验技术因素就成为影响分光光度法准确度的主要因素了。

(一)化学因素

1. 物质在溶液中状态变化的影响 溶液中的溶质可因溶液浓度改变而发生离解、缔合及与溶剂间的作用而发生偏离 Lambert-Beer 定律的现象。例如,重铬酸钾水溶液有以下平衡:

$$Cr_2O_7^{2-} + H_2O \rightleftharpoons 2HCrO_4^- \rightleftharpoons 2CrO_4^{2-} + 2H^+$$

若将反应体系严格稀释 2 倍,由于稀释引起平衡向右移动,$Cr_2O_7^{2-}$ 离子浓度并非降低为原来的 1/2,而是更低,从而导致结果偏离 Lambert-Beer 定律,影响分光光度法的准确度。

在各种平衡体系中,对比尔定律产生的正或负的偏离,还取决于体系中吸光物质的相对摩尔吸收系数。

对一个二聚反应来讲,在溶液中存在下列平衡关系。

$$2X \underset{}{\overset{K}{\rightleftharpoons}} X_2 \quad K = \frac{[X_2]}{[X]^2}$$

测定浓度 $c = [X] + 2[X_2]$,或 $[X] = c - 2[X_2]$,若在给定波长测定吸光度,则有:

$A = \varepsilon_1[X] + \varepsilon_2[X_2]$($\varepsilon_1$ 和 ε_2 分别为 X 和 X_2 的摩尔吸收系数)

$$A = \left[\varepsilon_2 + (2\varepsilon_1 - \varepsilon_2) \frac{\sqrt{8K+1}+1}{4Kc} \right] \frac{c}{2} \tag{1-4}$$

代入 K 和 c,则有:

当 $(2\varepsilon_1 - \varepsilon_2) = 0$ 时,体系的吸光度与 c 成正比,服从比尔定律,当 $(2\varepsilon_1 - \varepsilon_2) \neq 0$ 时,出现偏离。

又如亚甲蓝阳离子水溶液的吸收光谱(图 1-7)。单体的亚甲蓝阳离子吸收峰在 660nm,而二聚体的吸收峰在 610nm 处,随着浓度的增大,660nm 处的吸收峰减弱,而 610nm 处的吸收峰则逐渐增强,吸收光谱的形状也发生了改变。此现象的存在使得溶液中的溶质随浓度的变化而发生改变,导致吸光度与浓度的关系偏离了 Lambert-Beer 定律。

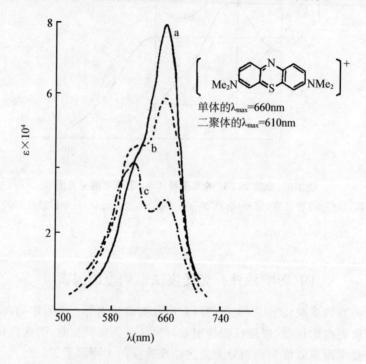

图 1-7 亚甲蓝阳离子水溶液的吸收光谱

a. 亚甲蓝阳离子水溶液(6.36×10^{-6} mol/L);b. 亚甲蓝阳离子水溶液(1.27×10^{-4} mol/L);c. 亚甲蓝阳离子水溶液(5.97×10^{-4} mol/L)

(引自:孙毓庆. 分析化学. 4 版. 北京:人民卫生出版社,1992)

2. 待测反应生成物变化的影响 在光电比色法中,常以化学反应生成物为测定组分,如测定铅元素时采用二硫腙比色法,需在 pH = 8.5~9.0 时,使铅离子与二硫腙生成红色络合物。测定铜元素时,需在碱性溶液中使铜离子与二乙基胺基硫代甲酸钠生成黄色络合物。测定锡元素需在弱酸性溶液中,使四价锡离子与苯芴酮形成微溶性橙红色络合物。蛋白质含量测定则是以碱性铜-酚试剂与蛋白质的酪氨酸和色氨酸残基起反应生成有色复合物,通过在 680 nm 处测定吸光度间接测定蛋白质含量。在上述测定中,由于反应条件如试剂浓度、系统 pH 等的变化,导致生成一种以上不同的吸光物质时,就会造成对比尔定律的偏离。

化学因素产生的偏离,有时可通过控制待测体系条件设法避免。如在强酸性条件下测定重铬酸钾水溶液中 $Cr_2O_7^{2-}$ 或在强碱性条件下测定 CrO_4^{2-} 都可以避免偏离。在亚甲蓝水溶液中,则可以通过选择合适的溶液浓度来避免偏离。

(二)仪器因素

1. 非单色光的影响　符合 Lambert-Beer 定律的一个重要前提是入射光必须是单色光。分光光度计单色光的纯度由单色器的性能和其所标示的准确度所决定。由于制作技术的限制以及检测灵敏度的要求,分光光度计单色器的狭缝必须有一定的宽度,因而使得分离出来的光是近乎单色光的狭窄谱带。由谱带吸收峰高度一半处作波长轴的平行线,与吸收峰交点处所对应的两个波长 λ_1 和 λ_2 之差 s 即为半峰宽。谱带宽度(band width)常用半峰宽来表示。谱带宽度 s 愈小,单色性愈好。但因仍是复合光,故仍可以使吸光度变值而偏离 Lambert-Beer 定律,产生正或负偏差。

2. 杂散光的影响　杂散光指来源于单色器的单色光中混杂的一些不在测定谱带宽度范围内且与所需波长相隔较远的光。其成因涉及制造工艺、使用和保管各环节,如仪器使用保管不善、光学元件不洁、生霉或损伤等造成的对光的散射和漫射均可能导致杂散光的产生。

杂散光对紫外分光光度法的影响类似于非单色光,但杂散光的波长范围较宽,特别是可不通过吸收池直接进入检测器,因而使测定的吸光度低于真实吸光度,常产生负偏差。设照射光强度为 I_0,透过光强度为 I,杂散光强度为 I_s,则观测到的吸光度为:

$$A_{实}=\lg\left(\frac{I_0+I_s}{I+I_s}\right) \quad A_{理}=\lg\left(\frac{I_0}{I}\right)$$

若样品不吸收杂散光,$(I_0+I_s)/(I+I_s)<I_0/I$,A 减小,测定的吸光度小于真实吸光度,是负偏差;若样品吸收杂散光,则 $(I_0+I_s)/(I+I_s)>I_0/I$,测定的吸光度大于真实吸光度,是正偏差。实际工作中多为负偏差或在光谱接近末端吸收处出现假峰。

3. 散射光和反射光的影响　吸光质点对入射光有散射作用,入射光在吸收池内外界面之间通过时又有反射作用。二者均是入射光谱带宽度范围内的光,可直接减弱透射光强度。真溶液质点小,散射光不强,可用空白补偿。浑浊溶液质点大,散射光强,一般不易制得空白进行补偿,常使测得的吸光度偏高。

反射可使入射光光能损失,使透光强度减弱。反射光强 I_r 和入射光强 I 的比值为反射率 R。依据 Fresnel 定律:

$$R = I_r/I = (n_1 - n_2/\ n_1 + n_2) \tag{1-5}$$

式中 n_1、n_2 是介质 1 与介质 2 对入射光的折射率。两者差值愈大反射率愈大,损失光能愈多。反射使测得的吸光度偏高,一般情况下可用空白对比补偿,但当空白溶液与试样溶液的折射率有较大差异时,可使吸光度产生偏差,不能完全用空白对比补偿。

4. 波长准确度的影响　仪器的频繁使用以及受环境温度变化的影响,机械部分可能发生变动,使波长的准确性和重复性受到影响,因为多数测定是在最大吸收波长处进行,如果峰型尖锐或混合物分析时某项测定在谱线陡坡的波长处进行,则本来不大的波长变化就可能造成明显的测量误差,甚至使检测失败,故定期或在检测开始前对仪器进行适当的检查以确认波长的准确性十分重要。

(三)紫外分光光度法的精密度

影响紫外分光光度法精密度的因素是透光率(或吸光度)测定中的随机误差 ΔT,源于仪器噪声。由 Lambert-Beer 定律推导出测定浓度的相对误差与透光率测量误差间存在如下关系:

$$\Delta C/C = 0.434\ \Delta T/T\ \lg T \tag{1-6}$$

上式表明测定浓度相对误差 $\Delta C/C$ 取决于透光率的相对测量误差 $\Delta T/T$。表 1-5 显示了假定 ΔT 为 0.005 时,根据上式计算出的浓度相对误差 $\Delta C/C$。

表 1-5　不同 T 或 A 时的浓度相对误差

透光率(T)	吸光度(A)	浓度相对误差($\Delta C/C \cdot 100$)	透光率(T)	吸光度(A)	浓度相对误差($\Delta C/C \cdot 100$)
0.95	0.022	±6.2	0.50	0.301	±0.87
0.90	0.046	±3.2	0.40	0.398	±0.82
0.80	0.097	±1.7	0.30	0.523	±0.83
0.70	0.155	±1.2	0.20	0.699	±0.93
0.60	0.222	±0.98	0.10	1.000	±1.31

(引自:马广慈,唐任寰,郑斯成. 药物分析方法及应用. 北京:科学出版社,2000)

由表 1-5 可以看出,当 A 值在 0.2~0.7 时,相对误差较小,是测量的最适宜范围,测量的吸光度过高或过低,$\Delta C/C$ 值急剧上升。故采用紫外分光光度法进行测定时,吸光度范围选择 0.2~0.8 则可使检测精密度在 0.5%~2.0% 的范围,药典则建议吸光度范围选择在 0.3~0.7 进行测定。

(四)实验因素的影响

1. 溶剂　采用紫外分光光度法进行测定时,大多数需要在溶剂中进行。如前所述要求物质测定采用的溶剂必须在测定波长范围内有良好的透光性,即在测定波长下,溶剂本身不能有吸收。药典规定用 1cm 石英比色池,以空气参比测定吸光度,应符合以下规定(表 1-6)。

表 1-6　药典规定不同波长下溶剂吸光度极限值

波长范围(nm)	吸光度
220~240	<0.40
241~250	<0.20
251~300	<0.10
300 以上	<0.05

(引自:马广慈,唐任寰,郑斯成. 药物分析方法及应用. 北京:科学出版社,2000)

选择溶剂时在能很好地溶解被测物质的前提下,应尽量选择极性小的溶剂,且溶剂性质必须足够稳定,不能与所测物质发生反应,自身在放置过程中也不能发生变化。形成的溶液应具有良好的化学和光化学稳定性。此外测定组分的吸收波长必须大于溶剂的极限波长;溶剂纯度必须足够高。表 1-7 列出了几种常用溶剂的极限波长。

表 1-7　紫外分光光度法选用溶剂的极限波长

溶剂	波长极限(nm)	溶剂	波长极限(nm)
水、环己烷、乙腈	190～200	氯仿、乙酸	240～250
甲醇、乙醇、异丙醇、正丁醇、乙醚、96%硫酸、甲基环己烷	205～210	苯、四氯化碳、甲酸甲酯、乙酸乙酯	260
正己烷、对-二氧六环 2,2,4-三甲戊烷	220	甲苯、二甲苯	290
甘油、二氯甲烷	230～235	丙酮、丁酮	335

（大部分数据引自：马广慈，唐任寰，郑斯成．药物分析方法及应用．北京：科学出版社，2000）

2. 对吸收池的要求　吸收池腐蚀或磨损，会影响光的透过性，为保持吸收池的良好透光性，在测定过程中应注意避免操作者的手对吸收池的污染，手只能接触毛面。此外，吸收池应严格配对。一对或一组吸收池之间吸光度的差异不应超过分光光度法的最低误差限。

3. 环境的影响　温度、环境中的挥发有机物会影响溶液中溶质的状态，因而引起吸光度的变化。环境温度的升高常使紫外吸收光谱谱带蓝移，在比色法中则易导致显色不稳定。

第三节　紫外-可见分光光度法的应用

一、定性鉴别和纯度检测

(一)定性鉴别

利用紫外光谱对化合物进行定性鉴别主要依据是多数有机化合物具有吸收光谱特征。药典鉴别项下规定的紫外光谱特征值有多种方式，例如，吸收光谱形状、吸收峰数目、各吸收峰波长位置、吸收强度和吸收系数值等。因为有机分子中紫外吸收峰主要决定于分子中的生色团、助色团及其共轭情况，所以结构相同的化合物吸收光谱完全相同，但吸收光谱相同的化合物却不一定是相同的化合物。最常采用的是对比法，可对比吸收光谱特征数据、吸光度比值以及吸收光谱是否一致等。

1. 对比吸收光谱特征数据　最常用于鉴别的光谱特征数据是最大吸收波长 λ_{max}（也叫峰值）。具有不同或相同吸收基团的不同化合物，可有相同的 λ_{max}，但由于分子量不一定相同，因此其吸收系数常有明显差别，所以吸收系数也常用于化合物的定性鉴别，如甲羟孕酮和炔诺酮。

谷值（λ_{min}）、肩峰、吸收强度或规定波长和浓度下的吸光度值等，均可作为对化合物进行定性鉴别的特征数据。如药典规定：碘解磷定用 0.01mol/L HCl 配成每 1ml 中含 10μg 的溶液，在 λ_{294nm} 测得 A 值，计算其摩尔吸收系数为 464～494 作为碘解磷定的性状之一。

甲羟孕酮（*M*=386.53）

$\lambda_{max} = (240 \pm 1)nm$

$E_{1cm}^{1\%} = 408$

炔诺酮（*M*=298.43）

$\lambda_{max} = (240 \pm 1)nm$

$E_{1cm}^{1\%} = 571$

2. 对比吸光度比值　具有一个以上吸收峰的化合物,可用不同吸收峰(谷)处测得的吸光度比值作为定性鉴别的依据。可以用峰-峰比、峰-谷比或规定波长处吸光度的比值。以维生素 K$_1$ 为例。峰值：243nm,249nm,261nm,270nm。谷值：228nm,264nm,254nm,266nm。$A_{254/249}=0.76\sim0.75$。又如维生素 B$_{12}$：$A_{361/278}$ 为 $1.70\sim1.88$,$A_{361/550}$ 为 $3.15\sim3.45$,这些都可以作为其特征谱图数据用于定性鉴别。

3. 对比吸收光谱的一致性　必要时可利用文献记载的标准图谱与待测样品进行比对,常用的标准图谱及电子光谱数据表有：①Sadlter Standard Spectra(Ultraviolet),Heyden,London,1978. 该标准图谱共收集了 46 000 多种化合物的紫外光谱。②R. A. Friedel and M Orchin,"Ultraviolet Spectra of Aromatic Compounds"Wiley,New York,1951. 该书收集了 579 种芳香化合物的紫外光谱。③Kenzo Hirayama,"Handbook of Ultraviolet and visible Absorption Spectra of Organic Compounds",Plenum,New York,1967. ④"Organic Electronic Spectra Data"。这是一套由许多作者共同编写的大型手册性丛书,所收集的文献资料于 1946 年开始,目前还在继续编写。也可将试样及标准品配成相同浓度的溶液,在相同条件下分别测定其吸收光谱图,再核对其一致性。只有吸收光谱完全一致才有可能是同一物质。如图 1-8 所示,醋酸可的松、醋酸氢化可的松和醋酸泼尼松的 λ_{max}(240nm)、百分吸收系数(390)、摩尔吸收系数(1.57×10^4),几乎完全相同,但对比其吸收光谱图仍可看出某些差异,故可判断为非同一种物质(图 1-8)。

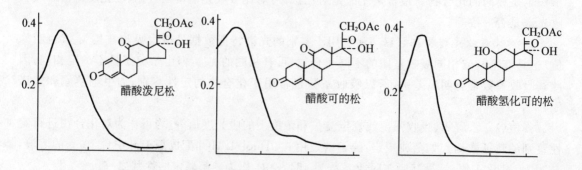

图 1-8　三种糖皮质激素的紫外吸收光谱(10 μg/ml 甲醇溶液)

(引自:孙毓庆 . 分析化学 . 4 版 . 北京:人民卫生出版社,1992)

(二)纯度检测

1. **杂质检查**　如果化合物在紫外-可见光区无吸收,而所含杂质有较强吸收,可用紫外吸收光谱检测有无杂质。如果化合物有较强吸收,而杂质吸收较弱或无吸收,则杂质可使化合物吸收系数值降低;若杂质吸收比化合物更强,则将使吸收系数值增大。

2. **杂质限量检查**　药物中的杂质常需制定一个容许存在的限量。如被测药物本身的峰与杂质峰无干扰,可利用杂质在其最大吸收波长处的 A 值进行杂质限量检查。例如,肾上腺素中常含有少量肾上腺酮杂质,由于其可影响肾上腺素的疗效,故必须规定在某一限量下。在 HCl(0.05mol/L)溶液中,肾上腺素与肾上腺酮的紫外吸收差异很大,在 310nm 处,肾上腺酮有吸收而肾上腺素无吸收,故可以在 310nm 处检测肾上腺酮的混入量。

如被测物质与杂质峰、谷有干扰,可用峰、谷的吸光度比值来控制杂质含量。例如,碘解磷定的杂质在吸收谷 262nm 处有吸收,但在碘解磷定的最大吸收波长处(294nm)则无吸收(图 1-9),因此可以利用碘解磷定的峰谷吸光度比值作为杂质限量检测指标。已知如纯品碘解磷定 $A_{294nm/262nm}=3.39$,如果有杂质,则在 262nm 处吸收增加,使峰谷吸光度比值<3.39。为了限制杂质含量,一般规定一个峰谷吸光度比值的最小值。如药典规定:碘解磷定 $A_{294nm/262nm} \geqslant 3.0$。

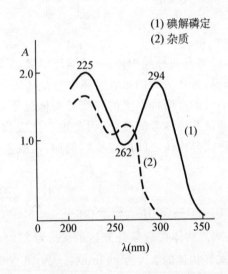

图 1-9　碘解磷定在 0.1mol/L 盐酸中的吸收光谱

(引自:马广慈,唐任寰,郑斯成. 药物分析方法及应用. 北京:科学出版社,2000)

二、结 构 分 析

紫外-可见分光光度法可以进行化合物某些基团的判别、共轭体系及构型、构象的判断。

(一)某些特征基团的判别

有机物的不少基团(生色团),如羰基、苯环、硝基、共轭体系等,都有其特征的紫外或可见吸收带,紫外-可见分光光度法在判别这些基团时,有时是十分有用的。如在 $270 \sim 300$nm 处有弱的吸收带,且随溶剂极性增大而发生蓝移,就是羰基 $n \rightarrow \pi^*$ 跃迁所产生 R 吸收带的有力证据。在 184nm 附近有强吸收带(E_1 带),在 204nm 附近有中强吸收带(E_2 带),在 260nm 附近有弱吸收带且有精细结构(B 带),是苯环的特征吸收等。可以从有关资料中查找某些基团的特征吸收带。

(二)共轭体系的判断

共轭体系会产生很强的 K 吸收带,通过绘制吸收光谱,可以判断化合物是否存在共轭体系或共轭的程度。如果一化合物在 210nm 以上无强吸收带,可以认为该化合物不存在共轭体系;若在 215～250nm 区域有强吸收带,则该化合物可能有 2 至 3 个双键的共轭体系,如 1,3-丁二烯,λ_{max} 为 217nm,ε_{max} 为 21 000;若 260～350nm 区域有很强的吸收带,则可能有 3～5 个双键的共轭体系,如癸五烯有 5 个共轭双键,λ_{max} 为 335nm,ε_{max} 为 118 000。

(三)异构体的判断

包括对顺反异构及互变异构两种情况的判断。生色团和助色团处在同一平面时,才产生最大的共轭效应。由于反式异构体的空间位阻效应小,分子的平面性能较好,共轭效应强,因此,吸收峰的波长及吸收强度大多大于顺式异构体。例如,肉桂酸的顺、反式异构体的紫外吸收如下。

$\lambda_{max}=280nm \quad \varepsilon_{max}=13\ 500$ 　　　　$\lambda_{max}=295nm \quad \varepsilon_{max}=27\ 000$

同一化学式的多环二烯,可能有两种异构体:一种同环二烯,是顺式异构体;另一种是异环二烯,是反式异构体。一般来说,异环二烯的吸收带强度总是比同环二烯大。

某些有机化合物在溶液中可能有两种以上的互变异构体处于动态平衡中,这种异构体的互变过程常伴随有双键的移动及共轭体系的变化,因此也产生吸收光谱的变化。最常见的是某些含氧化合物的酮式与烯醇式异构体之间的互变。例如,乙酰乙酸乙酯就是和其烯醇式共存的:

它们的吸收特性不同:酮式异构体在近紫外光区的 λ_{max} 为 272nm(ε_{max} 为 16),是 $n \to \pi^*$ 跃迁所产生的 R 吸收带。烯醇式异构体的 λ_{max} 为 243nm(ε_{max} 为 16 000),是共轭体系 $\pi \to \pi^*$ 跃迁产生的 K 吸收带。两种异构体的互变平衡与溶剂有密切关系。在像水这样的极性溶剂中,由于 $C\!=\!O$ 可能与 H_2O 形成氢键而降低能量以达到稳定状态,所以酮式异构体占优势:

而在乙烷这样的非极性溶剂中,由于形成分子内的氢键,且形成共轭体系,使能量降低以达到稳定状态,所以烯醇式异构体比率上升:

此外,紫外-可见分光光度法还可以判断某些化合物的构象(如取代基是平伏键还是直立键)及旋光异构体等。

三、定 量 分 析

根据 Lambert-Beer 定律,物质在一定波长处的吸光度与浓度之间有线性关系。因此只要选择一定的波长测定溶液的吸光度,即可求出溶液的浓度。通常选被测物质吸收光谱中与其他物质无干扰的、较高的吸收峰,一般尽量不选光谱中靠短波长末端的吸收峰。常见的紫外-可见分光光度法定量分析的方法有如下几种。

(一)单组分样品定量

如果在一个试样中只要测定一种组分,且在选定的测量波长下,试样中其他组分对该组分不干扰,这种单组分的定量分析较简单。一般有对照品比较法(标准对照法)、吸收系数法和标准曲线法三种。

1. 对照品比较法　应用与测定成分相同的参考标准品(对照品)与样品同时进行平行测定的方法,即在相同条件下,平行测定试样溶液和某一浓度 $C_{标}$(应与试液浓度接近)的标准溶液的吸光度 $A_{标}$ 和 $A_{样}$,则由 $C_{标}$ 可计算出试样溶液中被测物质的浓度 $C_{样}$

$$C_{样} = (A_{样}/A_{标}) \cdot C_{标} \tag{1-7}$$

标准对照法因只使用单个标准,引起误差的偶然因素较多,故往往较不可靠。

2. 吸收系数法　已知待测组分的吸收系数,通过测定组分吸光度计算含量的方法。该法简便易行,但影响因素较多。

3. 标准曲线法　这是实际分析工作中最常用的一种方法。即先配制一系列不同浓度的标准溶液,以不含被测组分的空白溶液作参比,测定标准系列溶液的吸光度,以吸光度为纵坐标,浓度为横坐标,可获得一条通过原点的直线,称为标准曲线(也叫校正曲线或工作曲线)。然后在相同条件下测定试样溶液的吸光度,即可从标准曲线上找出与之对应的未知组分的浓度。

(二)多组分定量分析

根据吸光度具有加合性的特点,在同一试样中可以同时测定两个或两个以上组分。假设要测定试样中的两个组分 a、b,如果分别绘制 a、b 两种纯物质的吸收光谱,绘出三种情况(图1-10)。

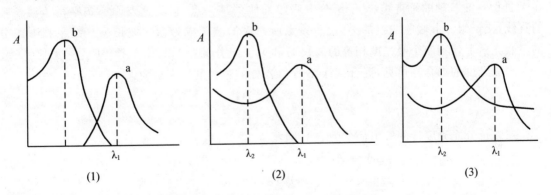

图 1-10　混合组分吸收光谱的三种相干扰情况

(引自:赵藻潘,周性尧,张悟铭. 仪器分析. 北京:高等教育出版社,1990)

情况(1)表明两组分互不干扰,可以用测定单组分的方法分别在 λ_1、λ_2 测定 a、b 两组分。

情况(2)表明 a 组分对 b 组分的测定有干扰,而 b 组分对 a 组分的测定无干扰,则可以在 λ_1 处单独测量 a 组分,求得 a 组分的浓度 C_a。然后在 λ_2 处测量溶液的吸光度 A_2^{a+b} 及 a、b 纯物质的 E_2^a 和 E_2^b 值,根据吸光度的加合性,即得:

$$A_2^{a+b} = A_2^a + A_2^b = E_2^a \cdot C_a + E_2^b \cdot C_b$$

$$C_b = \frac{1}{E_2^b}(A_2^{a+b} - E_2^a \cdot C_a) \tag{1-8}$$

则可以求出 C_b。

情况(3)表明两组分彼此互相干扰,这种情况需要运用计算分光光度法来解决。通过联立方程,解得 C_a、C_b。显然,如果有 n 个组分的光谱互相干扰,就必须在 n 个波长处分别测定吸光度的加合值,然后解 n 元一次方程以求出各组分的浓度,这将是繁琐的数学处理,且 n 越多,结果的准确性越差,需采用计算机处理测定结果简化运算过程。

计算分光光度法的常用方法有双波长分光光度法、三波长分光光度法、导数光谱法、正交函数分光光度法、褶合曲线法、解联立方程法等。

1. **双波长分光光度法** 当试样中两组分的吸收光谱重叠较为严重时,用解联立方程的方法测定两组分的含量可能误差较大,这时可以用双波长分光光度法测定。它可以在其他组分干扰下,测定其中某一组分的含量,也可以同时测定两组分的含量。其基本原理如下:

利用波长分别为 λ_1 和 λ_2 两束单色光交替通过同一试样溶液的吸收池,若以其一为参比光,另一为测定光,试样对二者的吸收差值可由显示器显示出来,根据比尔定律,$\Delta A = A_2 - A_1 = (E_2 - E_1) \cdot c \cdot l$。由式中可以看出双波长法只涉及 ΔA 与浓度 c 的关系,当选择干扰组分的 $A_{\mp 2} = A_{\mp 1}$,而待测定组分 $A_{测2} - A_{测1} = \Delta A$ 时,由于 ΔA 只与待测组分的浓度成正比,而与干扰组分无关,从而消除了干扰。

双波长分光光度法定量测定两混合物组分的主要方法有等吸收波长消去法和系数倍率法两种。

(1)等吸收波长消去法又称为等吸光度点法。试样中含有 a、b 两组分,若要测定 a 组分,b 组分有干扰,采用双波长法进行 a 组分测量时,为了消除 b 组分的吸收干扰,一般首先选择待测组分 a 的最大吸收波长 λ_2 为测量波长,然后用作图法选择参比波长 λ_1,做法如图 1-11 所示,在 λ_2 处做一波长轴的垂直线,交于组分 b 吸收曲线的某一点,再从这点作一条平行于波长轴的直线,交于组分 b 吸收曲线的另一点,该点所对应的波长成为参比波长 λ_1。结果在 b 组分的吸收光谱上找到两个吸光度相等的波长 λ_1 和 λ_2。组分 b 在 λ_2 和 λ_1 处是等吸收点,$A_1^b = A_2^b$。

由吸光度的加合性可见,混合试样在 λ_2 和 λ_1 处的吸光度可表示为:

$$A_2 = A_2^a + A_2^b$$

$$A_1 = A_1^a + A_1^b$$

双波长分光光度计的输出信号为 ΔA,则:

$$\Delta A = A_2 - A_1 = A_2^a + A_2^b - A_1^a - A_1^b$$

$$A_2^b = A_1^b$$

$$\Delta A = A_2^a - A_1^a = (E_2^a - E_1^a)C_a l \tag{1-9}$$

可见仪器的输出信号 ΔA 与干扰组分 b 无关,它只正比于待测组分 a 的浓度,即消除了 b 的干扰。测定时的具体操作是分别将波长为 λ_1 和 λ_2 的两束单色光,以其一为参比光,另一为

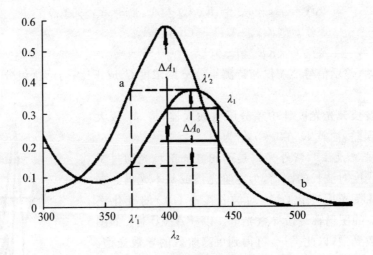

图 1-11　作图法选择 λ_1 和 λ_2

（引自：马广慈，唐任寰，郑斯成. 药物分析方法及应用. 北京：科学出版社，2000）

测定光，交替通过同一试样溶液的吸收池，测定待测组分的 ΔA。

　　（2）系数倍率法：当干扰组分 y 的吸收光谱曲线不呈峰状，仅是陡坡状时，不存在两个波长处的等吸收点，如图 1-12 所示。在这种情况下，可采用系数倍率法测定 x 组分，并采用双波长分光光度计来完成。

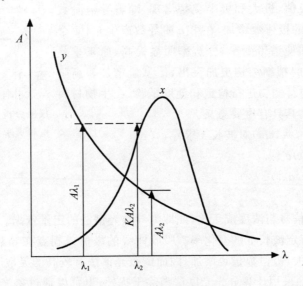

图 1-12　系数倍率法原理

（引自：马广慈，唐任寰，郑斯成. 药物分析方法及应用. 北京：科学技术出版社，2000）

　　选定两个波长 λ_1 和 λ_2 测定，得 $A_{y1}/A_{y2}=K$，如将 A_{y2} 乘以 K，则 $\Delta A=KA_{y2}-A_{y1}=0$，消除了干扰，$K$ 为掩蔽系数。混合物的 A_1 和 A_2 分别为：

$$A_1=A_{x1}+A_{y1},\ A_2=K(A_{x2}+A_{y2})$$

$$\Delta A = A_2 - A_1 = K(A_{x2} + A_{y2}) - (A_{x1} + A_{y1})$$
$$= (KA_{x2} - A_{x1}) + (KA_{y2} - A_{y1})$$
$$= (KE_{x2} - E_{x1})C_x \tag{1-10}$$

由上式可见,差示信号 ΔA 仅与待测组分 x 的浓度 C_x 成正比,与干扰组分 y 无关,即消除了 y 的干扰。

可利用双波长分光光度计中差分函数放大器,将 A_{y2} 放大 K 倍。为降低误差,注意 K 在 5~7 倍为限。

2. **导数分光光度法** 紫外光谱是不同波长单色光通过试样后得到的吸光度对波长的图谱,为零阶光谱或基本光谱。在零阶光谱中,以吸光度变化(dA)对波长变化(dλ)的变化率 $dA/d\lambda$ 对波长 λ 的图谱称一阶导数光谱。以 $d^2A/d\lambda^2$ 对 λ 的图谱就是二阶导数光谱,以此类推,可得到更高阶数的导数光谱。采用不同的实验方法可以获得各种导数光谱曲线(图 1-13)。不同的实验方法包括双波长法、电子微分法和数值微分法。

高频信号随导数阶数增高越来越大,低频信号则随导数阶数增高而相对变小,甚至可忽略不计。吸收光谱中,相对于测定组分的吸收曲线,干扰组分的吸收通常为低频信号,通过对吸收曲线的求导可消除或减小干扰组分吸收的影响。

从图 1-13 可看出,吸收曲线的极大在奇数阶导数中为零,在偶数阶导数中为极值,极大和极小交替出现,随着导数阶数的增加,导数光谱中的极值数增加,在第 n 阶导数产生 $n+1$ 个极值。极值数的增加使谱带变窄,分辨率明显提高,原来重叠的谱带被分开,谱带的精细结构更加突出,信息量增加。高阶导数光谱更有利于对待测物进行检定和纯度试验,在生物材料和药物分析测定中尤其具有重要意义。

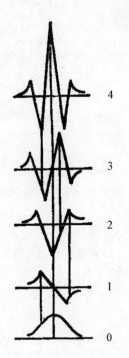

图 1-13 各阶导数的基本曲线图
引自:陆明廉,张叔良. 近代仪器分析基础与方法. 上海:上海医科大学出版社,1993)

根据 $A=\varepsilon lc$(设 $l=1\text{cm}$)对波长 λ 求导,有:

$dA/d\lambda = (d\varepsilon/d\lambda)c$

$d^2A/d\lambda^2 = (d^2\varepsilon/d\lambda^2)c$

……

上式表明,导数信号与浓度成正比,此即为导数光谱法的定量依据。信号对浓度的灵敏度取决于吸收系数在特定波长下的变化率。吸收曲线的极值或拐点在导数光谱中产生极值,导数阶数愈高,极值愈大,极值数量也增加,因而倒数光谱法有较高的灵敏度及分辨率。

3. **差光谱法** 除采用计算分光光度法消除干扰外,也可以通过差光谱法来消除干扰。该法利用共存组分间化学性质的差异,应用酸碱反应、配位络合反应、氧化-还原反应等,使一种组分的 λ_{max} 发生显著的蓝移或红移,使重叠的光谱分离,达到消除干扰的目的。其本质是通过测定反应前后(或不同条件时)吸光度的改变,所以又称吸光度减法或 ΔA 法。吸光度变化值 ΔA 与浓度 c 呈线性关系,符合 Lambert-Beer 定律,即:

$$\Delta A = \Delta E_{1cm}^{1\%} \cdot c \cdot l \tag{1-11}$$

式中,ΔA 为反应前后(或不同条件下)测定组分吸光度的改变;$\Delta E_{1cm}^{1\%}$ 为反应前后(或不同条件下)测定组分吸收系数;c 为百分浓度;l 为液层厚度。

　　差光谱法在药物分析中常用于制剂分析,以消除共存药物辅料对测定的干扰。测定中处理样品采用的化学反应与化学分析中各种消除干扰的方法有许多共同之处,容易掌握且对仪器无特殊要求,是近年来国内应用研究较多的方法之一。此外,差光谱法也可与其他方法联用以消除干扰,提高检测方法的选择性。

(李灵芝)

参 考 文 献

[1]　孙毓庆.分析化学(下册).4 版.北京:人民卫生出版社,1992:12-57.

[2]　苏克曼,潘铁英,张玉兰.波谱解析法.上海:华东理工大学出版社,2002:62-76.

[3]　Williams D H,Fleming I.有机化学中的光谱方法.王剑波,施卫峰,译.北京:北京大学出版社,2001:1-21.

[4]　宁永成.有机化合物结构鉴定与有机波谱学.2 版.北京:科学出版社,2000:364-382.

[5]　马广慈,唐任寰,郑斯成.药物分析方法及应用.北京:科学出版社,2000:193-277.

[6]　赵藻潘,周性尧,张悟铭,等.仪器分析.北京:高等教育出版社,1990:55-77.

[7]　陆明廉,张叔良.近代仪器分析基础与方法.上海:上海医科大学出版社,1993:71-87.

[8]　崔永芳.实用有机物波谱分析.北京:中国纺织出版社,1994:89-101.

第2章 荧光分光光度法

某些物质受到电磁辐射而激发时,它们能重新发射出相同或较长波长的光。这种现象称为光致发光,荧光是光致发光现象中最常见的类型。如果停止照射,则荧光很快($<10^{-6}$s)消失。通常所观察到的荧光现象是指物质吸收了波长较短的紫外光后发出波长较长的可见荧光。实际上,荧光现象并不仅限于上述情况。有些物质吸收了紫外光,仍然发出波长稍长的紫外荧光。有些物质吸收了比紫外光波长短得多的 X 射线,然后发出波长比所吸收的 X 射线的波长稍长的 X 射线荧光。再发射的波长与分子所吸收的波长可以相同,也可以不同。物质所吸收光的波长和发射的荧光波长与物质分子结构有密切关系。同一种分子结构的物质,用同一波长的激发光照射,可发射相同波长的荧光,但其所发射的荧光强度随着该物质浓度的增大而增强。利用这些性质对物质进行定性和定量分析的方法,称为荧光光谱分析法,也称荧光分光光度法(fluorescence spectrophotometry)。这种方法具有较高的选择性及灵敏度,试样量少,方法简便,且能提供比较多的物理参数,现已成为药物检测和研究的常用手段。

第一节 荧光分析法的基本原理

一、荧光的产生

物质吸收光能后所产生的光辐射称为荧光和磷光单重态和三重态。分子中的电子运动包括分子轨道运动和分子自旋运动,分子中的电子自旋状态,可以用多重态 $2S+1$ 描述,S 为总自旋量子数。若分子中没有未配对的电子,即 $S=0$,则 $2S+1=1$,称为单重态;若分子中有两个自旋方向平行的未配对电子,即 $S=1$,则 $2S+1=1$,称为三重态。

大多数分子在室温时均处在电子基态的最低振动能级,当物质分子吸收了与它所具有的特征频率相一致的光子时,由原来的能级跃迁至第一电子激发态或第二电子激发态中各个不同振动能级,其后,大多数分子常迅速降落至第一电子激发态的最低振动能级,在这一过程中它们和周围的同类分子或其他分子撞击而消耗了能量,因而不发射光。

处在第一激发单重态的电子跃回基态各振动能级时,将产生荧光,在这一过程中除了荧光还有磷光,以及延迟荧光等。荧光的产生在 $10^{-7}\sim10^{-9}$s 内完成。荧光和磷光的根本区别就在于荧光是由激发单重态最低振动能层至基态各振动能层之间的跃迁产生的;而磷光是由激发三重态最低振动能层至基态各振动能层之间的跃迁产生的。

二、荧光光谱

荧光光谱包括激发谱和发射谱两种。激发谱是荧光物质在不同波长的激发光作用下测得的某一波长处的荧光强度的变化情况,也就是不同波长的激发光的相对效率;发射谱则是某一固定波长的激发光作用下荧光强度在不同波长处的分布情况,也就是荧光中不同波长的光成分的相对强度。

既然激发谱是表示某种荧光物质在不同波长的激发光作用下所测得的同一波长下荧光强度的变化,而荧光的产生又与吸收有关,因此激发谱和吸收谱极为相似。由于激发态和基态有相似的振动能级分布,而且从基态的最低振动能级跃迁到第一电子激发态各振动能级的概率与由第一电子激发态的最低振动能级跃迁到基态各振动能级的概率也相近,因此吸收谱与发射谱呈镜像对称关系(图 2-1)。

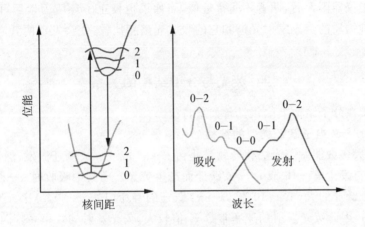

图 2-1　镜像对称规则
(引自:厦门大学化学化工学院,仪器分析网络教程.北京:高等教育电子音像出版社,2003)

三、荧光激发光谱和发射光谱的特征

(一)斯托克斯(Stokes)位移

在溶液荧光光谱中,所观察到的荧光发射波长总是大于激发波长,$\lambda_{em} > \lambda_{ex}$。Stokes 于 1852 年首次发现这种波长位移现象,故称 Stokes 位移。它表示分子回到基态以前,在激发态寿命期间能量的消耗。此位移常用下式表示,单位为 cm。

$$\text{Stokes 位移} = 10^7(1/\lambda_{ex} - 1/\lambda_{em}) \tag{2-1}$$

Stokes 位移说明了在激发与发射之间存在着一定的能量损失。激发态分子由于振动弛豫及内部转移的无辐射跃迁而迅速衰变到 S_1 电子激发态的最低振动能级,这是产生其位移的主要原因;其次,荧光发射时,激发态的分子跃迁到基态的各振动能级,此时,不同振动能级也发生振动弛豫至最低振动能级,也造成能量的损失;第三,溶剂效应和激发态分子可能发生的某些反应,也会加大 Stokes 位移。

(二)荧光发射光谱的形状与激发波长无关

由于荧光发射是激发态的分子由第一激发单重态的最低振动能级跃迁回基态的各振动能级所产生的,所以不管激发光的能量多大,能把电子激发到哪种激发态,都将经过迅速的振动弛豫及内部转移跃迁至第一激发单重态的最低能级,然后发射荧光。因此除了少数特殊情况,如 S_1 与 S_2 的能级间隔比一般分子大及可能受溶液性质影响的物质外,荧光光谱只有一个发射带。

(三)荧光激发光谱的形状与发射波长无关

由于在稀溶液中,荧光发射的效率(称为量子产率)与激发光的波长无关,因此用不同发射波长绘制激发光谱时,激发光谱的形状不变,只是发射强度不同而已。

(四)荧光激发发光谱与吸收光谱的形状呈镜像关系

物质的分子只有对光有吸收,才会被激发。所以,从理论上说,某化合物的荧光激发光谱的形状,应与它的吸收光谱的形状完全相同。然而实际并非如此,由于存在着测量仪器的因素或测量环境的某些影响,使得绝大多数情况下,"表观"激发光谱与吸收光谱两者的形状有所差别。只有在校正仪器因素后,两者才非常近似,而如果也校正了环境因素后,两面的形状才相同。如果把某种物质的荧光发射光谱和它的吸收谱相比较,便会发现两者之间存在着"镜像对称"关系。

四、荧光与分子结构的关系

强荧光物质在分子结构上往往具备如下特征。

(一)具有 π→π* 电子跃迁类型的结构

实验表明,大多数能发荧光的化合物都是由 π→π* 或 n→π* 跃迁激发,然后经过振动弛豫等无辐射跃迁,再发生 π*→π 或 π*→n 跃迁而产生荧光。而其中吸收时 π→π* 跃迁的摩尔吸光系数比 n→π* 跃迁的大 $10^2 \sim 10^3$ 倍,π→π* 跃迁的寿命($10^{-7} \sim 10^{-9}$)比 n→π* 跃迁的寿命($10^{-5} \sim 10^{-7}$)短,因此荧光发射的速率常数 K_f 值较大,荧光发射的效率高。因此,π*→π 跃迁发射荧光的强度大。此外,在 π*→π 跃迁过程中,通过系间跨越从单重态跃迁至三重态的速率常数 K_{ISC} 也比较小,有利于荧光的发射。总之,π→π* 跃迁的类型是产生荧光的最主要跃迁类型。

(二)具有大的共轭 π 键结构

发生荧光(或磷光)的物质,其分子都含有共轭双键(π 键)的结构体系。共轭体系越大,电子的离域性越大,越容易被激发,荧光也就越容易发生,且荧光光谱向长波移动。大部分荧光物质都具有芳环或杂环,芳环越大,其荧光(或磷光)峰越向长波移动,且荧光强度往往也较强。例如,苯和萘的荧光位于紫外区,蒽位于蓝区,丁省位于绿区,戊省位于红区。

同一共轭环数的芳族化合物,线性环结构者的荧光波长比非线性者要长,如蒽和菲,其共轭环数相同,前者为线性环结构,后者为"角"形结构,前者 λ_{em} 为 400nm,后者 λ_{em} 为 350nm。

(三)具有刚性平面结构

研究发现,多数具有刚性平面结构的有机化合物分子都具有强烈的荧光,因为这种结构可以减少分子的振动,使分子与溶剂或其他溶质分子之间的相互作用减少,即可减少能量外部转移的损失,有利于荧光的发射。而且平面结构可以增大分子的吸光截面,增大摩尔吸光系数,增强荧光强度。

酚酞与荧光黄(亦称荧光素)的结构十分相近(图 2-2),只是由于荧光黄分子中的氧桥使其具有刚性平面结构,因而在溶液中呈现强烈的荧光,在 0.1mol/L 的 NaOH 溶液中,荧光效率达 0.92,而酚酞却没有荧光。又如芴与联二苯(图 2-2),由于芴中的亚甲基使分子的刚性平面增加,导致两者在荧光性质上的显著差别,前者荧光产率接近于 1,后者仅为 0.18。萘与维生素 A 都具有 5 个共轭 π 键(图 2-2),而前者为平面结构,后者为非刚性结构,因而前者的荧光强度为后者的 5 倍。

(四)取代基的影响

取代基的性质(尤其是生色基团)对荧光体的荧光特性和强度均有强烈的影响。芳烃及杂

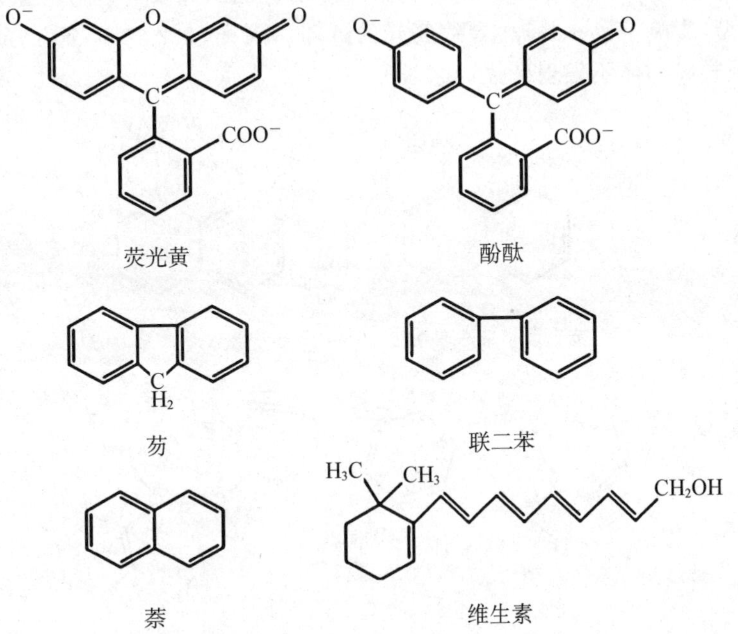

荧光黄　　　　　　　　　　酚酞

芴　　　　　　　　　　联二苯

萘　　　　　　　　　　维生素

图 2-2　化合物结构

环化合物的荧光激发光谱、发射光谱及荧光效率常随取代基的不同而异,由于目前对于激发态分子的性质了解还很不够,尚不能真正从机制上揭开其影响的秘密。其影响规律多出自实验总结和推测。取代基的影响主要有以下几个方面。

1. **供电基团使荧光加强**　属于这类基团的有—NH_2,—NHR,—NR_2,—OH,—OR,—CN 等。由于这些基团上的 n 电子云几乎与芳环上的 π 电子轨道平行,因而实际上它们共享了共轭 π 电子,形成了 p-π 共轭,扩大共轭体系。因此,这类化合物的荧光波长变长,荧光强度增大。考察这类取代基对荧光特性的影响时必须注意,这类基团中的 n 电子容易与极性溶剂相互作用,甚至形成氢键;另一方面,这类基团往往是酸基或碱基,在碱或酸介质中容易转化为其盐(共轭碱或共轭酸),如酚在 NaOH 中,—OH 转化为—O^-,苯胺在酸中,—NH_2 转化为—NH_3^+,它们的荧光均大为减弱。

2. **吸电基团使荧光减弱而磷光增强**　属于这类基团的有如羰基(—COOH,—CHO)、硝基(—NO_2)及重氮基等。这类基团都会发生 n→$π^*$ 跃迁,属于禁阻跃迁,所以摩尔吸光系数小,荧光发射也弱,而 S_1→T_1 的系间跨跃较为强烈,同样使荧光减弱,相应磷光增强。例如,二苯甲酮其 S_1→T_1 的系间跨跃产率接近 1,它在非酸性介质中的磷光很强。硝基苯中—NO_2 对荧光体荧光的抑制作用尤为突出,硝基苯不发射荧光,其 S_1→T_1 的产率为 0.60。但令人费解的是硝基苯的磷光也很弱,普遍认为可能产生比磷光速率更快的非辐射 S_1→T_1 的系间跨越,或发生光化学反应。和给电子基团一样,吸电子基团也都存在 n 电子,所以对极性溶剂及酸、碱介质都较为敏感。

3. **取代基位置的影响**　取代基位置对芳烃荧光的影响通常为:邻位、对位取代者增强荧光,间位取代者抑制荧光(—CN 取代基例外)。取代基的空间阻碍对荧光也有明显的影响。

如下面化合物萘环上的 8 位引入—SO_3—基时，由于空间阻碍使—NR_2 与萘之间的键扭转而减弱了平面构型，影响了 p-π 共轭，导致荧光的减弱。同样，1,2-二苯乙烯的反式异构体是强荧光物质，而顺式异构体不发射荧光（图 2-3）。

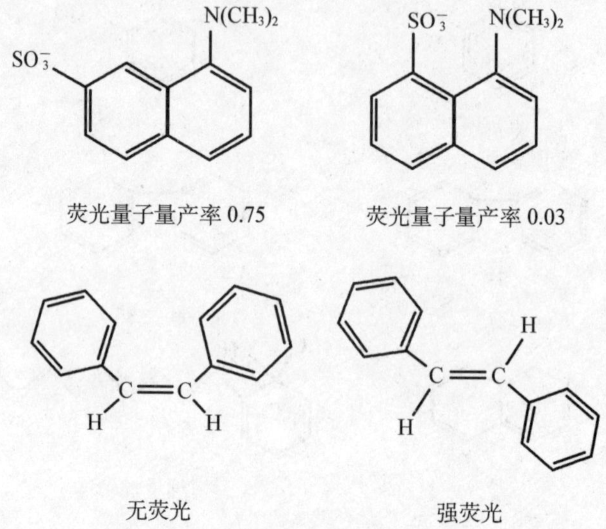
N(CH3)2
SO3-
SO3-
N(CH3)2
荧光量子量产率 0.75
荧光量子量产率 0.03
C
C
H
H
H
C
C
H
无荧光
强荧光

图 2-3　化合物结构

4. *重原子效应*　所谓重原子取代，一般指的是卤素（Cl、Br 和 I）原子取代，芳烃取代上卤素原子之后，其荧光强度随卤素原子量增加而减弱，而磷光通常相应地增强，这种效应称为“重原子效应”。这种效应被解释为，由于重原子中，能级之间的交叉现象比较严重，使得荧光体中的电子自旋-轨道偶合作用加强，$S_1 \rightarrow T_1$ 系间跨越显著增加，结果导致荧光强度减弱，磷光强度增强。

第二节　荧光分光光度计简介

荧光分析是从入射光的直角方向，黑背景下检测样品的发光信号，这与紫外分光光度法从入射光方向，在亮背景下检测光吸收信号相比，具有更高的灵敏度。一般紫外-可见分光光度法的灵敏度在 10^{-7} g/ml，而荧光分光光度法的灵敏度可达 10^{-12} g/ml。此外，荧光分析在检测器前面是发射单色器，样品信号经过分光后可以除去样品以外的辐射，从而为方法的专一性提供了有利的条件。虽然能发荧光的物质数量不多，但许多重要的生化物质、药物及其代谢物或致癌物质都有荧光现象。由于荧光衍生化试剂的使用进一步扩大了荧光法的应用范围，因此该法在医药学研究中得到广泛的应用。

用于测量荧光的仪器种类很多，如荧光分析灯、荧光光度计、荧光分光光度计及测量荧光偏振的装置等。其中实验室里较常用的是荧光分光光度计。

荧光分光光度计的结构包括五个基本部分。

1. *激发光源*　用来激发样品中的荧光分子产生荧光。常用汞弧灯、氢弧灯及氙灯等，目前荧光分光光度计以用氙灯为多。氙灯内装有氙气，通电后氙气电离，同时产生较强的连续光谱,分别在 250～700nm,而在 300～400nm 波段内射线的强度几乎相等。

2. 单色器　用来分离出所需要的单色光。单色器有两种即滤光片和光栅。仪器中具有两个单色器:一是激发单色器,位于样品池的前面,用于选择激发光波长;二是发射单色器,位于样品池的后面,用于选择发射到检测器上的荧光波长。精密的荧光分光光度计中,采用光栅作单色器。

3. 样品池　测定荧光用的样品池须用弱荧光的玻璃或石英材料制成,样品池的形状以散射光较少的方形为宜。在低温测定荧光时,可在石英样品池的外边套上一个装盛液氮的透明石英真空瓶,以便降低温度。

4. 检测器　荧光分析中常用的检测器有两种,一种是阻挡层光电池,它由金属片和半导体薄层组成,一般在 500～600nm 波长范围内最灵敏,它的主要缺点是容易疲劳和灵敏度低。另一种是光电倍增管检测器,它主要配有二次发射电极的光电管,产生的光电流得到了放大作用,因此是一种高灵敏度的光检测器。由于荧光强度通常都比较弱,因此要求检测器要具有较高的灵敏度,光电倍增管检测器灵敏度高、使用简单,特别适用于微弱强度光的测量。

5. 记录显示系统　检测器出来的电信号经过放大器放大后,由记录仪记录下来,并可数字显示和打印。

第三节　荧光分析法

荧光分析根据不同的目的,有多种分析方法,诸如同步荧光测定、三维荧光光谱技术、导数荧光测定、时间分辨荧光测定、相分辨荧光测定、荧光偏振测定、低温荧光测定、荧光免疫检测等,各种不同的分析方法在仪器配置上常需要增添相应的配件。

一、荧光法定量分析的基本原理

荧光是由药物或代谢物等物质在吸收光能之后发射而出,因此溶液的荧光强度和该溶液吸收光能的程度以及溶液中荧光物质的荧光量子效率有关。溶液吸收光能,即被入射光激发后,可以在溶液的各个方向观察荧光强度。由于激发光的一部分被溶液吸收,一部分被透过。因此,在透射光的方向观测荧光是不适宜的,一般是在与激发光源垂直的方向观测荧光能的强度。根据 Beer 定律推导,在浓度低时,溶液的荧光辐射强度与荧光物质的浓度呈线性关系,可用下式表示:

$$F = kC \tag{2-2}$$

式中,F 为物质的荧光强度,k 为常数;C 为溶液中荧光物质的浓度。

因此,荧光法定量的依据是荧光强度与浓度呈线性关系,实际测定的是荧光强度 F,其灵敏度取决于检测器的灵敏度。目前所用的荧光检测器即使极微弱的荧光也能测到,可以测定很低浓度的溶液,所以荧光法的灵敏度很高。

二、一般测定方法的建立

荧光法的定量方法与分光光度法基本相同,常用的方法有标准曲线法和对照法。

(一)标准曲线法

用已知量的标准物质经过和供试品进行相同的处理之后,配成一系列浓度不同的标准溶液,在测定条件相同的情况下,分别测定其荧光强度。以标准溶液的浓度为横坐标,以相应的荧光强度为纵坐标,绘制标准曲线。然后在相同条件下测定样品溶液的荧光强度,就可从标准曲线上求出样品溶液的浓度。如果要求精确测定时,可用回归直线方程计算样品溶液的浓度。

在制备标准曲线时,常采用标准系列中最大浓度的标准溶液作为基础。将空白溶液的荧光强度读数调至 0,将该标准溶液的荧光强度的读数调至 100%,然后测定标准系列中其他各个标准溶液的荧光强度。为了使在不同时间所绘制的工作曲线能先后一致,在每次测绘标准曲线时均采用同一标准溶液对仪器进行校正。如果样品溶液在紫外光照射下不稳定,则必须改用另一种稳定,而且其发射光谱与样品溶液的发射光谱相近似的标准溶液作为基础。例如,在测定维生素 B_1 时,可采用硫酸奎宁作为基准。

(二)对照法

如果荧光的标准曲线通过零点,就可选择其线性范围,用对照法进行测定。通常取已知量的纯净荧光物质,配制标准溶液,使其浓度在线性范围之间,测定荧光强度 F_s,然后在相同条件下测定样品溶液的荧光强度 F_x。由标准溶液的浓度和两个溶液的荧光强度比较,求得样品中荧光物质的含量。在空白溶液的荧光强度调不到 0 时,必须从 F_s 与 F_x 值中扣除空白溶液的荧光强度 F_0,然后按下式计算:

$$\frac{F_X - F_0}{F_S - F_0} = \frac{C_X}{C_S}$$

$$则 \ C_X = \frac{F_X - F_0}{F_S - F_0} \times C_S \tag{2-3}$$

式中,C_x 为样品溶液的浓度;C_s 为标准品溶液的浓度。

(三)直接测定法和间接测定法

利用荧光分析法对被分析物质进行浓度测定,最简单的便是直接测定法。某些药物只要本身能发荧光,只需将含这类药物的样品作适当的前处理或分离除去干扰物质,即可通过测量它的荧光强度而测定其浓度。

有许多药物,它们本身不能发荧光,或者荧光量子产率很低仅能显现非常微弱的荧光,无法直接测定,这时可采用间接测定方法。间接测定法有以下几种:

1. 化学转化法　通过化学反应将非荧光物质转变为适合于测定的荧光物质。例如,金属离子与整合剂反应生成具有荧光的整合物。有机化合物可通过光化学反应、降解、氧化还原、偶联、缩合或酶促反应,使它们转化为荧光物质。

2. 荧光淬灭法　利用本身不发荧光的被分析物质所具有使某种荧光化合物的荧光淬灭的能力,通过测量荧光化合物荧光强度的下降,间接地测定该物质的浓度。

3. 敏化发光法　对于很低浓度的分析物质,可使用一种物质(敏化剂)以吸收激发光,然后将激发光能传递给发荧光的分析物质,从而提高被分析物质测定的灵敏度。

(四)多组分混合物定量法

在荧光分析中,由于每种荧光化合物具有本身的荧光激发光谱和发射光谱,因而在测定时相应地有激发波长和发射波长两种参数可供选择,这在混合物的测定方面比分光光度法具有更有利的条件。

当混合物中各个组分的荧光峰相距很远,彼此干扰很小时,可分别在不同的发射波长测定各组分的荧光强度。倘若混合物各组分的荧光峰很相近,彼此严重重叠,但它们的激光光谱却有显著的差别,这时可选择不同的激发波长进行测定。

在选择激发波长及发射波长之后,仍无法达到混合物各组分分别测定时,则可利用荧光强度的加和性质,在适宜的荧光波长处,测定混合物的荧光强度,再根据被测组分各自在该波长下的最大荧光强度,仿照分光光度法,列出联立方程式,求得各组分的含量。

第四节 荧光分析法的应用

一、临床实验诊断

临床实验诊断主要是运用物理、化学和生物学等实验技术和方法,通过试剂反应、仪器分析等手段。荧光分析法具有灵敏度高、取样量少、样品可进行无损分析等特点,现已广泛用于对病人的血液、体液以及组织细胞等标本进行定量测定,以获得反映机体功能状态、病理变化及病因等重要数据。

(一)卟啉类物质分析

在目前癌症尚无十分有效治疗措施的情况下,癌症的早期诊断和治疗非常重要。卟啉类物质因其具有光敏活性,并与癌症细胞具有特殊的亲和力,在临床诊断中可作为荧光检测的光敏剂。陈丽娜等采用光致发光的荧光光谱技术,对中晚期胃癌患者体内的卟啉类物质进行了检测。结果显示 106 例中晚期胃癌患者,锌卟啉、原卟啉均有明显升高,与对照组进行阳性率的 t 检验,差异具有显著性($P<0.01$)。证实胃癌时,体内原卟啉升高具有普遍意义。

(二)微量元素分析

微量元素是人体重要的组成部分,它们在人体中的含量虽少,但对人类生命却有着重要的作用。尹庆顺等观察了头发中微量元素与龋病之间的关系,对 120 例龋病患儿头发中微量元素含量进行了检测,结果显示,患者组头发中的 Zn、Ca、Fe、Cu 含量明显低于正常对照组($P<0.01$),Pb 含量明显高于正常对照组。龋病的发生与多种因素有关,通过对头发中微量元素的含量检测发现,Zn、Ca、Fe、Cu 含量均与小儿龋病存在一定关系,微量元素的增多或减少在一定程度上促进或影响了龋病的发生和发展。因此,检测头发中 Zn、Ca、Fe、Cu 等微量元素的含量,可以帮助判断龋病患儿体内微量元素的状态,探索通过调整体内微量元素的含量来防治龋病的可能性。

(三)高级糖基化终末产物(AGEs)测定

AGEs 是蛋白质、脂类和生物大分子物质发生非酶糖基化反应的产物。近年来的研究证明,AGEs 在糖尿病并发症、尿毒症、白内障等疾病的发生发展过程中具有重要作用。因此,检测血清和组织中的 AGEs 的浓度对多种疾病的诊断、治疗及预后判断有重要意义。由于 AGEs 具有发射荧光的特性,因此可以用荧光法测定其荧光值,从而反映 AGEs 在循环或组织中的水平。用于测定 AGEs 的激发光谱为 350~390nm,发射光谱为 440~470nm。

(四)抗丙型肝炎病毒(hepatitis C virus,HCV)抗体的检测

抗 HCV 抗体是 HCV 感染机体后出现的特异性抗体,它是 HCV 感染和具有一定传染性的标志。由于丙型肝炎可经输血、母婴垂直传播、血制品等多种途径传播,且与肝硬化、肝细胞癌密切相关,因而早发现、早治疗对于控制 HCV 的传播具有重要的意义。肖华龙等利用时间分辨荧光分析技术,建立了抗 HCV 抗体时间分辨免疫荧光分析法。结果表明批内和批间的

RSD 分别为 3.64% 和 4.39%，平均回收率为 105.58%，可测范围为 $1.01\sim17.34\mu mol/ml$。

(五)生物活性物质检测

脑内重要的单胺类神经递质，如肾上腺素(A)、去甲肾上腺素(NA)、多巴胺(DA)和 5-羟色胺(5-HT)等及其代谢产物的含量变化，是反映神经递质生物合成、释放、摄取、失活等过程的生化指标；也是研究神经元的功能状态或研究药物对神经递质作用的指标。用同步扫描-双波长荧光分光光度法同时测定 A、NA 和 DA 3 种儿茶酚胺类神经递质，选定 λ_{em} 与 λ_{ex} 的波长差为 70nm 的条件下进行同步扫描。在 λ_{em} 为 385.0nm 时 DA 的荧光信号不受 A 和 NA 的干扰，而 A 和 NA 相互的干扰，采用双波长荧光检测模式可消除。测定 NA 和 A 的波长对分别为 470.0nm(λ_{em},1)和 531.8nm(λ_{ex},2)、500.0nm(λ'_{em},1)和 445.6nm(λ'_{ex},2)。测得荧光强度与三种儿茶酚胺浓度在 $320\mu g/L$(A)、$640\mu g/L$(NA)及 $160\mu g/L$(DA)内呈线性关系，检出限依次为 $0.20\mu g/L$、$0.97\mu g/L$、$0.73\mu g/L$。

二、药物检测

(一)药物定性分析

由于药物及代谢物的分子结构不同，所吸收光的波长和发射的荧光波长也有所不同。利用这个特性，可以定性地鉴别药物。李玉琪等用无水乙醇为溶剂，加入三氯化铝溶液后，在 $\lambda_{ex}=388nm$、$\lambda_{em}=503nm$ 处测定赤土茯苓中赤土茯苓苷的含量，建立了赤土茯苓药材及制剂的质量控制方法。

(二)药物含量测定

荧光光度法用于药物制剂中有效成分的定性分析和定量分析，可避免辅料对测定的干扰。例如，小剂量阿司匹林片的含量测定利用阿司匹林水解物水杨酸的荧光特性，采用荧光光度法测定，测定条件为 $\lambda_{ex}/\lambda_{em}=303nm/416nm$。该法取样量小，简便快速，灵敏度高，结果准确可靠。

(三)天然药物成分的分析

张敏等根据黄酮类化合物能与 Al^{3+} 形成稳定的荧光络合物这一性质，以芦丁为标样，采用荧光分析法测定银杏叶提取液中的总黄酮。结果在 $1.164\times10^{-9}mol/L\sim3.163\times10^{-5}mol/L$ 浓度范围内，线性关系良好，检出限为 $1.127\times10^{-9}mol/L$，平均回收率为 99.18%～104.12%，RSD 为 11.94%。李满秀等则根据乙醇胺与金丝桃苷作用可产生强的荧光这一特性，回收率为 95.18%～100.10%，RSD 为 11.64%。张敏等以 $\Delta\lambda=50nm$ 同步荧光法测定了虎杖提取物中的白藜芦醇含量，并用 HPLC 法进行比较，结果较为准确。

三、药动学研究

体内药物及其代谢产物的测定对临床药学研究具有很重要意义，由于药物在血液(包括血浆和血清)、尿液、唾液等生物样品中的含量极低，一般的分析检测方法很难达到这类痕量物质的检测要求。如口服阿司匹林片后尿液中游离水杨酸的测定，采用比色法、色谱法测定灵敏度低。而用荧光法测定口服阿司匹林片后尿液中游离水杨酸，灵敏度高、专属性强、操作简单。用荧光分光光度法测定唾液中核黄素药-时曲线，并考察唾液与血液中核黄素药-时曲线的相关性。实验结果表明，测得唾液中核黄素药-时曲线与文献报道的血浆中核黄素药-时曲线形状相似。

随着科学技术的迅速发展,荧光分析方法不断完善,新仪器的发展具有如下特点:分析测试的准确度和灵敏度不断提高,分析速度进一步加快,并能同时完成数个甚至数十个组分的测定;新领域、新方法不断出现,各学科的新成就被应用到分析中;联用分析技术已成为当前分析方法发展的方向。由于现代科学技术的发展,对信息量及分析速度的要求都在提高,采用一种分析技术已无法满足分析任务的要求,于是将几种分析技术结合组成联用技术,相互取长补短,从而提高方法的灵敏度、准确度以及对复杂物质的分辨能力;新仪器与计算机联用,使分析向智能化方向发展;可使操作和数据处理快速、准确和简便化、自动化,使分析方法大为改观;如 HPLC-荧光检测联用技术由于结合了 HPLC 的高分离效果与荧光检测的高灵敏度两大优点,较多地应用于生物样品的分析,广泛应用于药物的吸收、分布、代谢及排泄速率等药物动力学研究,以及药物生物利用度测定及治疗药物监测等。荧光分析技术的应用范围日益扩大,并已成为科学技术的先进领域和现代实验化学的重要支柱。

（张　岭　张　莉　陈　莉）

参 考 文 献

[1] 张正奇.分析化学.北京:科学出版社,2001.

[2] 孟斌,温博贵,李冠斌,等.肿瘤光动力学疗法诱导细胞凋亡机制研究进展.生理科学进展,2002,33(3):269-272.

[3] 陈丽娜,王育新,许艳,等.肝功能障碍及胃癌患者体内血卟啉特征光谱研究.中国医学物理杂志,1995,12(4):203-205.

[4] 甘雄.卟啉类物质作为抗癌光敏剂的研究进展.齐齐哈尔医学院学报,2005,26(4):422-423.

[5] 尹庆顺,高玉芳.龋病患儿头发中微量元素含量分析.临沂医学专科学校学报,2004,26(6):435-437.

[6] Gopalkrishnapilai B,Nadanathangam V,Karmakar N. Evaluation of autofluorescent property of hemoglobin-advanced glycation end product as a long term glycemic index of diabetes. Diabetes,2003,52(4):1041-1046.

[7] 肖华龙,黄飙,朱利国,等.丙型肝炎病毒抗体时间分辨免疫荧光分析及应用评价.核技术,2001,24(11):891-894.

[8] 李玉琪,李玉莲,张文敏,等.荧光分光光度法测定赤土茯苓中赤土茯苓苷.中国新药杂志,2001,10(1):402-411.

[9] 张敏,邱朝晖,曹庸,等.荧光光度法测定银杏叶总黄酮含量的研究.时珍国医国药,2005,6(3):2382-2391.

[10] 李满秀,白宝林,张晓丽,等.胶束增敏荧光法测定山楂中总黄酮含量.光谱实验室,2006,23(4):6902-6931.

[11] 张敏,曹庸,于华忠,等.同步荧光检测虎杖提取物中白藜芦醇含量的新方法.林产化学与工业,2005,25(2):632-661.

第3章 荧光共振能量转移技术

荧光共振能量转移(fluorescence resonance energytransfer,FRET)是指当两种不同荧光物质(或基团)之间距离合适时会发生能量转移的现象。FRET 技术由 Förster 创立于 1948年,是用能量转移来测量分子内和分子间距离的方法。目前,FRET 技术已经成为比较分子间距离与分子直径的有效工具,被广泛应用于生物医学及各个相关领域,包括药学、遗传学、材料学科等。在生命科学研究中用 FRET 研究蛋白质空间构象、蛋白与蛋白间相互作用、核酸与蛋白间相互作用;在医药学领域,FRET 成为观察分子结构改变导致的两个基团在空间位置上的变化或分子间相互作用的手段,也成为测定小分子物质、测定蛋白质和核酸含量的分析手段。

第一节 荧光共振能量转移的基本原理

FRET 是指在一对合适的荧光物质间,可通过偶极-偶极的相互作用构成能量供体(donor)和能量受体(acceptor)对,供体分子吸收一定频率的光子后,其电子层被激发到更高的电子能态,且在电子回到基态的过程中,发射出光子能量($h\nu$),并传递至受体分子,后者接收能量后再发射出光子能量 $h\nu'(h\nu > h\nu')$。在此过程中,供体荧光强度降低或淬灭,而受体荧光强度增强或发生淬灭,同时伴随着荧光寿命的相应缩短或延长的现象。即一旦发生了能量的转移,供、受体之间必然存在供体荧光的淬灭和受体荧光活化,这也是 FRET 的直观表现(图 3-1)。

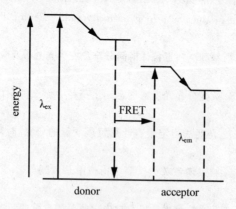

图 3-1 FRET 能级

(引自:刘玲芝,刘志洪,何治柯. 量子点:FRET 的新发展. 化学进展,2006,18(2/3):337-343)

一、发生 FRET 的条件

FRET 发生的基本条件是:①供体的荧光量子产率较高;②供体的发射光谱与受体的吸收光谱能有效的重叠;③供体与受体之间的距离必须达到一定的数量级(20~100Å),且供体和受体能量转移偶极子的方向必须近似地平行。

二、能量传递率的测定

Förster 依据供体与受体的相对距离和偶极子的方向关系解释了 FRET 发生的原理。能量转移的效率是由一些参数决定的,下面方程给出了能量转移的产效,FRET 效率(E)的计算公式为:

$$E = \frac{\kappa_{D-A}}{\kappa_{D-A} + \tau_D^{-1}} = \frac{R_0^6}{R_0^6 + r^6} \tag{3-1}$$

式中,r 是供体与受体在生物条件下的距离;R_0 是每对供受体之间的一个常数,代表能量转移的效率为 50% 时的距离。R_0 称为 Förster 临界距离,由下列公式计算:

$$R_0 = [8.8 \times 10^{23} \cdot \kappa^2 \cdot n^4 QY_D \cdot J(\lambda)]^{\frac{1}{6}} \text{Å} \tag{3-2}$$

κ^2 表示偶极子方向因子(范围从 0~4;当供体和受体的排列是随机时 $\kappa^2 = 2/3$),QY_D 表在没有受体时供体的量子产量,n 表示折射系数,$J(\lambda)$ 表示光谱重叠积分。

$$J(\lambda) = \int \varepsilon(\lambda) \cdot F_D(\lambda) \cdot \lambda^4 d\lambda \, \text{cm}^3 M^{-1} \tag{3-3}$$

其中:ε_A = 受体淬灭系数;F_D = 总荧光强度中供体荧光强度部分。

式中,κ_{D-A} 表示独立的两个单分子对之间的能量转移速率,τ_D 表示供体分子激发状态的持续时间,R_0 表示 E 为 50% 时供体、受体之间的距离,它依赖于供受体双方的光物理性质以及它们之间的取向,选定能量供受体对之后,可以将 R_0 看作恒量,利用这个临界转移距离 R_0 和实验测得的能量转移率 E 就可测出能量供体与受体间的距离 r。

三、FRET 的测量

多种仪器可以用于检测 FRET,但各有优缺点。荧光分光光度计检测细胞上清液的荧光,但是荧光信号可能来源于死细胞,细胞碎屑或游离的荧光分子,流式细胞仪可以将细胞划分为各个亚群,去除死细胞和细胞碎屑,可能统计学上最为可靠。然而,最流行的方法是应用显微镜进行活体 FRET 检测,具有以上方法不具备的时间和空间分辨率。常用的显微镜包括,如激光共聚焦显微镜(laser scanning confocal microscopy,LSCM)和荧光宽场显微镜(wide field microscopy,WFM)。相比之下 LSCM 的主要优点为无需破坏样品的情况下可获得样品不同深度层面的信息,因而,可以得到比普通荧光显微镜更高的对比度、高解析度的图像。对于较厚和较复杂的样品 LSCM 优势更为明显。然而,典型单层培养细胞的厚度为<15μm,在此深度下 LSCM 优势不十分明显,相反,WFM 获得的图像较 LSCM 具有更低的噪声,可能是检测弱荧光的最佳工具。

第二节　供体与受体的选择

要实现有效的 FRET,供、受体的空间距离要足够接近(1~10nm),且供体的发射光谱与受体的激发光谱要有一定程度的重叠。此外,选择理想的供、受体分子也是实现 FRET 的必要条件。作为 FRET 的能量供受体对,荧光物质必须满足以下条件:①供、受体的激发光谱要分得足够开;②供体的发射光谱与受体的激发光谱要重叠;③供、受体的发射光谱要足够分开;

其中受体可以是只有吸收光、没有发射光的荧光淬灭剂,而供体也可以是只有发射光没有吸收光的化学方法发光物。由于生物体的自身荧光往往太微弱或缺乏特异性,因此研究中常用的能量供受体多是些合成的荧光物质,通过化学方法标记到研究对象上,罗丹明与荧光素就是最常用的一对。目前,FRET 研究中常用的探针主要有 3 种:荧光蛋白、传统有机染料和镧系染料。

一、荧 光 蛋 白

荧光蛋白主要有绿色荧光蛋白及其突变体。绿色荧光蛋白(green fluorescence protein, GFP)是从维多利亚水母(aequorea victoria)中分离出来的,受紫外线激发而发出绿色荧光而得名。GFP 的发光基团是环状三肽,发光时无需辅助因子,无需作用底物。GFP 克隆成功后,FRET 得到了突飞猛进的发展。

GFP 适合做生物活体成像研究。首先,GFP 能在各种细胞中表达,不需要其他辅助因子的帮助而自发产生荧光;其次,GFP 能与宿主蛋白融合产生融合蛋白,这样既能保持 GFP 的荧光特性,又能保持原始宿主蛋白的生物学功能;第三,融合蛋白通过加上一个合适的信号肽,能以特异性细胞器为靶标,如细胞核或者内质网等;最后,也是最重要的,GFP 的突变产生了许多突变体,具有不同的光谱特性,能作为 FRET 的供体或者受体。

最初应用于 FRET 技术的一对荧光蛋白是蓝色荧光蛋白(blue fluorescence protein, BFP)(供体)和 GFP(受体)。BFP 是一个 GFP 的突变体,其 66 位的酪氨酸突变为组氨酸,激发和发射波长的峰值分别为 383nm 和 447nm;最常用的 GFP 受体也是一个 GFP 突变体,其 65 位的丝氨酸突变为苏氨酸。然而,BFP 量子产量最低,所以是 GFP 突变体中最容易被光漂白的,并且由于其激发峰在紫外区,细胞自荧光和散射也会干扰 BFP 和 GFP 的荧光检测。为解决上面提到的问题,具有长波长的 GFP 突变体,如青色荧光蛋白(cyan fluorescence protein,CFP)和黄色荧光蛋白(yellow fluorescence protein,YFP)则经常用来作为 FRET 的荧光染料对。红色荧光蛋白(red fluorescence protein,RFP)已经从珊瑚中克隆出来,产生了另外的 FRET 对子,即 YFP 和 RFP。

荧光蛋白也有一些缺陷。首先,受其结构特点和敏感性所限,荧光蛋白通常不能用来进行单细胞分析;其次它们相对较大,限制了其空间分辨率;最近还发现,荧光蛋白在接受激发光时,除发生 FRET 外,还可以发生光化学变化,导致荧光蛋白发生颜色变化;最后,荧光蛋白需要几个小时装配形成其最终的荧光形式,限制了它们在最终装配以前研究动力学变化的能力。下面讨论的两类染料则能克服荧光蛋白的一些缺陷。

二、传统有机染料

传统的有机染料连接到蛋白质的特异性位点,可以彼此之间组成 FRET 的染料对;或者与荧光蛋白联用,共同作为 FRET 的染料对。"半胱氨酸-发光"蛋白(cysteine light protein)是指在特异性位点包含一个反应性半胱氨酸残基的蛋白,传统荧光染料在离体状态下能特异性连接在这些位点上。

Zlokarnik 等发展了几个可用于 FRET 的膜穿透染料,这个结构包含一个发射蓝色光的香豆素供体,通过一个可切开的接头与一个 GFP 突变体连接,因为整个接头很小,能量转移效率很高,因而发射光主要是受体发射的绿色。当细胞内有内酰胺酶切开这个接头时,消除了 FRET,就会出现主要是供体发射的蓝色光,蓝色光/绿色光比增加了 70 倍。

Griffin 等还发展了其他系列的膜渗透染料，在 FREF 中可能会非常有用，它们是基于砷的一些绿色（fluorescein）和红色（rhodal）衍生物，它们与独特序列或稀少序列 CC-XX-CC（C 表示半胱氨酸，X 表示任意氨基酸）结合，只有在结合时它们才发出荧光。

另外一系列有用的有机染料是远红外（如＞650nm）染料，特别是青色染料 cy5、cy5.5 和 cy7。这些染料的优势在于背景荧光大大降低，并可测量相对较远的距离（最大达到＞100Å），另外还因为这些染料 R_0 值比较大，这主要是因为它们出色的光吸收能力及合适的量子产量，例如，cy5-cy5.5 染料对测量范围的期望值＞80Å。供体和受体的发射光谱如果很好分开的话，其 R_0 值也相对较大，如 cy3 的最大发射波长在 570nm，cy5 最大在 670nm，最大发射波长的良好分开使 cy3-cy5 的可测量范围＞50Å，并且在 FRET 中测量受体发射波时不受供体发射波的污染，青色染料的这些优点使它们成为单细胞 FRET 的首选染料。

刘保生等研究了吖啶橙（AO）与罗丹明 6G（R6G）之间能量转移的最佳条件。在 pH＝7.20 的 Tirs-HCl 缓冲溶液、十二烷基苯磺酸钠介质中，AO-R6G 能够发生有效能量转移，使 R6G 荧光增强。蛋白质的加入使 R6G 荧光淬灭，以此建立了利用 AO-R6G 荧光共振能量转移间接测定蛋白质的新方法。

三、镧系染料

镧系元素也叫稀土元素，它们常与传统的有机染料联用，分别作为 FRET 的供体和受体。镧系染料有很多优势：①它们能测量＞100Å 的距离；②与传统 FRET 染料相比，其准确性和信噪比大大提高；③它们对不完全标记的供体和受体样品不敏感。这些优点源于镧系元素的高度不寻常的分光镜特性：当有适当的螯合物时，铽和铕在激发脉冲后有毫秒级的时限，非偏振的发射波尖锐锋利，并有高量子产量。高信噪比的原因在于，通过能量转移引起的受体发射，即敏感化发射，可以在没有背景污染的情况下测量；通过观察供体不能发射的光谱范围，可以排除供体的背景荧光污染；受体直接激发产生的背景荧光可以从时间上排除，因为有机染料的时限都在纳秒级，而敏感化发射的时限则在微秒到毫秒级。同时，因为延迟的敏感化发射只在供体-受体对共同存在时才发生，任何不完全的标记（只有供体或只有受体标记的分子）不能产生 FRET 信号。铽作为供体的发射是非偏振的，所以 FRET 的方向依赖性大大降低，使距离测定更加准确。

第三节　荧光共振能量转移技术的应用

一、研究生物大分子的功能

Miyawaki A 等曾以 4-Acetamido-4'-maleimidylstilbene-2,2-disulforic acid（AMS）为 A 标记肌钙蛋白，以 5-异硫氰基荧光素为 D 标记肌动蛋白，当二者重新组合成肌丝时，荧光基团之间会发生能量转移。而 Ca^{2+} 的加入会影响总荧光强度，从中显示了 Ca^{2+} 的调节作用。

二、研究生物大分子空间结构与功能的关系

FRET 技术对生物大分子结构的分析在溶液中进行，无需复杂的结晶等样品处理步骤，因而快速、灵敏。同时与 X 射线晶体衍射法相比，其测定结果更能反映生物大分子结构与

功能间的关系。Issaac 等测定了对基因表达有调节作用的蛋白质分子中 DNA 结合部位 MSX-1 片段的空间结构，以 48 位色氨酸（Trp-48）为 D；5-[［［（萘乙酰基）氨基]乙基]氨基]萘-1-磺酸（AEDANS）为 A，A 被分别键合在螺Ⅱ（27 位）、Ⅰ（10 位）及氮末端的臂（6 位）上，计算得出相应 D、A 距离分别为 1.9nm、2.3nm、1.6nm，从而确定了 MSX-1 的构象。由图 3-2 可看出 FRET 能够灵敏地记录结构变化，在失活条件下色氨酸荧光不受标记受体存在的影响，而当在缓冲液中复性后，色氨酸的荧光便被淬灭，表明 D-A 对在复性时距离变小。

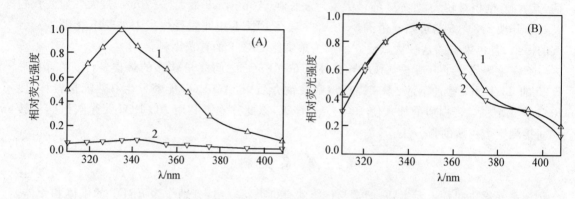

图 3-2　MSX-1 因失活而失去三级结构及折叠复性受体发射光谱

A. 在缓冲溶液中；B. 在盐酸胍变性条件下。1. 未标记；2. 标记

［引自：魏亦男，李元宗，常文保，等．荧光共振能量转移技术在生物分析中的应用．分析化学，1998，26（4）：477-484］

三、研究生物大分子的相互作用

FRET 技术用于蛋白质、核酸等大分子的相互作用的研究，可以实现活细胞及动态研究。由于酵母双杂交、磷酸化抗体、免疫荧光、放射性标记等方法应用的前提都是要破碎细胞或对细胞造成损伤，无法做到在活细胞生理条件下实时地对细胞内蛋白质-蛋白质间相互作用进行动态研究，因而应用 FRET 技术并结合基因工程等技术正好弥补了这一缺陷。Peter 等将膜受体 EGFR（epidermal growth factor receptor）与 GFP 融合，抗活化后的 EGFR 抗体用 Cy3 染料标记，刺激因子 EGF（epidermal growth factor）用 Cy5 染料标记，这样可以很明显地看到 EGF 在细胞膜上的局部分布。当 EGF 作用细胞后，EGFR 活化并与其抗体结合，于是 GFP 与 Cy3 染料充分接近，发生 FRET。利用此方法可以很明显地观测到细胞膜局部受刺激后，受体活化效应迅速扩散到整个细胞膜。

四、研究药物的作用机制

陈同生等在活细胞中实时检测蟾酥诱导人肺腺癌（ASTC-a-1）细胞凋亡过程中 caspase-3 的活化特性。SCAT3 是基于绿色荧光蛋白（GFP）和 FRET 技术构建的一个能够在单个活细胞中实时反映 caspase-3 动态活性的 FRET 质粒。SCAT3 的供体是 CFP，受体是 YFP 的突变体 Venus，二者之间连接的是一段包含 caspase-3 切割底物 DEVD 的序列。当细胞内 caspase-3 被激活时，就会切割 DEVD，因此 SCAT3 的 FRET 效应就会消失。蟾酥处理稳定表达 FRET 质粒 SCAT3 的人肺腺癌细胞后,在不同时间检测活细胞中 SCAT3 的荧光发射光谱;同时需要检测没有转染 SCAT3 细胞的对应发射光谱作为背景。实验结果发现在一定剂量的蟾酥处理足够时间后 SCAT3 的荧光谱峰消失。进一步用激光光漂白细胞内稳定表达的 SCAT3 受体 Venus,然后双通道同时探测 CFP 和 Venus 的荧光强度变化。在蟾酥处理前,光漂白受体 Venus 时,随着 Venus 荧光强度的下降,CFP 的荧光强度显著上升,表明 SCAT3 在细胞内的表达以及其 FRET 效应正常。由于自有扩散的缘故,Venus 的荧光在撤去光漂白激光后开始上升,而 CFP 的荧光强度有所下降。当细胞经蟾酥处理后,光漂白 Venus 时 CFP 通道的荧光强度几乎没有下降,而且撤去光漂白激光后,Venus 的荧光强度上升,但是 Venus 通道的荧光强度依然没有明显变化,表明细胞内的绝大部分 SCAT3 被切割,说明蟾酥诱导活化了细胞内的 caspase-3。

五、细胞内物质的测定

Atsushi 等用 FRET 检测钙离子在细胞内的变化。建立了由 CFP、CaM、钙调蛋白的结合蛋白 M13 和 YFP 串联组成的一种新型 Ca^{2+} 指示剂 cameleon。当细胞内 Ca^{2+} 浓度增加时,cameleon 中的 CaM 与 Ca^{2+} 结合,优先包绕 M13 融合多肽,这个构形的变化引起 CFP 和 YFP 之间距离的减少,导致 FRET 的发生(图 3-3)。

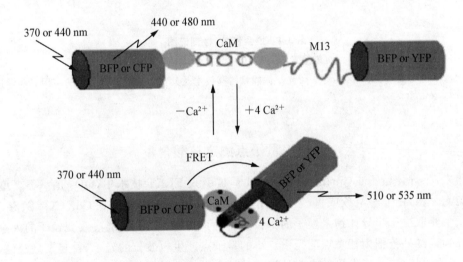

图 3-3 cameleon 的作用

(引自:Atsushi. Nature,1997,388:882-887)

六、物质含量的测定

有关 FRET 技术用于物质含量测定的报道有很多。其中,Xu 等在激光诱导下,利用吖啶橙(AO)-罗丹明 6G(R6G)在十二烷基苯磺酸钠(DBS)溶液中会发生以 AO 为供体、R6G 为受体的能量转移,使 R6G 的荧光强度大大增强,而在此溶液中加入维生素 B_{12} 后,则又会发生以 R6G 为供体、维生素 B_{12} 为受体的能量转移,引起 R6G 发生荧光淬灭的现象。从而建立了一种用于测定维生素 B_{12} 含量的 AO-R6G-维生素 B_{12} 双重 FRET 体系,并通过流动注射法-激光诱导荧光检测法进行测定。其具体步骤为：先将 AO-R6G-DBS 溶液泵入检测装置中的玻璃毛细管，用激光诱导激发并记录和调整其荧光光谱为一条水平基线（图 3-4A），然后再将含有维生素 B_{12} 的 AO-R6G-DBS 样品溶液泵入玻璃毛细管中，此时荧光光谱图表现为位于基线以下的一组倒峰（图 3-4B）。显然，倒峰的产生与维生素 B_{12} 导致的 R6G 荧光淬灭有关，而倒峰深度与维生素 B_{12} 浓度有关。该项研究显示当维生素 B_{12} 浓度在 $2 \times 10^{-6} \sim 4 \times 10^{-4}$ mol/L 范围内时，其与所引发的 R6G 荧光淬灭程度呈良好的线性关系。

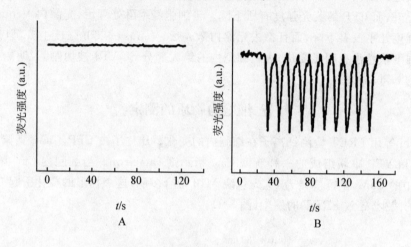

图 3-4　维生素 B_{12} 检测谱图

A. AO-R6G-DBS 溶液；B. 含有维生素 B_{12} 的 AO-R6G-DBS 溶液

［引自：王晓梅，王运庆，叶超，等. 荧光共振能量转移技术及其在药物定量分析中的应用. 药学进展，2009,33(7):305-310］

七、应用量子点测定核酸含量

近年来，半导体量子点（quantum dots，QDs）被引入 FRET 技术中，QDs 是一类新型的无机纳米荧光材料，由 Ⅱ～Ⅵ 族或 Ⅲ～Ⅴ 族元素组成，其中研究较多的是 CdX（X＝S、Se、Te）。光谱性质主要取决于半导体纳米粒子的半径大小，而与其组成无关，通过改变粒子的大小可获得从紫外到近红外范围内任意点的光谱。小的量子点产生短波长的光子，看起来是蓝色，越大的点，光子的波长越大，所发出的光也越红。其具有激发光谱宽、发射光谱窄而对称、光谱位置易调谐以及光稳定性好等诸多优良的光学性质，故使 FRET 技术的应用领域不断扩大。

Mao 等研究发现，CdS 可使 AO 的荧光急剧淬灭，而 DNA 可增强被 CdS 淬灭的 AO 荧光信号，且增强程度与 DNA 浓度成比例。由此，Mao 等建立了一种以 CdS QDs 为供体、AO 为受体的 FRET 体系，用于 DNA 的定量测定。研究表明，当 DNA 浓度在 $60 \sim 4\,000\,\mu g/L$ 范围内时，其浓度值与供、受体荧光强度比值线性关系良好。

总之，FRET 研究的内容上多数是围绕生物大分子，包括其空间结构、功能及生物大分子相互作用等。利用 FRET 的高分辨率结合 CFP 在细胞内活体定位等也有所发展。随着代谢组学的发展，将 FRET 技术应用于复杂体系及机体的物质代谢整体研究将是大势所趋。目前，FRET 技术在药物定量分析方面的研究已获得可喜的进展，该技术有可能实现对体内药物的活体动态监测,故将在药学研究工作中发挥巨大的作用,为药理学研究、疾病诊断、临床给药和剂型设计提供有力的分析和示踪工具。可以预计,在不久的将来,该技术必将成为医药科学研究的有力工具。

(张　岭　郭一莎　张　莉)

参 考 文 献

[1]　赵文宽.仪器分析.北京:高等教育出版社,2001.

[2]　Förster T. Inramolecular energy migration and fluorescence. Ann Phys,1948,2(14):55-57.

[3]　Mariachantal. Fluorescence resonance energy transfer(FRET)theory and experiment. Biochemical Education,1998,26(10):320-323.

[4]　王晓梅,王运庆,叶超,等.荧光共振能量转移技术及其在药物定量分析中的应用.药学进展,2009,33(7):305-310.

[5]　刘玲芝,刘志洪,何治柯,等.量子点:FRET 的新发展.化学进展,2006,18(2/3):337-343.

[6]　Stryer L,Haugland R. Energy transfer:a spectroscopic ruler. Proc Nad Aead Sci USA,1967,58(2):719-726.

[7]　谢小燕,夏宁邵.生物学中荧光共振能量转移的研究应用进展.生物技术通讯,2001,12(3):31-36.

[8]　Prasher DC,Eckenrode VK,Ward WW,et al. Primary structure of the aequorea Victoria green fluorescent protein. Gene,1992,111(2):229-233.

[9]　Truong K,Ikura M. The use of FRET imaging microscopy to detect protein-protein interaction and protein conformadonal changes in vivo. Curt Opin Strut Biol,2001,11(5):573-578.

[10]　Heim R,Prasher DC,Tsien RY. Wavelength mutations and posttranslational autoxidation of green fluorescent protein. Proc Nad Acad Sci USA,1994,91(26):12501-12504.

[11]　Helm R,Tsien RY. Engineering green fluorescent protein for improved brightness,longerwavelengths and fluorescence resonance energy transfer. Curr Biol,1996,6(2):178-182.

[12]　Selvin PR. The renaissance of fluorescence resonance. Nat Struct Biol,2000,7(9):730-734.

[13]　Zlokarnik G,Negulescu PA,Knapp TE,et al. Quantitation of transcription and clonal selection of single living cells with β-lactamase as reporter. Scienee,1998,279(5347):84-88.

[14]　Griffin BA,Adams SR,Tsien RY. Specific covalent. labelin of recombinant protein molecules inside live cells. Science,1998,281(5374):269-272.

[15]　刘保生,高静,杨更亮.吖啶橙、罗丹明 6G 荧光共振能量转移及其罗丹明 6G 荧光淬灭法测定蛋白质.分析化学研究简报,2005,33(4):546-548.

[16]　Mathis G. Probing molecular interactions with homogeneous techniques based on rare earth cryptates and fluorescence energy transfer. ClinChem,1995,41(9):1391-1397.

[17]　Issaac V E,Patel L,Curran T,Abate-Shen C. Biochem,1995,34(46):15276-15281.

[18]　魏亦男,李元宗,常文保,等.荧光共振能量转移技术在生物分析中的应用.分析化学,1998,26(4):477-484.

[19]　Miyawaki A,Llopis J,Heim R,et al. Dynamic and quantitative Ca^{2+} measurements using improved cameleons. Proc Natl Acad Sci USA,1999,96(11):2135.

[20]　王进军,陈小川,邢达.FRET 技术及其在蛋白质-蛋白质分子相互作用研究中的应用.生物化学与生物物理进展,2003,30(6):980-984.

[21]　陈同生,王小平,孙磊等.caspase-3 参与调控蟾酥诱导人肺腺癌细胞(ASTC-a-1)细胞的凋亡.生物化学

与生物物理进展,2008,35(1):85-90.

[22] Atsushi,Miyauaki. fluorescent indicators for Ca^{2+} based on green fluorescent protein proteins and calmodulin. Nature,1997,388:882-887.

[23] Xu H,Li Y,Liu C,et al. Fluorescence resonance energy transfer between acridine orange and rhodamine 6G and its analytical application for vitamin B_{12} with flow-injection laser-induced fluorescence detection. Talanta,2008,77(1):176-181.

[24] Mao J,Lai S J,Chang X J,et al. Interaction among cadmium sulfide nanoparticles,acridine orange,and deoxy-ribonucleic acid in fluorescence spectra and a method for deoxyribonucleic ucleic acid determination. J Fluoresc,2008,18(3/4):727-732.

[25] Medintz I L,Mattoussi H. Quantum dot-based resonance energy transfer and its growing application in biology. Phys Chem Chems,2009,11(1):17-45.

[26] Clapp AR,Medintz IL,Mattoussi H. Forster resonance energy transfer investigationsusing quantum-dot fluoro-phores. Chemphyschem,2006,7(1):47-57.

[27] Algar WR,Krull UJ. Quantum dots as donors in fluorescence resonance energy transferfor the bioanalysis of nucleic acids,protein, and other biological molecules. Anal Bioanal Chem ,2008,391(5):1609-1618.

[28] Sapsford K E,Pons T,Medintz I L,et al. Biosensing with luminescent semiconductor quantum dots. Sensors,2006,6(8):925-953.

[29] Zhang CY,Yeh H C,Kuroki M T,et al. Single-quantum-dot-based DNA nanosensor. NatMater,2005,4 (11):826-831.

第4章 核磁共振波谱分析技术

1946 年,美国两位物理学家布洛赫(Block)和珀塞尔(Purcell)分别发现射频的电磁波能与暴露在强磁场中的磁性原子核相互作用,引起磁性原子核在外加磁场中发生磁能级的共振跃迁,从而产生吸收信号,他们把这种原子核对射频辐射的吸收称为核磁共振(nuclear magnetic resonance,NMR)。引起核磁共振的电磁波能量很低,不会引起振动或转动能级跃迁,更不会引起电子能级跃迁。根据核磁共振图谱上吸收峰位置、强度和精细结构可以研究分子的结构。化学家们发现分子的环境会影响磁场中原子核的吸收,而且这种效应与分子结构密切相关。1951 年核磁共振现象应用于化学领域,发现 CH_3CH_2OH 中 3 个基团的 H 质子吸收不同。从此核磁共振光谱作为一种对物质结构(特别是有机化合物结构)分析的有效手段得到了迅速发展。1953 年美国 Varian 公司首先试制了核磁共振波谱仪,1966 年出现了高分辨核磁共振波谱仪,20 世纪 70 年代发明了脉冲傅立叶变换核磁共振波谱仪,以及后来的二维核磁共振光谱(2D-NMR),从测量 ^1H 到 ^{13}C、^{31}P、^{15}N,从常温的 1~2.37 到超导的 5T 以上,新技术和这些性能优异的新仪器都使核磁共振应用范围大大扩展,广泛应用于有机物结构分析、化学反应动力学、高分子化学、医学、药学、生物学等。

第一节 核磁共振原理

一、原子核自旋现象

我们知道原子核是由带正电荷的原子和中子组成,具有自旋现象。原子核大都围绕着某个轴做旋转运动,各种不同的原子核,自旋情况不同。原子核的自旋情况在量子力学上用自旋量子数 I 表示,有三种情况:

1. $I=0$,这种原子核没有自旋现象,不产生共振吸收[质量数为偶数(M),电子数、原子数为偶数(z)如 ^{12}C、^{16}O、^{32}S]。

2. $I=1$、2、3、$\cdots$、n,有核自旋现象,但共振吸收复杂,不便于研究。

3. $I=n/2(n=1$、2、3、5、$\cdots n)$ 有自旋现象,$n>1$ 时,情况复杂;$n=1$ 时,$I=1/2$,这类原子核可看作是电荷均匀分布的球体,这类原子核的磁共振容易测定,适用于核磁共振光谱分析,其中尤以 ^1H 最合适。

二、核磁共振现象

旋转的原子核产生磁场,其遵循右手法则。

将旋转的原子核放到一个均匀的磁场中,自旋原子核在外加磁场中进行定向排列,排列方

向共有 $2I+1$ 种,用(核)磁量子数 m 来表示,$m=I、I-1、I-2、\cdots、-I$。原子核处于不同的排列方向其能量也不同。在外磁场的作用下,原子核能级分裂成 $2I+1$ 个。

对 ${}^1H$,$I=1/2$,$m=+1/2$,$-1/2$,这两种排列有很小的能级差别。$\Delta E=2\mu H_0$,公式中 μ 为自旋原子核产生的磁矩,H_0 代表外加磁场强度。$m=+1/2$ 的能量较低,称低能自旋态,$m=-1/2$ 能量较高,称高能自旋态。从 $m=+1/2$ 跃迁到 $m=-1/2$ 需吸收一定能量(电磁波),只有当具有辐射的频率和外界磁场达到一定关系才能产生吸收。

产生核磁共振条件是 $E=\Delta E$,即 $h\upsilon_0=2\mu H_0=\gamma h/2\pi \times H_0$,既 $\upsilon_0=\gamma H_0/2\pi$($\gamma$-磁旋比)说明:①对于不同的原子核,$\gamma$ 不同,若固定 H_0,则 υ_0 不同,由此可鉴定不同的元素或同种元素的不同的放射性核素;②对于同一种原子核,γ 相同,H_0 固定时,υ_0 相同,H_0 改变 υ_0 也改变。

三、弛豫过程

${}^1H$ 在外磁场作用下,其能级裂分为 $2(m=+1/2,m=-1/2)$,若二者数目相等则不能检测到核磁共振现象,但根据 Boltzman 分配定律,即每一百万个氢核中低能态氢核数仅约 10 个,故能产生净吸收,但是很容易饱和,饱和后就无法检测到核磁共振现象,但事实上存在原子核通过非辐射途径从高能态回到低能态的过程,才能够持续检测到核磁共振现象,因此将这个过程称为弛豫过程。

弛豫分为自旋-晶格弛豫(纵向弛豫)和自旋-自旋弛豫(横向弛豫)两种方式。自旋-晶格弛豫(纵向弛豫)用 T_1(固体 T_1 很大)表示,是指自旋核通过与周围分子进行能量交换从而实现从高能态回到低能态的过程。自旋-自旋弛豫用 T_2 表示,是指自旋核通过与周围能量相当的核进行交换从而实现从高能态回到低能态的过程。

第二节　${}^1H$ 核磁共振提供信息与分子结构的关系

一、化学位移

(一)化学位移(δ)的定义

1970 年,IUPAC 人为规定四甲基硅烷(TMS)的化学位移为零,其左边的峰为正值,右边的峰为负值。选用 TMS 作为标准物质的原因是:①TMS 是化学惰性的;②12 个 ${}^1H$ 所处化学环境相同,仅一个峰;③TMS 外围电子云密度很大,屏蔽作用强,不会和其他化合物相互重叠。

(二)产生原理

从核磁共振发生条件 $\upsilon_0=rH_0/2\pi$ 分析,共振频率 υ_0 取决于 H_0 和 r,但这仅仅是对"裸露"的原子核,即理想化的状态而言。事实上原子核往往有核外电子云,其周围也存在其他原子,这些周围因素即所谓化学环境是否会对核磁共振产生影响?1950 年 DikiNson 和 Proctor 发现,磁性核的共振频率不仅取决于 H_0 和 r,还会受到化学环境的影响,这种影响的原因在于屏蔽作用。

屏蔽作用就是指处于外加磁场中的原子核,其核外电子运动(电流)会产生感应磁场,其方向与外加磁场相反,抵消了一部分外磁场对原子核的作用,这种现象称屏蔽作用。由于屏蔽作用的影响,原子核共振频率将出现在较无屏蔽作用更高的磁场,即共振条件变为:

$$\upsilon_0=\gamma H_{实}/2\pi=\gamma/2\pi \times (H-H')=\gamma/2\pi \times H(1-\delta) \tag{4-1}$$

$δ$ 为屏蔽常数,屏蔽作用大小与核外电子云密度有关,电子云密度越大,屏蔽作用也越大,共振所需的磁场强度愈强。

化学位移是指由屏蔽作用引起的共振时磁场的强度的移动现象。由于化学位移的大小和原子核所处的化学环境密切相关,因此,可根据化学位移的大小来了解原子核所处的化学环境,即有机化合物的分子结构。

(三)测定方法

1. **扫频法**　磁场强度 H 恒定,改变照射频率。

2. **扫场法**　频率恒定,改变外加磁场强度 H。

二、影响化学位移的因素

在化合物结构中,每个质子并不是孤立存在的,其所处的化学环境与其周围所连接的原子和集团密切相关,它们之间彼此相互作用,直接影响质子周围的电子云密度,从而影响核磁共振化学位移的变化。影响化学位移的主要因素有:电效应、各向异性、氢键、溶剂效应以及旋转受阻、交换反应和对称因素等。

(一)电效应

1. **诱导效应**　电负性强的取代基,可使邻近 ^1H 周围电子云密度减少,即屏蔽效应减少,故向低场移动,$δ$ 增大。如:

$$CH_3 \rightarrow F \qquad CH_3 \rightarrow Cl \qquad CH_3 \rightarrow Br \qquad CH_3 \rightarrow CH_2Br$$
$$δ \quad 4.26 \qquad\quad 3.05 \qquad\qquad 2.68 \qquad\qquad 1.65$$

$$CH_3 - CH_2 - CH_2 \rightarrow Cl \qquad\qquad (CH3)_2 - CH \rightarrow Cl$$
$$δ \quad 1.05 \quad 1.77 \quad 3.45 \qquad\qquad\qquad 1.51 \quad 4.11$$

2. **共轭效应**　吸电子共轭可以使质子周围电子云密度降低,$δ$ 增大;斥电子共轭则使质子周围电子云密度增加,$δ$ 减小。

(二)各向异性

分子中的质子所处的空间位置不同,同样会引起化学位移 $δ$ 值变化,这种现象称为各向异性效应(anisotropic effect)。现分别以芳香环、双键的乙烯和三键的乙炔为例进行说明。图 4-1A 是在外加磁场 H_0 作用下苯环的 $π$ 电子形成电子环流,并同时产生感应磁场的示意图。从感应磁场的磁力线走向可知,在苯环的中心及其环平面的上下方,感应磁场和外加磁场方向相反,可以抵抗外加磁场的强度,使氢核被屏蔽,称为屏蔽区,而苯环平面的周围感应磁场和外加磁场的方向相同则称为去屏蔽区。苯环质子均处于去屏蔽区,其共振信号向较低场移动,化学位移在 $δ 7.28$。

与芳香环相同,碳碳双键的 $π$ 电子分布于键轴的上下方(图 4-1B),烯氢质子正处于去屏蔽区,使其化学位移移向低场,$δ$ 值通常为 5.25。具有碳氧双键的醛基氢质子也处于去屏蔽区,导致其 $δ$ 值一般在 8~10 的范围。

含有 $C≡C$ 键的炔烃 $π$ 电子云呈圆柱状分布,其在外磁场的诱导下形成了围绕键轴的环流,从而产生感应磁场。如图 4-1C 所示,乙炔的氢质子处于屏蔽区,导致其大幅度向高场位移,其 $δ$ 值为 2.88。

(三)氢键和溶剂的影响

羟基、氨基等与杂原子相连的活泼质子,其化学位移主要受到分子间氢键的影响,变化范围

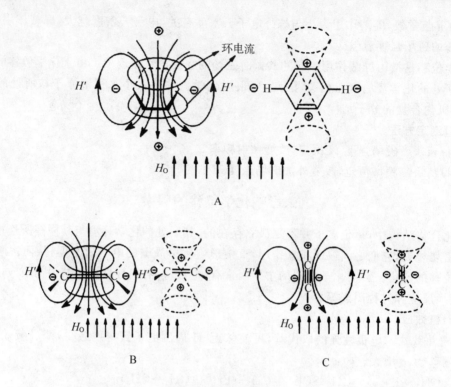

图 4-1　各向异性效应

A. 苯环的各向异性效应；B. 双键的各向异性；C. 三键的各向异性效应

（引自：唐玉海 . 医用有机化学 . 北京：高等教育出版社，2003）

一般较大。如醇羟基的氢质子化学位移值为 0.5～4.5，酚羟基的氢质子化学位移值为 4.5～10，羧基中的氢质子化学位移值则处于 9～13。一般来讲，与未形成氢键的质子相比，形成氢键的质子核周围的电子云密度降低小，化学位移移向低场，且形成的氢键越强，向低场位移的幅度越大。

此外，氢键的形成还与样品的浓度、溶剂性质、测试温度等因素有关。同一质子利用不同的溶剂进行测试获得的 δ 值往往不同，尤其是含有 OH、NH_2、SH、COOH 等活泼质子的样品，溶剂的影响则更为明显。因此，NMR 都标出测定溶剂。核磁测试采用氘代溶剂为溶剂的目的就是为了消除普通溶剂中氢质子对样品测试的干扰。对于只溶于水而不溶于有机溶剂的氨基酸、核酸和糖类等，则采用重水 D_2O 溶解。为确定样品中的活泼氢，通常采取重水交换图谱对照法，即先用普通方法进行测试，然后加入适量重水（D_2O）后再次测定，将两张图谱进行对比，后者中信号消失的质子便是活泼质子。

三、积　分　线

共振谱图中共振峰的面积积分称积分线，其高度代表了积分值的大小，和共振的质子数成正比。积分高度是核磁共振氢谱能够提供的重要信息之一，利用积分线高度（又称峰面积）的比值确定各组质子的数目，如图 4-2 所示。

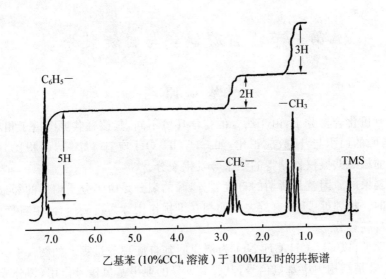

乙基苯 (10%CCl₄ 溶液) 于 100MHz 时的共振谱

图 4-2　乙基苯的核磁共振氢谱

（引自：吴立军．有机化合物波谱解析．北京：中国医药科技出版社，2009）

四、化学位移与分子结构的关系

化学位移是核磁共振图谱提供的最重要的信息。对于结构不同的分子，其化学环境不同，对应的 ^1H 化学位移也不相同，因此可以根据核磁共振谱所示的 ^1H 的化学位移来判断分子的结构。常见的有机化合物分子中氢质子的化学位移见图 4-3。

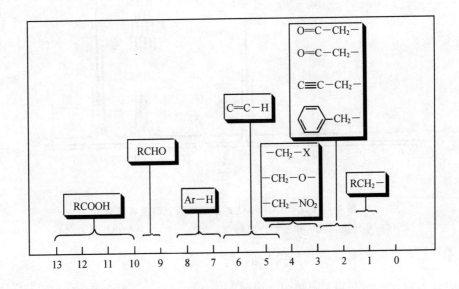

图 4-3　常见质子化学位移值的范围

第三节　自旋偶合与自旋裂分

一、基 本 原 理

对于一个有机化合物分子,由于所处的化学环境不同,其核磁共振图谱于相应的 δ 值处出现不同的峰,各峰的面积与 ^1H 数成正比,如 CH_3CH_2OH 应有 3 个峰,面积比分别是 1:2:3。但用高分辨率的核磁共振仪器测得的结果峰发生裂分。

导致这种现象的原因就是所谓的自旋裂分,峰的裂分是由于分子内部的邻近 ^1H 核的自旋相互干扰引起的。相邻近 ^1H 核自旋之间的相互干扰作用称为自旋偶合;由自旋偶合引起的谱线增多现象称自旋裂分。

自旋裂分原理:以 $CH_3CH_2CH_2NO_2$ 为例说明其自旋裂分过程。如图 4-4 所示,在高场区化学位移 1.05 处是结构中甲基氢信号,其受到 b 号的亚甲基氢信号作用,裂分成 3 组峰,符合 $n+1$ 规律,峰高比符合二项式展开式系数,为 1:2:1;化学位移在 2.07 处的一组氢质子信号是结构中 b 号的亚甲基氢信号,其受到与其相连接的甲基 3 个氢信号作用,裂分为 4 重峰;同时还受到 c 号亚甲基氢信号的作用,再次裂分,由于存在裂距相同的现象,裂分的峰整合后为 6 组峰,依然符合 $n+1$ 规律,峰高比符合二项式展开式系数 1:3:3:1,同样在 4.38 处的 c 号亚甲基氢质子信号,由于其直接与 NO_2 相连接,所以在相对低场区出现核磁共振信号,由于其邻位为亚甲基集团,所以裂分为 3 组峰,峰高比为 1:2:1。

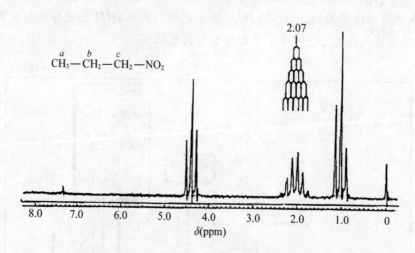

图 4-4　$CH_3CH_2CH_2NO_2$ 的核磁共振氢谱及其裂分

(引自:邓芹英,刘岚,邓慧敏. 波谱解析教程. 北京:科学出版社,2010)

二、偶 合 常 数

邻近 ^1H 自旋核之间的相互干扰程度用偶合常数 J 表示,偶合常数与外加磁场无关(与溶剂也基本无关),但与成键间隔的数目、成键类型、取代基电负性等有关。偶合常数与化学位移一样,对于确定化合物的结构具有至关重要的作用。原子核的化学环境不同,偶合常数也不同,对于 100MHz 仪器,$J \leqslant 20Hz$。偶合作用一般不超过 3 个键,超过 3 个键时很小或无偶合作用,如有则为远程偶合。

偶合常数的计算方法:分析氢谱时最关键之处为分析和计算每一组峰之间裂分的等间距。每一种间距相对应于一个偶合关系。J 值的计算即为峰裂分的间距与谱图测试的兆周之积,一般用赫兹表示。因此当计算偶合常数时,也应注意谱图是使用多少兆周的仪器进行测试的,有了仪器的工作频率才能从化学位移之差 $\Delta\delta$(ppm)算出 J(Hz)。两组相互偶合的峰组,其偶合常数是相同的。

三、偶合作用的一般规律

(一)核的等价性质

1. 化学等价　分子中同种类的核,其化学位移相等者,称为化学等价。例如,CH_3CH_2I 中存在甲基氢原子和亚甲基氢原子两组信号,而且甲基的 3 个氢质子的化学位移相同,亚甲基的两个氢质子化学位移也相同,因此 CH_3CH_2I 中存在甲基和亚甲基两组化学等价核。

那么如何判断化学等价核?①化学环境处于对称情况的两个氢核,即在分子构型中寻找对称性:点、线、面),通过对称操作后分子图像不变,这样的氢核为化学等价核。②通过快速旋转实现化学等价。如 CH_3CH_2I 中 CH_3 上的 3 个 ^1H 由于 C—C 化学键旋转障碍能很小可快速旋转,从而达到化学等价,但是要值得注意的是,前手性碳上的氢核,即 CH_2 与手性 C 相连则化学键快速旋转也是化学不等价核。

2. 磁等价　分子中同类核,化学位移相等,且以相同的偶合常数与分子中其他的核相互偶合,只表现出一种偶合常数,这类核称为磁等价核。如 CH_2F_2 中的两个 ^1H 核,其化学位移相同,而且对其他原子核产生的偶合作用也完全相同,因此是磁等价核。化学等价核不一定是磁等价核,但是磁等价核一定是化学等价核。

3. 磁全同　分子中的原子核既是化学等价核,同时又是磁等价。在核磁共振中只有磁不等价核之间才会由于自旋偶合作用而产生峰的裂分。那么如何判断磁不等价氢核呢?

(1)化学环境不相同的氢核一定是磁不等价的氢核。

(2)处于末端双键上的两个氢核,由于双键不能自由旋转,也是磁不等价核。同时应该注意当单键带有双键性质时也会产生磁不等价核。如酰胺类化合物,其 C—N 键自由旋转受阻,带有一定双键的性质,因此 N 上连接的两个氢核也是磁不等价核,共振峰分别出现在两个不同的地方。

(3)与不对称碳原子相连的两个氢核也是磁不等价氢核。如 1-溴-1,2-二氯乙烷为例,虽然碳碳单键可以任意旋转,但与手性碳相连的亚甲基上的两个氢在 Newman 投影式中可以观察到在任何一种构像中,其所处的化学环境都不相同,因此是磁不等价核,化学位移也不相同。

(4)亚甲基碳上的两个氢核位于刚性环或不能自由旋转的单键上时,也为磁不等价核。

(5)芳环上取代基的邻位质子也可能是磁不等价核。如在 1,4-二取代苯中,Ha 与 Ha→的化学位移虽然相同,但是 Ha 与 Hb 是邻位偶合,Ha′ 与 Hb 则是对位偶合,$J_{\text{Ha,Hb}} \neq J_{\text{Ha}'\text{Hb}}$,因此 Ha 和 Ha′是磁不等价核。

(二)自旋偶合与吸收峰的裂分

1. 裂分峰的数目　一组磁等价核所共有的裂分峰的数目,由邻近另一组与其进行相互偶合作用的磁核数目(n)决定,裂分峰数=$n+1$。

2. 裂分峰强度比　相当于二项式 $(x+1)^n$ 的展开系数,如:

$n=0$,单峰;$n=1$,$x+1$,二重峰,1:1;$n=2$,$(x+1)^2=x^2+2x+1$,三重峰,1:2:1;$n=3$,$(x+1)^3=x^3+3x^2+3x+1$,四重峰,1:3:3:1;$n=4$,$(x+1)^4=x^4+4x^3+6x^2+4x+1$,五重峰,1:4:6:4:1

......

3. **单峰** 磁全同的核之间也有偶合,但没有裂分,故是单峰。

4. **相互偶合的质子** 其偶合常数相等,裂分峰之间的距离相等(以化学位移为中心)。

5. **重叠峰** 处于对称环境的化学等价核,其核磁共振信号出现重叠峰。

四、质子的远程偶合

质子与质子之间通过 4 个以上价键产生的相互偶合作用称为远程偶合。

这种现象通过 π 键或环张力传递,故常在烯、炔、芳烃及杂环、多环、桥环化合物中存在,且具有高度的立体选择性。

第四节 核磁共振的测定

一、主 要 组 件

核磁共振仪主要由磁铁、射频振荡器、扫描器、记录仪、样品管及附件等组成。

1. **磁铁** 常用磁铁有永久磁铁、电磁铁和超导磁铁。

2. **样品管** 装待测样品溶液的测试管,放置在磁铁两极间的狭缝中,并且以一定速度进行旋转,从而使样品感受到平均化的磁场强度,以克服磁场不均匀所引起的信号增宽现象。

3. **射频振荡器** 射频振荡器的线圈绕着样品管外层,与外加磁场方向垂直,其作用是向样品发射固定频率的电磁波,从而产生核磁共振现象。射频波的频率越大,仪器分辨率也越高,性能越好。

4. **射频接收器** 其方向与前两者都垂直,作用在于探测核磁共振的吸收信号。

5. **扫描发生器** 扫场发生器线圈是安装在磁极上,用于进行扫描操作,使样品感受除磁体提供的强磁场外,还存在一个可变的附加磁场,进行核磁共振测试时,固定照射频率,可以改变磁场强度,由低磁场到高磁场进行扫场。

6. **记录仪** 可以将吸收信号放大并记录成核磁共振图谱。仪器还具有信号积分功能,可以把各种吸收峰进行面积积分,绘出积分曲线。

7. **附件**

(1)去偶仪:进行双频照射去除偶合以简化谱图。

(2)温度可变装置(高黏度样品,否则吸收峰宽)。

(3)信号累计平均仪(提高灵敏度)重复扫描、累加信号、可测定极微量试样。

二、仪 器 分 类

根据所用的磁体不同分为永久磁体、电磁体和超导磁体不同的核磁共振仪。根据射频频率不同分为 60、90、100、200、300、400、600 和 800 MHz 核磁共振仪器,目前市场上最先进的核磁共振仪是 900MHz 的仪器。按照射频和扫描方式不同可分为连续波核磁共振仪和脉冲傅立叶变换核磁共振仪。连续波核磁共振仪具有稳定、廉价和易于操作等特点,但是需要样品量大。而且由于其灵敏度低,无法测定天然丰度低的^{13}C-NMR图谱。随着脉冲傅立叶变换核磁共振仪的发展乃至普及,连续波核磁共振仪器已逐渐被取代。脉冲傅立叶变换核磁共振仪具有很强的累加信号能力,很高的灵敏度,因此已经广泛应用于测定天然丰度比很低的磁核的核磁共振图谱。在研究天然产物、合成化合物以及生物分子的结构中发挥重要作用。

三、样品制备

1. 样品要求　要保证样品的测试纯度,只有样品纯度高,则测试结果的干扰峰少,利用结构解析,同时还要排除样品中的不溶物、灰尘,以及顺磁性物质的干扰。测试样品固体要配成5%～10%的溶液,内标物加入量为1%～2%。

2. 溶剂要求　选择氘代试剂,同时所选溶剂与样品不起反应(化学惰性),其溶剂峰对样品信号干扰越小越好,同时该溶剂最好为低沸点和低黏度。常用测试溶剂有:$CDCl_3$、CD_3OD、$(CD_3)_2CO$、$(CD_3)_2SO$、C_6D_6、D_2O 等。

3. 样品管　密封,旋转(10～20 N/s)防止局部磁场不均匀。

四、谱图解析

1. 解析步骤　解析^{1}H NMR谱图的一般顺序如下。

(1)首先根据样品的质谱测试信息分析化合物的分子式,确定所含有的氢核数。

(2)凭借积分线高度和氢核总数,计算出各组信号所代表的氢核数。

(3)从信号的δ值,识别其可能归属的氢的类型。采用加D_2O后信号会消失来确定其中的活性氢。应考虑氢键对质子位移的影响,一般向低场移动。

(4)根据峰的裂分度和J值找出相互偶合的信号,进而一一确定邻近碳原子上的氢核数和相互关联的结构片段。

(5)对于简单化合物,综合上述因素就可进行结构判断,对于复杂化合物,还可以结合碳谱以及二维核磁共振图谱信息进行综合解析。

(6)对于已知物,可将样品图谱与标准图谱核对后加以确证。

2. 举例说明

例1:已知化合物A的分子式为$C_8H_{10}O$,试根据其^{1}H NMR(图4-5)推断其结构。

解:(1)在化合物A的^{1}H NMR谱中,去除TMS信号,共有五组峰,从低场到高场积分线高度比为2:2:1:2:3。分子式中共有10个氢可以推知各组峰代表的氢核数分别为2H、2H、1H、2H和3H。

(2)由分子式中碳与氢的比值初步推断,位移δ6.8、7.1处应为苯环上的质子信号。从其峰型(d)可推测此苯环应是对位取代,且为连接不同的取代基团。

(3)δ5.5处峰型低且宽,推测为—OH(δ0.5～5.5)基团,单峰说明与其相连的质子数应为零;δ2.7处四重峰(2H)即应与—CH_3相连;δ1.2(3H)处的三重峰,提示其邻近碳上有两个氢,即存在—CH_2—CH_3片段;同时在δ9～10处无峰,可排除—CHO的存在。若样品中加入D_2O后OH峰消失,则可进一步确证是—OH。

(4)综上分析,化合物A的结构应为:对乙基-苯酚。

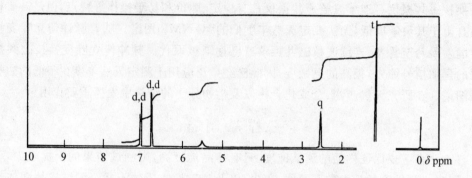

图 4-5 化合物 A C$_8$H$_{10}$O 的^{1}H NMR 图谱

(引自:唐玉海. 医用有机化学. 北京:高等教育出版社,2003)

第五节 ^{13}C 核磁共振

如同^{1}H NMR 一样,利用碳核的自旋跃迁可获得^{13}C NMR 图谱,简称碳谱(carbon spectrum)。碳是组成有机物分子结构的元素,人们清楚地认识到^{13}C NMR 对于化学研究的重要性。不过由于天然的^{13}C 丰度特别低(为^{12}C 的 1.1%),而且灵敏度比^{1}H 核差,还要受到氢核对其偶合干扰,导致难以测得具有实用价值的图谱,从而制约了^{13}C NMR 的发展与应用。直到 20 世纪 70 年代,当脉冲傅立叶变换(pulse Fourier transform,PFT)和质子去偶技术取得重大发展,才使得^{13}C NMR 的测定变得简单易行,使其作为有效的分析测试工具而迅速发展起来。

测定^{13}C NMR 的基本原理与^{1}H NMR 相同,在外加磁场中受到电磁波照射的^{13}C 核会从低能级跃迁到高能级;其核磁共振现象同样受到周围环境的影响,不同的碳核因受到的屏蔽效应、诱导效应或共轭效应而使其周围的电子云密度不同,从而表现出不同的化学位移 δ 值;图谱仍使用 TMS 作为位移零点参照物。与^{1}H NMR 不同的是将包括^{13}C 整个频带范围的射频以脉冲的方式作用于样品,同时使样品中所有的^{13}C 核发生共振,通过脉冲获得的共振信号与连续波照射获得的信号互换(即傅立叶变换),再经计算机对信号进行累加后转变成常见的^{13}C NMR 图谱。

图 4-6 是 4-甲基-2-戊酮的^{13}C NMR 图谱。质子宽带去偶谱又称噪声去偶,是在测定碳核的同时,用能覆盖所有质子共振频率的射频照射质子,消除因氢核偶合造成碳谱峰的裂分,使每一个磁等价的碳核成为一个单峰信号,从而使碳谱呈现一系列的单峰。质子宽带去偶谱谱图简化,灵敏度提高,信号分离度高,便于进行结构鉴定和信号归属。在质子宽带去偶谱中,谱图中 δ 219 是羰基碳信号,其去屏蔽效应最强,在最低场;δ 23 是远离羰基的甲基碳信号,其受到的屏蔽效应最强,在最高场;δ 30 是邻接羰基的甲基碳信号,在较高场;亚甲基碳信号在 δ 53,次甲基碳信号在 δ 25。

从图 4-6A 可看出^{13}C NMR 谱具有以下特点:①δ 值范围(0~230)远大于 1H NMR(0~20)的化学位移值范围;②谱图可直接提供有机化合物的"骨架"信息;③碳谱无积分曲线,峰的高度与碳数无关,不能提供各种类型碳信号的相对比例。

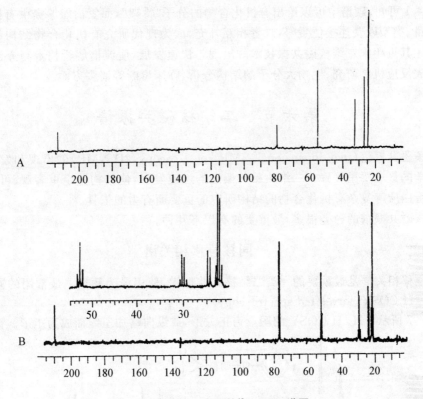

图 4-6 4-甲基 2-戊酮的¹³C NMR 谱图

A. 4-甲基 2-戊酮的质子宽带去偶谱图;4-甲基 2-戊酮的偏共振去偶谱图

(引自:唐玉海. 医用有机化学. 北京:高等教育出版社,2003)

由于^{1}H 的天然丰度高达 99.98%,使得^{1}H-^{13}C 偶合常数非常大,图谱变得很复杂。为了简化图谱,便于结构研究,现代核磁共振技术通常采用双共振法,即采用略高于所有^{1}H 核共振位置的频率进行双照射,以消除远程^{1}H 弱的偶合而保留与^{13}C 直接相连的^{1}H 核的偶合,并将该技术称为偏共振去偶技术。偏共振去偶谱中^{13}C 峰的裂分是由于与其直接相连的氢核偶合作用导致的。如果^{13}C 裂分为 n 重峰,则表明是由该碳信号直接相连的 $n-1$ 个 H 偶合作用引起的,从而可推得有关碳原子类型(伯、仲、叔、季)的信息。如图 4-6B 所示。

^{13}C NMR 谱中各类化合物的常见的^{13}C 化学位移的典型值范围见表 4-1。

表 4-1 ^{13}C NMR 谱中常见碳的化学位移值

碳的类型	δ_C	碳的类型	δ_C	碳的类型	δ_C
RCH_3(伯碳)	0～35	RCH_2NH_2	60～35	RCONHR	160～180
R_2CH_2(仲碳)	15～45	RCH_2OH	40～70	RCOOR	155～175
R_3CH(叔碳)	25～60	RCHO	175～205	$(RCO)_2O$	150～175
R_4C(季碳)	35～70	R_2CO	175～225	RCN	110～130
C＝C(烯烃)	110～150	RCOOH	160～185	$(R_2N)_2CO$	150～170
C≡C(炔烃)	70～100	⟨benzene⟩	110～175	RCOCl	165～182

从表 4-1 可知,碳谱中可以给出有机化合物的分子"骨架",而氢谱能够提供有机化合物的质子的数目、类型以及连接位置等,二者相互补充,成为现代研究有机化合物结构最有用的分析方法。尤其近年来二维核磁共振技术的出现与快速发展,使波谱解析技术与方法已成功地应用于合成反应机制研究、生物大分子的结构分析、临床诊断等诸多方面。

第六节　二维核磁共振谱

二维核磁共振谱(two-dimensional NMR spectroscopy,2D NMR)的出现和发展,是核磁共振波谱学的最主要里程碑。二维核磁共振谱的迅速发展,使结构鉴定更客观、可靠,成为多肽、核酸、蛋白质等复杂有机化合物的结构研究的重要而有力的工具。

二维核磁共振谱的种类很多,最重要的有以下几种。

一、同核位移相关谱

同核位移相关谱是最重要的一类二维核磁共振谱,使用最为频繁。最常用的同核位移相关谱为 ^1H-^1H COSY(correlated spectroscopy)。

如图 4-7 所示,^1H-^1H COSY 的图形为正方形,或纵向略加压缩而成为矩形。该图的横纵

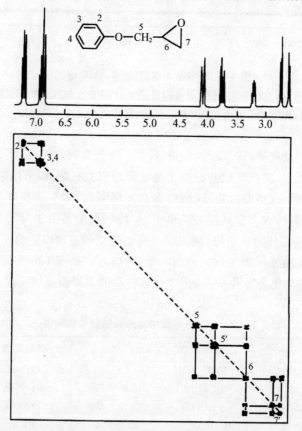

图 4-7　环氧乙烷基苯甲醚的 ^1H-^1H COSY 谱图

(引自:邓芹英,刘岚,邓慧敏.波谱解析教程.北京:科学出版社,2010)

坐标均为氢谱。COSY 谱中有一条对角线，常见的为左低右高。对角线上有若干峰组，它们和氢谱的峰一一对应。这些峰称为对角线峰或自动相关峰，它们不提供偶合信息。对角线外的峰组称为交叉峰或相关峰，它反映相对应的两峰氢信号之间的偶合关系。通过任一相关峰组分别向上方和左侧作垂线，分别与两组不同的氢信号相交，这两组信号是相互偶合的氢信号。因此从任一交叉峰即可确定相应的两峰组之间的偶合关系。COSY 主要反映相距 3 根键的氢（邻碳氢）的偶合关系，跨越两根键的氢（同碳氢）或偶合常数较大的远程偶合也可能被反映出来。交叉峰是沿对角线对称分布的，因而只分析对角线一侧的交叉峰即可。COSY 的具体例子如图 4-7 所示。

二、异核位移相关谱

异核位移相关谱把氢核和与其直接相连的其他核关联起来。有机化合物以碳原子为骨架，因此异核位移相关谱主要就是碳氢相关谱（HC-COSY），分为碳氢直接相关谱和碳氢远程相关谱。HC-COSY 的谱图呈矩形。水平方向刻度为碳谱的化学位移，该化合物的碳谱置于此矩形的上方。垂直方向刻度为氢谱的化学位移，该化合物的氢谱置于此矩形的左侧。矩形中出现的峰称为相关峰或交叉峰。每个相关峰把直接相连的碳谱谱线和氢谱峰组关联起来。在碳氢直接相关谱中由于季碳原子不连氢所以在碳氢相关谱中没有相关峰。如一碳原子上连有两个化学位移值不等的氢核，则该碳谱谱线将对应两个相关峰，从而确定该碳的类型为 CH_2。一般情况，结合氢谱的积分在碳氢直接相关谱中可以确定每个碳原子的种类（CH_3，CH_2，CH，C）。由于碳谱的分辨率高，尽管氢谱中容易出现峰组化学位移值相近或者峰重叠的情况，但是在碳氢直接相关谱中可以区分开。这对进一步的结构分析是大有裨益的。HC-COSY 直接相关谱，对应的是 HMQC 或 HSQC 谱，能够确定直接相连的碳和氢的相关。

HC-COSY 远程相关谱，对应的是 HMBC 谱，确定碳氢远程偶合的异核位移相关谱。它显示跨越 2～3 根键的碳、氢偶合关系。这对于推断包含季碳原子的未知物的结构至关重要。

三、总 相 关 谱

总相关谱（total correlation spectroscopy，TOCSY）把 COSY 的作用延伸，从任一氢的峰组可以找到与该氢核在同一偶合体系的所有氢核的相关峰。这对于研究包含几个自旋偶合体系的化合物特别有用，因 TOCSY 可把几个体系相互区别。TOCSY 的外形与 COSY 相似，但交叉峰的数目大大增加。另可见到 HOHAHA（Homonuclear Hartmann-Hahn Spectroscopy）这一名称的二维核磁共振谱。它的基本原理与 TOCSY 相近，作用则完全相同。

第七节　核磁共振的应用

核磁共振的应用范围越来越广，且发挥着越来越重要的作用。在生物学领域，核磁共振更是受到青睐，它使蛋白质分子在水溶液中的构象研究成为可能。这是推动磁共振波谱仪向更高频率发展的重要推动力之一。

一、推导有机化合物结构

利用二维核磁共振谱,可以得到比氢谱、碳谱更为丰富的结构信息,因而可解决更复杂的结构问题。采用二维核磁共振谱的基础是常规的氢谱,碳谱,因为它们总附于二维谱上方及侧面。事实上,在测试二维核磁图谱之前必须先测试一维图谱。用二维核磁共振谱推导结构在大多数情况下也需要质谱的数据,至少是低分辨质谱的数据。基于二维核磁共振谱推导未知物结构可归纳为三套方法,简述如下。

(一)以位移相关谱为核心推导未知物结构

这是目前应用最多,也是发展最成熟的方法。本节重点介绍这种方法。

1. 确定未知物中所含碳氢官能团 结合氢谱、碳谱、DEPT,HC-COSY 可以知道未知物中所含的所有碳氢信息,并将碳和与其直接相连接的氢信号连接起来,然后推测出结构中所有官能团及它们在何处出峰。

2. 确定未知物中各偶合体系 由于 COSY 可反映所有邻碳氢的偶合关系,因而从 COSY 的交叉峰可以把偶合关系一个个找出来。即从偶合体系的一起点开始,依次找到邻碳氢,直至最后一个邻碳氢。偶合体系终止于季碳或杂原子。

3. 确定未知物中季碳原子的连接关系 季碳原子上不直接连氢,因此 COSY 上没有与其对应的交叉峰。要把季碳原子和别的偶合体系连接起来需要 COLOC 或 HMBC。

4. 确定未知物中的杂原子,并完成它们的连接 从碳谱、氢谱有可能确定杂原子的存在形,如:—C≡N,—C=N—,—OH,—OCH$_3$ 等。从 $\delta C, \delta H$ 的数值,可判断碳氢官能团与杂原子的连接关系。由于碳-氢远程相关谱(HMBC)可以跨过杂原子,从而确定杂原子与碳氢官能团之间的连接。

5. 判断正确性 通过对谱图的确认来核实解析的结构,判断其正确性。

(二)以 HMQC-TOCSY 为核心推导未知物结构

HMQC 的作用相当于碳氢直接相关谱,样品的用量可大大减少。做 TOCSY 实验时,其中有个重要参数是等频混合时间。当它逐渐增长时(需要进行几次实验,测出对应不同等频混合时间的谱图),相关峰的数目逐渐增加,从某个碳原子或氢原子出发所找出的有偶合关系的碳、氢原子也就越来越多。用这样的方法,逐步连接未知物的结构。

二、有机物定量分析

前面我们讨论了核磁共振用于有机化合物结构鉴定的定性方面的应用。现在讨论核磁共振在定量方面的应用,主要是在一个混合物体系中确定各组分之间的相互含量的比例。

在核磁共振氢谱中,峰组面积和其对应的氢原子成正比。尽管氢谱中出现在高场区的峰面积比在低场的峰面积(相同氢原子数)稍大一点点,但仍不失为一种很好的定量方法。在碳谱中,如果采用特定的脉冲序列,减少脉冲倾倒角,增长脉冲之间的间隔,也可以实现较好的定量分析。对一个混合物体系来说,由于氢谱的灵敏度高,定量性好,只要在谱图中混合体系中的每一个组分都能找到一个不与其他组分相重叠的氢谱特征峰组,就可以用氢谱来进行定量操作。如果在氢谱中不能满足上述的要求,就采用碳谱来定量,因为碳谱的分辨率高,不容易发生谱线的重叠。需强调的是:相比于常用的有机定量方法 GC 和 HPLC 来说,核磁共振的定量可用于一些平衡体系中各组分的定量,如体系内共存酮式和烯醇式,顺式和反式。核磁共振能在难持平衡体系的条件下进行各组分的定量。

三、固体高分辨核磁共振谱

本章前面所讨论的全限于液态样品（且要求低黏度）的核磁共振测试。在实际工作中，常常需要固态样品进行核磁测试。主要由于有些样品找不到任何适合的溶剂配制其溶液，如某些高聚物；此外某些样品配制成溶液后结构会有一定的变化，因此需要进行固体核磁共振的测试。按照通常的作图方法，用固态样品作图会得到很宽的谱线，得不到结构信息。产生这种现象主要有两个原因：一是自旋核之间的偶极-偶极相互作用；二是化学位移的各向异性。这两个原因都和分子在磁场中的取向有关。在液体试样中，分子在溶液中不断地翻滚，因此以上两种作用都被平均掉了。除上述谱线变宽的问题需解决以外，碳谱本身灵敏度低，受氢核的偶合干扰将使谱线裂分，也降低了信噪比，这亦需解决。作固体高分辨核磁共振谱的方法为交叉极化/魔角旋转法 CP/MAS（cross polarization/magic angle spinning）。实际上还包括氢核去偶的过程、交叉极化法涉及对脉冲作用的分析等。

（刘岱琳 陈 虹）

参 考 文 献

[1] 吴立军.有机化合物波谱解析.北京：中国医药科技出版社，2009：80-154.

[2] 邓芹英，刘岚，邓慧敏.波谱解析教程.北京：科学出版社，2010：96-198.

[3] 唐玉海.医用有机化学.北京：高等教育出版社，2003：406-417.

[4] 王培铭，许乾慰.材料研究方法.北京：科学出版社，2006：85-110.

第5章 高效液相色谱法

第一节 概　述

高效液相色谱法(high Performance liquid chromatography,HPLC),又称"高压液相色谱"、"高速液相色谱"、"高分离度液相色谱"、"近代柱色谱"等。HPLC适于分离、分析高沸点、热稳定性差、有生理活性及相对分子量比较大的物质,因而广泛应用于核酸、肽类、内酯、稠环芳烃、高聚物、药物、人体代谢产物、表面活性剂、抗氧化剂、杀虫剂、除莠剂的分析等物质的分析。目前,HPLC已成为化学、生物化学、医学、工业、农业、环境保护、商检和法检等学科领域中重要的分离分析技术,是分析化学、生物化学和环境化学工作者手中必不可少的工具。

一、主要特点

HPLC具有"三高、一快、一广"的优点:

1. 高压　流动相为液体,流经色谱柱时,受到的阻力较大,为了能迅速通过色谱柱,必须对载液加高压。

2. 高效　分离效能高。可选择固定相和流动相,以达到最佳分离效果,比工业精馏塔和气相色谱的分离效能高出许多倍。

3. 高灵敏度　紫外检测器可达0.01 ng,进样量在μl数量级。

4. 应用范围广　70%以上的有机化合物可用高效液相色谱分析,特别是在高沸点、大分子、强极性、热稳定性差化合物的分离分析中显示出优势。

5. 分析速度快、载液流速快　HPLC较经典液体色谱法速度快得多,通常分析一个样品在15~30 min,有些样品甚至在5min内即可完成,一般<1 h。

此外,HPLC还有色谱柱可反复使用、样品不被破坏、易回收等优点,但也有缺点,与气相色谱相比各有所长,相互补充。HPLC的缺点是有"柱外效应"。在从进样到检测器之间,除了柱子以外的任何死空间(进样器、柱接头、连接管和检测池等)中,如果流动相的流型有变化,被分离物质的任何扩散和滞留都会显著地导致色谱峰的加宽,柱效率降低,且HPLC检测器的灵敏度不及气相色谱。

二、色谱仪组成

HPLC其仪器结构和流程多种多样,一般都具备贮液器、高压泵、梯度洗脱装置(用双泵)、进样器、色谱柱、检测器、恒温器、记录仪等主要部件。

(一)高压输液泵

HPLC使用的色谱柱很细(1~6mm),所用固定相的粒度也非常小(几μm到几十μm),所以流动相在柱中流动受到的阻力很大,在常压下,流动相流速十分缓慢,柱效低且费时。为了达到快速、高效分离,必须给流动相施加很大的压力,以加快其在柱中的流动速度。为此,须用高压泵进行高压输液。

1. 功能　驱动流动相和样品通过色谱分离柱和检测系统。

2. 性能要求　流量恒定、抗溶剂腐蚀、有较高的输液压力。

3. 梯度洗脱　类似于 GC 中的程序升温。就是载液中含有两种（或更多）不同极性的溶剂，在分离过程中按一定的程序连续改变载液中溶剂的配比和极性，通过载液中极性的变化来改变被分离组分的分离因素，以提高分离效果。梯度洗提可以分为两种：

(1)低压梯度(也叫外梯度)：在常压下，预先按一定程序将两种或多种不同极性的溶剂混合后，再用一台高压泵输入色谱柱。

(2)高压梯度(或称内梯度系统)：利用两台高压输液泵，将两种不同极性的溶剂按设定的比例送入梯度混合室，混合后，进入色谱柱。

(二)色谱柱

色谱柱是色谱仪最重要的部件。通常用厚壁玻璃管或内壁抛光的不锈钢管制作的，对于一些有腐蚀性的样品且要求耐高压时，可用铜管、铝管或聚四氟乙烯管。

1. 功能　分离样品中的各个物质。

2. 尺寸　柱子内径一般为 1～6mm。常用的标准柱型是内径为 4.6mm 或 3.9mm，长度为10～30cm。

3. 填料粒度　一般 5～10μm，现在发展到 1.7μm 的小颗粒填料；柱效以理论塔板数计 7 000～10 000。发展趋势是减小填料粒度和柱径以提高柱效。

4. 延长色谱柱使用寿命的方法　在 HPLC 应用中，通常选用孔径为 0.45μm 的过滤器进行微粒物质的去除处理，通常能够使色谱柱的使用寿命延长达 46 倍，同时不会显著地增大色谱柱背压。除此以外，尚需注意以下几点。

(1)使用"保护柱"延长色谱柱的使用寿命。

(2)选择高品质的柱子。

(3)定期冲洗柱子延长色谱柱的使用寿命。

(4)再生色谱柱：直接将色谱柱连接到泵，按照下述溶剂选择顺序，流量定为 0.8ml/min，每种清洗溶剂用 20 倍柱体积。

①极性固定相(如 Si,NH$_2$,CN,DIOL 基色谱填料)：水-乙醇-丙酮-乙酸乙酯-氯仿-正庚烷。

②非极性固定相(如反相色谱填料 RP-18,RP-8 等)：乙腈-氯仿(或异丙醇)-乙腈-水。

③典型的硅胶键合柱：如果没有缓冲溶液，用以下溶剂系列：100%甲醇、100%乙腈、75%乙腈、25%异丙醇混合溶剂、100%异丙醇、100%二氯甲烷和100%正己烷。

用二氯甲烷或正己烷以后，由于溶剂相容性柱子必须用异丙醇冲洗后才能用原来的水相溶剂。每种溶剂至少冲洗 10 个柱体积。如 250mm×4.6mm 分析柱，分析者可以用 1～2ml/min 的流速来冲洗，要回复原来的溶剂体系，不需要每一步都冲洗，可以跳过中间步骤。中间步骤推荐使用异丙醇，然后用没有缓冲的流动相，最后恢复起始流动相配置。四氢呋喃是另外一种比较常用的去除污染的溶剂。如果使用者怀疑柱子被严重污染，可以二甲基亚砜(DM-SO)或者二甲基甲酰胺和水按 50:50 的比例混合用低于 0.5ml/min 的流速流过色谱柱。成功再生反相柱子是一个非常耗时间的过程，溶剂冲洗可以利用梯度系统过夜操作。

(5)注意事项：①0.05mol/L 稀硫酸可以用来清洗已污染的色谱柱。②很多情况我们再生是用乙腈(用它过柱子伤害特别的少)、异丙醇、四氢呋喃,最后再用甲醇水慢慢恢复到以往的状态。这种情况适合于分析样品比较杂的浸膏。③在通常情况下,最好是更换色谱柱;花费太多的时间用于色谱柱再生而不能保证正常的分析工作是得不偿失的。

(三)进样器

1.功能　将待分析样品引入色谱系统;进样所用微量注射器及进样方式与 GC 法一样。

2.种类

(1)注射器,10 MPa 以下,1～10μl 微量注射器进样。

(2)进样压力 150×10^5 Pa 时,必须采用停流进样。

(3)阀进样,能在高压下进样,常用、较理想、体积可变,可固定。

(4)自动进样器,有利于重复操作,实现自动化。

(四)检测器

1.功能　将被分析组在柱流出液中浓度的变化转化为光学或电学信号。

2.检测器的性能指标

(1)噪声:各种未知的偶然因素引起的极限起伏现象称为噪声。通常因为电源接触不良或瞬间过负荷、检测器不稳定、流动相含有气泡或色谱柱被污染所产生。

(2)漂移(drift):基线随时间朝某一方向的缓慢变化称为漂移,用单位时间基线水平的变化来衡量。漂移主要由于操作条件如电压、温度、流动相及流量的不稳定所引起,柱内的污染物或固定相被连续不断地洗脱下来也会产生漂移。

(3)检测限(limit of detection,LOD):在样品中能检出的被测组分的最低浓度(量)称为检测限,即产生信号(峰高)为基线噪声标准差 k 倍时的样品浓度,一般为信噪比(S/N)2:1或3:1时的浓度,对其测定的准确度和精密度没有确定的要求。

(4)线性范围(linear range):仪器分析的线性是指峰面积或峰高或组分的峰面积、峰高与内标物峰面积、峰高之比与样品中被测组分的浓度(或量)成正比的性能,常以回归线斜率的方差来表示。而这一线性的上限和下限浓度(量)的间隔称为线性范围。

3.分类

(1)紫外-可见分光光度检测器:是最常用的检测器,应用最广,对大部分有机化合物有响应。原理是基于被分析试样组分对特定波长紫外光的选择性吸收,组分浓度与吸光度的关系遵守比尔定律。其特点:①灵敏度高:其最小检测量 10^{-9} g/ml,故即使对紫外光吸收很弱的物质,也可以检测;②线性范围宽;③流通池可做的很小(1mm×10mm,容积 8μl);④对流动相的流速和温度变化不敏感,可用于梯度洗脱;⑤波长可选,易于操作。缺点是对紫外光完全不吸收的试样不能检测;同时溶剂的选择受到限制(参见第 1 章)。

(2)光电二极管阵列紫外检测器:阵列由 1 024 个光电二极管阵列,每个光电二极管宽仅50m,各检测一窄段波长。在检测器中,光源发出的紫外或可见光通过液相色谱流通池,在此流动相中的各个组分进行特征吸收,然后通过狭缝,进入单色其进行分光,最后由光电二极管阵列检测,得到各个组分的吸收信号。经计算机快速处理,得三维立体谱图。

(3)荧光检测器:荧光检测器是一种高灵敏度、高选择性检测器。对多环芳烃、维生素 B、黄曲霉素、卟啉类化合物、农药、药物、氨基酸、甾类化合物等有响应。荧光检测器的结构及工作原理和荧光光度计相似。

(4)示差折光化学检测器:除紫外检测器之外应用最多的检测器。示差折光检测器是借连续测定流通池中溶液折射率的方法来测定试样浓度的检测器。溶液的折射率是纯溶剂(流动相)和纯溶质(试样)折射率乘以各物质的浓度之和。因此溶有试样的流动相和纯流动相之间折射率之差表示试样在流动相中的浓度。

(5)电化学检测器:电化学检测器是一种通用型电化学检测器,包括极谱、安培、伏安和电导等检测器。可用于液相色谱、离子色谱、电色谱、毛细管电泳、微流芯片、流动注射分析等。

(6)化学发光检测器:是一种高灵敏度的检测器,它不需要任何光源,没有散射光的影响,噪声低。可用于药物和生物化学分析,尤其是痕量组分的测定以及进行药物代谢和免疫研究等,成为分析微量脂质、核酸、生物胺等的最佳选择。

(7)蒸发光散射检测器:是 20 世纪 90 年代出现的一种通用型检测器,适于检测挥发性低于流动相的组分,主要用于检测糖类、高级脂肪酸、磷脂、维生素、氨基酸、甘油三酯及甾体等。它不仅可以作为一般的 HPLC 检测器,还可以作为凝胶色谱级超临界色谱检测器。但是其灵敏度比较低,尤其是紫外所吸收的组分(其灵敏度比 UV 检测约低一个数量级);此外,流动相必须是挥发性的,不能含有缓冲盐类等。

(五)馏分收集和数据获取处理系统

如果所进行的色谱分离不是为了纯粹的色谱分析,而是为了做其他波谱鉴定,或获取少量试验样品的小型制备,馏分收集是必要的。馏分收集方法:①手工收集只能收集少数几个馏分,且手续麻烦,易出差错;②用馏分收集器收集比较理想,微机控制操作准确。

数据获取处理系统负责把检测器检测到的信号显示出来,并对数据进行初步的运算。

三、主 要 方 法

根据分离原理的不同,HPLC 法主要可分为吸附、分配、离子交换和排阻法四种;根据固定相和流动相的相对极性大小,HPLC 又有正相和反相之分。

(一)液-液分配法

液-液分配色谱法(liquid-liquid partition chromatography,LLPC)及化学键合相色谱(chemically bonded phase chromatography,GPC)的流动相和固定相都是液体,现在应用很广泛(70%~80%)。其正相液-液分配色谱法(normal phase liquid chromatography)流动相的极性小于固定液的极性。反相液-液分配色谱法(reverse phase liquid chromatography)流动相的极性大于固定液的极性。由于流动相与固定相之间应互不相溶(极性不同,避免固定液流失),因而有一个明显的分界面。

试样溶于流动相后,在色谱柱内经过分界面进入固定液(固定相)中,由于试样组分在固定相和流动相之间的相对溶解度存在差异,因而溶质在两相间进行分配。达到平衡时,分配系数 K 为溶质在固定相和流动相中的浓度之比,液相色谱中流动相的种类对 K 却有较大的影响。

LLPC 与 GPC 有相似之处,即分离的顺序取决于 K,K 大的组分保留值大;但也有不同之处,GPC 中,流动相对 K 影响不大,LLPC 流动相对 K 影响较大。

LLPC 的缺点:①尽管流动相与固定相的极性要求完全不同,但固定液在流动相中仍有微量溶解;②流动相通过色谱柱时的机械冲击力,会造成固定液流失。20 世纪 70 年代末发展的 GPC,可克服上述缺点。

(二)液-固法或吸附法

液-固法(liquid-solid adsorpion chromatography,LSAC)是根据物质吸附作用的不同来进

行分离的。其流动相为液体,固定相为吸附剂(如硅胶、氧化铝等)。当试样进入色谱柱时,溶质分子和溶剂分子对吸附剂表面活性中心发生竞争吸附(未进样时,所有的吸附剂活性中心吸附的是溶剂分子),溶质分子被固定相吸附,将取代固定相表面上的溶剂分子。如果溶剂分子吸附性更强,则被吸附的溶质分子将相应地减少。吸附性大的溶质就会最后流出。

液-固色谱法适用于分离相对分子质量中等的油溶性样品,对具有不同官能团的化合物和异构体有较高的选择性。凡能用薄层色谱成功地进行分离的化合物,亦可用液-固色谱进行分离。缺点是由于非线性等温吸附常引起峰的拖尾现象。

(三)离子对法

强酸和强碱在 pH 为 2~8 的范围内完全离解,用离子抑制法不能获得足够的保留,若将一种(或多种)与溶质分子电荷相反的离子加到流动相或固定相中,使其与溶质离子结合形成中性疏水型离子对化合物,从而增大保留并取得良好的分离效果,这种方法称为离子对法(ion pair chromatography,IPC)。用来形成离子对的离子称为对离子或反离子,相应的试剂称为离子对试剂,多为烷基磺(硫)酸盐或季铵盐。

IPC 分为正相离子对色谱和反相离子对色谱,正相离子对色谱是将离子对试剂涂覆在硅胶和纤维素上,以非极性溶剂为流动相,离子对试剂易流失;反相离子对色谱采用烷基键合相为固定,相流动相是含有低浓度反离子的水/有机溶剂缓冲液,无离子对试剂流失问题,操作简便,适用范围广,解决了以往难以分离的如酸、碱和离子、非离子混合物的分离问题,特别适于一些核酸、核苷、生物碱以及药物等的分离。

(四)离子交换法

离子交换法(ion-exchange chromatography,IEC),是以离子交换树脂作为固定相,基于离子交换树脂上可电离的离子与流动相中具有相同电荷的溶质离子进行可逆交换,依据这些离子与交换剂具有不同的亲和力而将它们分离。IEC 解决了生命化学领域中许多重要而又复杂的生物物质如氨基酸、核酸的分离。一般来说,凡是在溶剂中能够电离的物质通常都可以用离子交换色谱法来进行分离。

(五)离子法

离子法(ion chromatography,IC),是在 IEC 的基础上发展起来的,用离子交换树脂为固定相,电解质溶液为流动相,以电导检测器为通用检测器。为消除流动相中强电解质背景离子对电导检测器的干扰,设置了抑制柱。试样组分在分离柱和抑制柱上的反应原理与离子交换色谱法相同。

离子色谱是目前唯一能获得快速、灵敏、准确和多组分分析效果的方法,可分析的离子主要是阴离子,如无机强酸阴离子和有机酸阴离子,也可以分析碱金属、碱土金属和有机胺等阳离子,糖类、氨基酸等也可用离子色谱法进行分析。IC 法特别适合于水样的分析,大部分样品不需要前处理可直接进样分析,灵敏度高,可检测至 ppb 级。已广泛应用于环保、化工、医药、地质、冶金等领域。

(六)空间排阻法

空间排阻法(steric exclusion chromatography,SEC),也称排阻色谱、凝胶色谱和分子筛色谱,原理类似于分子筛的作用,以凝胶(gel)为固定相,但凝胶的孔径比分子筛要大得多,一般为数纳米到数百纳米。溶质在两相之间按分子大小进行分离,分离只与凝胶的孔径分布和溶质的流动力学体积或分子大小有关。试样进入色谱柱后,随流动相在凝胶外部间隙以及孔穴旁流过。在试样中一些太大的分子不能进入胶孔而受到排阻,因此就直接通过柱子,首先在色谱图上出现,一些很小的分子可以进入所有胶孔并渗透到颗粒中,这些组分在柱上的保留值最大,在色谱图上最后出现。

SEC 主要应用于高分子化合物的分离和合成聚合物分子量的测定,在生物化学和高分子领域应用广泛。

四、主 要 发 展

(一)制备型高效液相色谱

制备型高效液相色谱(preparative high performance liquid chromatography,PHPLC)又称为高压液相色谱,具有柱长短、内径大、流速高等特点。因其柱效高,分离迅速而成为制备、纯化难分离物质的极好手段,它的制备量可以达到半克级,甚至更多。与传统的分离方法相比,PHPLC 是一种更有效的分离方法,因此被广泛应用于天然植物活性成分的提取和纯化、生物化学和药物代谢等方面的研究。PHPLC 是目前制备色谱中使用较多的分离大量组分的方法。PHPLC 以分离、富集和纯化组分为目的,并不要求有良好的色谱图。一般利用分析型色谱对有效成分进行检测和鉴定,并进行产品质量控制,而用制备型色谱对样品进行分离和纯化。

(二)超高效液相色谱

超高效液相色谱(ultra Performance liquid chromatography,UPLC)是分离科学中的一个全新类别,UPLC 借助于 HPLC 的理论及原理,涵盖了小颗粒填料、非常低系统体积及快速检测手段等全新技术,增加了分析的通量、灵敏度及色谱峰容量,使液相色谱技术进入了全新的时代。

第二节　色谱法基本理论

一、基本概念和术语

(一)色谱图和色谱峰参数

1. 色谱图(chromatogram)　样品被流动相冲洗,流经色谱柱和检测器,所得到的信号-时间曲线,又称色谱流出曲线(elution profile),简称流出曲线(图 5-1)。根据色谱流出曲线可以计算各种色谱参数。

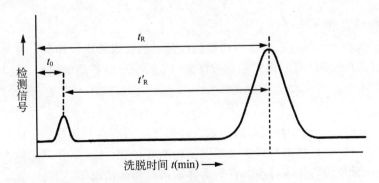

图 5-1　色谱流出曲线

(引自:李发美.医药高效液相色谱技术.北京:人民卫生出版社,1999)

2. 基线（base line） 经流动相冲洗，柱与流动相达到平衡后，或虽有组分通过而不能为检测器所检出时，检测器测出一段时间的流出曲线。一般应平行于时间轴。

3. 噪声（noise） 基线信号的波动。通常因电源接触不良或瞬时过载、检测器不稳定、流动相含有气泡或色谱柱被污染所致。

4. 漂移（drift） 基线随时间的缓缓变化。主要由于操作条件如电压、温度、流动相及流量的不稳定所引起，柱内的污染物或固定相不断被洗脱下来也会产生漂移。

5. 色谱峰（peak）或色谱带（band） 流出曲线上的突出部分称为色谱峰。正常色谱峰近似于对称形正态分布曲线（高斯 Gauss 曲线）。不对称色谱峰有两种：前延峰（leading peak）和拖尾峰（tailing peak）。前者少见。

6. 对称因子（symmetry factor，f_s） 衡量色谱峰的对称性，《中国药典》称为拖尾因子（tailing factor），也称为不对称因子。对称因子可按下式计算：

$$f = \frac{W_{0.05h}}{2A} = \frac{B+A}{2A} \tag{5-1}$$

《中国药典》规定 $f_s = 0.95 \sim 1.05$ 为正常峰，$f_s < 0.95$ 为前延峰，$f_s > 1.05$ 为拖尾峰。

（二）定性参数（保留值）

1. 保留时间（retention time，t_R） 指从进样开始到某个组分的色谱峰峰顶的时间间隔，即从进样到某组分出现浓度极大值的时间间隔，称为该组分的保留时间（图 5-1）。不同的物质在不同的色谱柱上以不同的流动相洗脱会有不同的 t_R，因此 t_R 是色谱分析法比较重要的参数之一。t_R 由物质在色谱中的分配系数决定。

（1）死时间（dead time，t_0）：不被固定相保留的组分的保留时间。即流动相（溶剂）通过色谱柱的时间。在反相 HPLC 中可用苯磺酸钠来测定 t_0。

（2）调整保留时间（adjusted retention time，t'_R）：扣除 t_0 后的保留时间，也称折合保留时间（reduced retention time）。组分由于溶解于固定相或被吸附等原因，而比不溶解或不吸附的组分在柱内多停留些时间。在实验条件一定（温度、固定相等）时，t'_R 只决定于组分的性质，因此，t'_R（或 t_R）可用于定性。它与 t_R 的关系如下：

$$t'_R = t_R - t_0 \tag{5-2}$$

2. 保留体积（retention volume，V_R） 由进样开始到某个组分出现浓度最大值时所需流动相的体积，又称为洗脱体积。

$$V_R = F_c \cdot t_R \tag{5-3}$$

F_c 为流动相的流速（ml/min）。

（1）死体积（dead volume，V_0）：由进样器到检测器出口未被固定相所占有的空间。包括进样器至色谱柱管路的空间（V_{it}）、固定相颗粒间隙（V_m）、柱出口管路的空间（V_{0t}）及检测器内腔空间（V_d）的总和。

$$V_0 = V_{it} + V_m + V_{0t} + V_d$$

由上式可见，死体积可分为两部分：①色谱柱内流动相所占的体积（V_m），参与色谱平衡过程；②进样器导管、柱入口、柱出口接头及检测器内腔等体积，这三部分只起峰扩展作用。为了防止峰扩展，应尽量使后者体积减小。在后者体积可忽略的情况下，V_0 等于 V_m。

也可用下式计算 V_0

$$V_0 = F_c \cdot t_0 \tag{5-4}$$

（2）调整保留体积（adjusted retention volume，V'_R）：扣除死体积后的保留体积，或称校正保留体积。

$$V'_R = V_R - V_0$$
$$或\ V'_R = F_c \cdot t'_R \tag{5-5}$$

（三）柱效参数

1. **区域宽度**　在一定实验条件下，区域宽度越大（峰越胖），柱效越低；反之，则越高。区域宽度有下述三种表示方法：

（1）标准偏差（stantard deviation，σ）：讨论标准正态分布曲线时，将 x＝±1 时（拐点）的峰宽一半称为标准偏差。正常峰的标准差为峰高的 0.607 倍（0.607h）处的峰宽之半。标准偏差的大小说明组分在流出色谱柱过程中的分散程度。σ 小，分散程度小、极点浓度高、峰形瘦、柱效高。反之，σ 大，峰形胖、柱效低。

（2）半峰宽（peak width at half-height，$W_{h/2}$ 或 $Y_{h/2}$）：色谱峰峰高一半处的峰宽，也称半高峰或半宽度。其值与标准偏差有如下关系：

$$W_{h/2} = 2.355\sigma \tag{5-6}$$

（3）峰宽（peak width，W 或 Y）：通过色谱峰两侧的拐点作切线在基线上所截的距离，称为峰宽或基线宽度。由于作切线后为等腰三角形，底边为峰宽，而 σ 为等腰三角形高度之半处的宽度之半。所以

$$W = 4\sigma \tag{5-7}$$

即：

$$W = 1.699\ W_{h/2} \tag{5-8}$$

2. **理论塔板数和理论塔板高度**

（1）理论塔板数（theoretical plate number，n）：用于定量表示色谱柱的分离效率（简称柱效），n 取决于固定相的种类、性质（粒度、粒度分布等）、填充状况、柱长、流动相的种类和流速及测定柱效所用物质的性质。如果峰形对称并符合正态分布，n 可以由色谱峰的保留时间和区域宽度计算：

$$n = \left(\frac{t_R}{\sigma}\right)^2 \tag{5-9}$$

也可写成：

$$n = 5.54\left(\frac{t_R}{W_{h/2}}\right)^2 = 16\left(\frac{t_R}{W}\right)^2$$

n 为常量时，W 随 t_R 成正比例变化。在一张多组分色谱图上，如果各组分含量相当，则后洗脱的峰比前面的峰要逐渐加宽，峰高则逐渐降低。

用半峰宽（$W_{h/2}$）计算 n 更为方便和常用，因为半峰宽更易准确测定，尤其是对稍有拖尾的峰。组分的保留时间越长，σ、$W_{h/2}$ 或 W 越小（即峰越瘦），则理论塔板数越大，柱效越高。

若应用调整保留时间 t'_R 计算理论塔板数，所得值称为有效理论塔板数（$n_{有效}$ 或 n_{eff}）。

$$n_{有效} = \left(\frac{t'_R}{\sigma}\right)^2 = 5.54\left(\frac{t'_R}{W_{h/2}}\right)^2 = 16\left(\frac{t'_R}{W}\right)^2$$

n 与柱长成正比，柱越长，n 越大。用 n 表示柱效时应注明柱长，如果未注明，则表示柱长为 1 米时的理论塔板数（一般 HPLC 柱的 n 在 1 000 以上）。

（2）理论塔板高度（height equivalent to a theoretical plate，H）：为每单位柱长的方差，即

$$H = \frac{\sigma^2}{L} \tag{5-10}$$

实际计算时往往用柱长 L 和理论塔板数计算：

$$H = \frac{L}{n} \tag{5-11}$$

$$H_{有效} = \frac{L}{n_{有效}}$$

（3）折合塔板高度（reduced plate height，h）：Knox 等提出的折合塔板高度是与固定相粒径（d_p）有关的因素引起的峰展宽的衡量，可对不同柱子进行比较。

$$h = \frac{H}{d_p}$$

（四）相平衡参数

1. 分配系数（distribution coefficient，K）　在温度一定时，化合物在两相间达到分配平衡后，组分在固定相中的浓度（C_s）与在流动相中的浓度（C_m）之比称为分配系数。

$$K = \frac{C_s}{C_m} \tag{5-12}$$

分配系数与组分、流动相和固定相的热力学性质有关，也与温度、压力有关。在不同分离机制的色谱法中 K 有不同的概念：液-液分配色谱法为狭义分配系数，吸附色谱法为吸附系数，离子交换色谱法为选择性系数及凝胶色谱法为渗透系数等。这些分配系数的物理意义虽然各异，但一般情况皆可用狭义的分配系数来描述。

在条件（流动相、固定相、温度和压力等）一定，样品浓度很低时（C_s、C_m 很小）时，K 只取决于组分的性质，而与浓度无关。这只是理想状态下的色谱条件，在这种条件下，得到的色谱峰为正常峰；在许多情况下，随着浓度的增大，K 减小，这时色谱峰为拖尾峰；而有时随着溶质浓度增大，K 也增大，这时色谱峰为前延峰。因此，只有尽可能减少进样量，使组分在柱内浓度降低，K 恒定时，才能获得正常峰。

在同一色谱条件下，样品中 K 值大的组分在固定相中滞留时间长，后流出色谱柱；K 值小的组分则滞留时间短，先流出色谱柱。混合物中各组分的分配系数相差越大，越容易分离，因此混合物中各组分的 K 不同是色谱分离的前提。

（1）分配系数与保留时间有如下关系：

$$t_R = t_0 \left(1 + K \frac{V_s}{V_m}\right) \tag{5-13}$$

$$或 \frac{t_R - t_0}{t_0} = \frac{t'_R}{t_0} = K \frac{V_s}{V_m} \tag{5-14}$$

式中，V_s 表示固定相的体积；V_m 表示流动相的体积。

上式说明分配系数大的组分在色谱柱中停留时间长。组分多停留的时间（t'_R）比不保留组分的保留时间（t_0）所大的倍数，恰好等于 K 乘 V_s/V_m 的积。分配系数则取决于样品组分的性质与实验条件。

在 HPLC 中，固定相确定之后，K 主要受流动相的性质的影响。实践中主要靠调整流动相的组成和配比，以获得组分间的分配系数差异及适宜的保留时间，达到分离的目的。由于在实验条件一定时，t'_R（或 t_0）只取决于组分的性质，因此，t'_R（或 t_0）可用于定性。

（2）分配系数与保留体积的关系：将上式两侧乘以流动相的流速 F_c，得下式：

$$V_R = V_0 \left(1 + K \frac{V_s}{V_m}\right) \tag{5-15}$$

若 $V_0 \cong V_m$，则上式可改为：

$$V_R = V_m + K V_s$$

2. 容量因子（capacity factor, k）　表示化合物在两相间达到分配平衡后，组分在固定相中的量（W_s）与在流动相中的量（W_s）之比。因此 k 也称质量分配系数。

$$k = K \frac{V_s}{V_m} \tag{5-16}$$

将 $K = C_s / C_m$ 代入得：

$$k = \frac{C_s V_s}{C_m V_m} = \frac{W_s}{W_m} \tag{5-17}$$

将 $k = K \cdot V_s / V_m$ 分别代入式（5-16）及式（5-17），得：

$$t_R = t_0(1 + k) \tag{5-18}$$

$$t'_R = t_0 k \tag{5-19}$$

上两式是色谱法中最重要的基本公式。由 K、k 与 t_R 之间关系式可以进一步说明容量因子的物理意义：k 的大小说明一个组分在色谱柱固定相中停留的时间（t'_R），是不保留组分的保留时间（t_0）的几倍。$k = 0$ 时，化合物全部存在于流动相中，在固定相中不保留，$t'_R = 0$；k 越大，说明色谱柱对此组分的柱容量越大（出柱慢），保留时间越长。

k 与 K 的不同点是，K 取决于组分、固定相、流动相的性质及温度，而与体积 V_s、V_m 无关。而 k 除了与性质及温度有关外，还与 V_s、V_m 有关。由于 t'_R、t_0 较 V_s、V_m 易于测定，所以 k 比 K 应用更广泛。

3. 选择性因子（selectivity factor, α）　相邻两组分的分配系数或容量因子之比。

$$\alpha = \frac{K_2}{K_1} = \frac{k_2}{k_1} \tag{5-20}$$

设 $k_2 > k_1$，把 $t'_R = t_0 k$ 代入上式，得：

$$\alpha = \frac{t'_{R_2}}{t'_{R_1}} \tag{5-21}$$

因此选择性因子又称为相对保留时间（《美国药典》）。要使两组分得到分离，必须使 $\alpha \neq 1$。α 与化合物在固定相和流动相中的分配性质、柱温有关，与柱尺寸、流速、填充情况无关。从本质上来说，α 的大小表示两组分在两相间的平衡分配热力学性质的差异，即分子间相互作用力的差异。

（五）分离参数

1. 分离度（resolution, R）　相邻两峰的保留时间之差与平均峰宽的比值，也叫分辨率。表示相邻两峰的分离程度。

$$R = \frac{t_{R_2} - t_{R_1}}{(W_1 + W_2)/2} \tag{5-22}$$

分离度的数值与相邻两峰分离状况的关系如下：

（1）$R = 1$，称为 4σ 分离（峰顶间距为 4σ），两峰基本分开（两峰峰基略有重叠），裸露峰面积为 95.4%，内侧峰基重叠约 2%。

∵ $W_1 = 4\sigma_1, W_2 = 4\sigma_2$,设 $\sigma_1 = \sigma_2 = \sigma$,则 $(W_1 + W_2)/2 = 4\sigma$。

∴ 在 $R = 1$ 时,$t_{R_2} - t_{R_1} = 4\sigma$,即相邻两峰顶间的距离为 4σ,因此称为 4σ 分离。

(2)$R = 1.5$,称为 6σ 分离(峰顶间距为 6σ)。分离后各峰露出的面积为 99.7%。

(3)$R \geqslant 1.5$,称为完全分离。《中国药典》规定 R 应 > 1.5。

2. 基本分离方程式 R 的影响因素很多,R 与 3 个色谱基本参数有如下关系:

$$R = \frac{\sqrt{n}}{4}\left(\frac{\alpha - 1}{\alpha}\right)\left(\frac{k_2}{1 + k_2}\right)$$

$\quad\quad\quad\;\;$ (a) $\quad$ (b) $\quad\quad$ (c) $\qquad\qquad\qquad\qquad$ (5-23)

上式 a 项为柱效项,b 项为柱选择性项,c 项为柱容量项。

a 项与色谱过程动力学特性有关,取决于柱效,柱效高(n 大),则 a 项大。b 项与 c 项相关联,两项与色谱过程热力学因素有关,即与色谱柱及流动相性质有关,但 b 项主要取决于固定相和流动相的种类(极性),而 c 项在流动相种类(包括元数)选定后,主要取决于流动相的配比,基本分离方程可用于指导色谱条件的选择。

从基本分离方程可看出,提高 R 有三种途径:①提高柱效,即增加 n。方法之一是增加柱长,但这样会延长保留时间、增加柱压。更好的方法是降低 H,提高柱效。②增加选择性。当 $\alpha = 1, R = 0$ 时,无论柱效有多高,两组分也不可能分离。但是 α 的微小变化,将会使 R 有很大变化。一般可以采取以下措施来改变选择性:a. 改变流动相的组成及 pH;b. 改变柱温;c. 改变固定相。③改变容量因子。这常常是提高分离度的最容易方法,可以通过调节流动相的组成来实现。k_2 趋于 0 时,R 也趋于 0;k_2 增大,R 也增大。但 k_2 不能太大,否则不但分离时间延长,而且峰形变宽,会影响分离度和检测灵敏度。一般 k_2 在 $1 \sim 10$ 范围内,最好为 $2 \sim 5$,窄径柱可更小些。

二、塔 板 理 论

(一)塔板理论的基本假设

塔板理论(plate theory)是 Martin 和 Synger 首先提出的色谱热力学平衡理论,它是色谱学的基础理论。它把色谱柱看成一个分馏塔,把待分离组分在色谱柱内的分离过程看成在分馏塔中的分馏过程,组分在分馏塔的塔板间。在每一个塔板内,组分分子在固定相和流动相之间形成平衡,随着流动相的流动,组分分子不断从一个塔板移动到下一个塔板,并不断形成新的平衡。即把组分的色谱过程分解成在塔板间隔内的分配平衡过程。

塔板理论的假设与实际色谱过程不符,如色谱过程是一个动态过程,很难达到分配平衡;组分沿色谱柱轴方向的扩散是不可避免的。因此塔板理论虽然能很好地解释色谱峰的峰型、峰高,客观地评价色谱柱的柱效,却不能很好地解释与动力学过程相关的一些现象,如色谱峰峰型的变形、理论塔板数与流动相流速的关系等。但是,塔板理论导出了色谱流出曲线方程,成功地解释了流出曲线的形状、浓度极大点的位置,能够评价色谱柱柱效。即 H 越低,在单位长度色谱柱中就有越高的塔板数,则分离效果就越好。决定 H 的因素有:固定相的材质、色谱柱的均匀程度、流动相的理化性质以及流动相的流速等。

(二)色谱流出曲线方程

根据塔板理论,流出曲线可用下述正态分布方程来描述:

$$C = \frac{C_0}{\sigma\sqrt{2\pi}}e^{-\frac{(t-t_R)^2}{2\sigma^2}} \tag{5-24}$$

$$或\ C = \frac{C_0}{\sigma\sqrt{2\pi}}e^{-\frac{(V-V_R)^2}{2\sigma^2}} \tag{5-25}$$

上述两式称为流出曲线方程,它们说明组分流出色谱柱时的浓度 C 与时间或通过色谱柱的流动相体积的关系。标准偏差 σ 在式中以时间表示,V 在式中以体积表示。C_0 相当于组分的量(进样量)。

(三)定量参数(峰高和峰面积)

1. 峰高(peak height,h)　色谱峰高峰的最高点至峰底的距离。由色谱流出曲线方程可知:当 $t=t_R$ 时,浓度 C 有极大值,即:

$$C_{max} = \frac{C_0}{\sigma\sqrt{2\pi}}e \tag{5-26}$$

C_{max} 就是色谱峰的峰高。因此上式说明:①当实验条件一定时(即 σ 一定),峰高 h 与组分的量 C_0(进样量)成正比,所以正常峰的 h 可用于定量分析;②当进样量一定时,即 C_0 一定,σ 越小(柱效越高),h 越高,因此提高柱效能提高 HPLC 分析的灵敏度。

2. 峰面积(peak area,A)　峰与峰底所包围的面积。由流出曲线方程式对 $t(0\sim\infty)$ 求积分即得流出曲线下的面积(色谱峰面积)。

$$A = C_{max} \times \sqrt{2\pi} \times \sigma = C_0 \tag{5-27}$$

可见色谱峰面积 A 相当于组分进样量 C_0。因此,峰面积是常用的定量参数。把 $h=C_{max}$ 和 $W_{h/2}=2.355\sigma$ 代入上式得:

$$A = 1.065 \times W_{h/2} \times h \tag{5-28}$$

该式为正常峰的峰面积计算公式。若 $W_{h/2}$ 和 h 都以 cm(长度)为单位,则 A 的单位为 cm^2(面积);若 $h(C_{max})$ 以浓度表示,则 $W_{h/2}$ 须用体积表示,$A(C_0)$ 就表示质量。

色谱工作站或积分仪所给出的峰面积常是电信号与时间的乘积,即 mV·s。

三、速率理论

(一)范第姆特方程

塔板理论从热力学出发,引入了一些并不符合实际情况的假设。因此,1956 年荷兰学者范第姆特(van Deemter)等建立了一套经验方程来修正塔板理论的误差,并把影响塔板高度的动力学因素结合起来,提出了色谱过程的动力学理论——速率理论,用于解释色谱峰扩张和柱效降低的原因(图 5-2)。速率理论,又称随机模型理论。它把色谱过程看作一个动态非平衡过程,研究过程中的动力学因素对峰展宽(即柱效)的影响。其将峰形的改变归结为 H 的变化,H 的变化则源于若干原因,包括涡流扩散(A)、纵向扩散(B/u)和传质阻抗(Cu)等,即经典的范第姆特方程。

由于色谱柱内固定相填充的不均匀性,同一个组分会沿着不同的路径通过色谱柱,从而造成峰的扩张和柱效的降低,这称做涡流扩散。纵向扩散是由浓度梯度引起的,组分集中在色谱柱的某个区域会在浓度梯度的驱动下沿着径向发生扩散,使得峰形变宽柱效下降。传质阻抗本质上是由达到分配平衡的速率带来的影响。实际体系中,组分分子在固定相和流动相之间

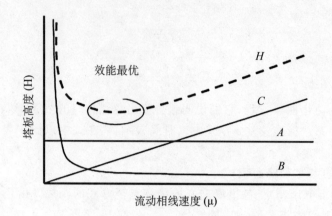

图 5-2　范第姆特方程曲线

达到平衡需要进行分子的吸附、脱附、溶解、扩散等过程,这种过程称为传质过程,阻碍这种过程的因素叫做传质阻抗。在理想状态中,色谱柱的传质阻抗为零,则组分分子流动相和固定相之间会迅速达到平衡。在实际体系中传质阻抗不为零,这导致色谱峰扩散,柱效下降。

(二)高效液相色谱速率理论

液相色谱速率方程式是在气相色谱速率方程式即 Van Deemeter 方程式的基础上建立的,Giddings 和 Snyder 等根据液体和气体的性质差异,提出了液相色谱速率方程式,即 Giddings 方程式:

$$H = A + B/u + C_m u + C_{sm} u + C_s u \tag{5-29}$$

式中 A 称为涡流扩散项,B/u 称为纵向扩散项,$C_m u$ 为流动相传质阻抗项,$C_{sm} u$ 为静态流动相传质阻抗项,$C_s u$ 为固定相传质阻抗项,u 为流动相线速度。纵向扩散系数 $B = 2\gamma D_m$,而 $D_m \propto T/\eta$,在 HPLC 中流动相为液体,其黏度(η)大,柱温(T)低,一般在室温,因此 B 很小,若 $u > 1\text{cm/s}$,则纵向扩散项可以忽略不计,于是上式成为

$$H = A + C_m u + C_{sm} u + C_s u$$

(三)影响柱效的因素

1.流动相流速与 H 的关系　通常情况下流动相流速与 H 成正比,即流速越快,H 越高。因此,HPLC 应尽量采用低流速。

2.动力学因素对峰展宽的影响

(1)涡流扩散(eddy diffusion):由于色谱柱内填充剂的几何结构不同,分子在色谱柱中的流速不同而引起的峰展宽。涡流扩散项 A = 2λdp,dp 为填料的直径;λ 为填充不规则因子,填充越不均匀 λ 越大。因此应采用小粒度、接近球形的固定相(填料)。HPLC 的常用填料粒度一般为 3～10μm,最好用 3～5μm,粒度分布 RSD≤5%。但 dp 太小则难于填充均匀(λ 大),且会使柱压过高。大而均匀(球形或近球形)的颗粒容易填充均匀,λ 也小。毛细管无填料,A = 0。

(2)分子扩散(molecular diffusion):又称纵向扩散。由于进样后溶质分子在柱内存在浓度梯度,导致轴向扩散而引起的峰展宽。分子扩散项 $B/u = 2\gamma D_m/u$。u 为流动相线速度,分子在柱内的滞留时间越长(u 小),峰展宽越严重。在低流速时,它对峰形的影响较大。D_m 为

分子在流动相中的扩散系数,由于液相的 D_m 很小,通常仅为气相的 $10^{-4} \sim 10^{-5}$,因此在 HPLC 中,只要流速不太低的话,这一项可以忽略不计。γ 是考虑到填料的存在使溶质分子不能自由地轴向扩散,而引入的柱参数,用以对 D_m 进行校正。γ 一般在 $0.6 \sim 0.7$,毛细管柱的 $\gamma = 1$。

(3)传质阻抗(mass transfer resistance):由于溶质分子在流动相、静态流动相和固定相中的传质过程而导致的峰展宽。组分在流动相和固定相中溶解、扩散、平衡和转移的过程称为传质过程。如果不存在传质阻抗,即组分在两相间分配瞬间达到平衡,则不会发生由传质引起的峰展宽。实际上由于传质阻抗的存在,进入固定相或流动相中的分子需要时间扩散进各相的内层再回到相界面上,这一时间滞后使色谱柱总是在非平衡条件下工作,从而产生峰展宽。液相色谱的传质阻抗项 Cu 又分为三项:①C_m 为流动相传质阻抗系数。流动相传质阻抗是由于在一个流路中处于流路中心和处于流路边缘的分子的迁移速度不等所致。靠近填充颗粒的流动相流速较慢,而中心较快,处于中心的分子还未来得及与固定相达到分配平衡就随流动相前移,因而产生峰展宽。②C_{sm} 为静态流动相传质阻抗系数。静态流动相传质阻抗是由于溶质分子进入处于固定相孔穴内的静止流动相中,晚回到流路中而引起峰展宽。C_{sm} 对峰展宽的影响在整个传质过程中起着主要作用。固定相的颗粒越小,微孔孔径越大,传质阻力就越小,传质速率越高。所以改进固定相结构,减小静态流动相传质阻力,是提高液相色谱柱效的关键。C_m 和 C_{sm} 都与固定相的粒径平方 $d\text{p}^2$ 成正比,与扩散系数 D_m 成反比。因此应采用低粒度固定相和低黏度流动相。高柱温可以增大 D_m,但用有机溶剂为流动相时,易产生气泡,因此一般采用室温。③C_s 为固定相传质阻抗系数,表示固定相中传质速度的影响因素。由于 C_s 的存在,增加了部分分子在固定相中的停留时间,产生滞后。在分配色谱中 C_s 与固定液厚度的平方成正比,在吸附色谱中 C_s 与吸附或解吸速度成反比。因此只有在厚涂层固定液或深孔离子交换树脂或解吸速度慢的吸附色谱中 C_s 才有明显影响。采用单分子层的化学键合固定相时 C_s 可以忽略。

3. 获得高效能色谱分析的措施　从速率方程式可以看出,要获得高效能的色谱分析,一般可采用以下措施。

(1)进样时间要短。

(2)填料粒度要小。

(3)改善传质过程。过高的吸附作用力可导致严重的峰展宽和拖尾,甚至不可逆吸附。

(4)适当的流速。以 H 对 u 作图,则有一最佳线速度 u_{opt},在此线速度时,H 最小。一般在液相色谱中,u_{opt} 很小($0.03 \sim 0.1$mm/s),在这样的线速度下分析样品需要很长时间,一般来说都选在 1mm/s 的条件下操作。

(5)较小的检测器死体积。

4. 柱外效应　速率理论研究的是色谱柱内峰展宽因素,实际上在柱外尚存在着引起色谱峰展宽的因素,称为柱外效应。色谱峰展宽的总方差等于各方差之和,即

$$\sigma^2 = \sigma^2_{柱内} + \sigma^2_{柱外} + \sigma^2_{其他}$$

柱外效应主要由进样技术差以及从进样点到检测池之间除柱子本身以外的所有死体积所引起。研究表明,在固定色谱柱上柱外效应影响与容量因子 k 有关,k 大则柱外效应的影响相对小,k 小的组分(如 $k<2$)峰形拖尾和峰宽增加得更为明显。柱外效应也与 n 有关,在 HPLC 中 n 越大,柱尺寸越小时,柱外效应越显得突出。而在经典 LC 中则影响相对较小。另外,使

用较长、较粗的色谱柱时,柱外效应的影响也相对较小。

为了减少柱外效应,首先应尽可能减少柱外死体积,使用"零死体积接头"连接各部件,管道对接宜呈流线型,检测器的内腔体积应尽可能小,研究表明,柱外体积之和应小于 $V_R/\sqrt{n}$。其次,希望样品直接进在柱头的中心部位,但是由于进样阀与柱间的接头,柱外效应总是存在的。此外,要求进样体积 $\leqslant V_R/2\sqrt{n}$。

第三节 基本分析方法

一、主 要 类 型

高效液相的基本分析方法可分为:①定性分析即定性鉴别,其中既包括有效成分或主要成分的定性鉴别,也包括杂质的鉴别,在体内药物分析中还包括各种代谢产物的鉴别;②定量分析,包括上述各种组分的定量测定;③杂质限度试验。

(一)定性分析方法

HPLC 的定性分析即鉴别试验可以分为色谱鉴别法和非色谱鉴别法,后者又可分为化学鉴别法和光谱鉴别法。

1.色谱鉴别法　是利用色谱定性参数保留时间(或保留体积)对组分进行定性分析,其原理是同一物质在相同色谱条件下保留时间相同。此法只适用于已知范围的未知物,如合成药物的前体或药物的可能代谢产物等。常常采用已知物对照法,即往样品中加入某一纯物质(对照品),混匀进样。对比加入前后的色谱图,若加入后某峰相对增高,则该组分与对照品为同一物质。如前所述,色谱峰纯度很重要,如果峰不纯(即分离度很差),则虽为两种物质也不能分别出来。为了提高鉴别的可靠程度,应改变色谱柱的极性和其他色谱条件,进一步验证。

2.化学鉴别法　是利用专属性化学反应对分离后收集的组分进行定性分析。此法只能鉴别组分属于哪一类化合物。通常是收集色谱馏分,再与官能团分类试剂反应。

3.光谱鉴别法　采用两谱联用法。当相邻组分的分离度足够大时,以制备 HPLC 获得纯组分,而后用红外光谱、质谱或核磁共振等分析手段进行定性鉴别。高效液相色谱-光谱联用仪是当今最重要的分析鉴别方法。重要的两谱联用仪有 HPLC-UV、HPLC-FTIR 及 HPLC-MS 等,以 HPLC-UV 最成功,能给出 HPLC-UV 三维图,但紫外光谱的定性特征性差。HPLC-MS 及 HPLC-FTIR 的定性鉴定效果都很好。

(二)定量分析方法

HPLC 定量分析的参数是色谱峰高和峰面积,定量依据是样品中组分的量(或浓度)与峰高或峰面积成正比。常用的定量方法有外标法、内标法和内加法。

1.峰高和峰面积　先进的 HPLC 仪都能自动剖析色谱峰的分离情况并进行基线漂移的补偿,实现峰高和峰面积测量的全自动化。色谱分析过程的许多因素均会引起峰高和峰面积的变化,因而影响定量分析的准确度。一般说来,由于峰高测量受相邻重叠峰的干扰较小,当分离度小或流量波动时,常用峰高定量。痕量分析总是用峰高法,因为痕量分析中准确度非常珍贵,而高精密度并不太重要。当峰形不正或色谱柱超负荷时,峰高法就会出现较大误差。用峰面积定量受仪器参数如流动相组成、柱温、柱效和柱负荷等变化的影响较小,对不是正态分布的峰形也能得到较好的结果。但是,这个方法的准确度受相邻峰重叠的影响较大。

2. 外标法　用与待测组分同质的标准品作对照品,以对照品的量对比求算试样含量的方法称为外标法。外标法可分为外标工作曲线法、外标一点法及外标两点法等,前两种方法常用。只要待测组分出峰、无干扰、保留时间适宜,即可用外标法进行定量分析。但进样量必须准确,否则定量误差大。在 HPLC 中,因进样量较大,且用六通阀定量进样,误差相对较小,所以外标法是 HPLC 常用定量分析方法之一。外标法又分为外标工作曲线法和外标一点法。

3. 内标法　选择适宜的物质作为内标物,以待测组分和内标物的峰高比或峰面积比求算试样含量的方法称为内标法。内标法的关键是选择合适的内标物。内标物应该是样品中不含有的物质;纯度要高;与待测组分有相似的理化性质,因而保留时间与待测组分接近;与样品中各组分能完全分离且不与样品反应。内标法可以分为工作曲线法、内标一点法(内标对比法)、内标二点法及校正因子法等。使用内标法可以抵消仪器稳定性差、进样量不够准确等原因带来的定量分析误差。如果在样品预处理前加入内标物,则可抵消(或考察)方法全过程引起的误差。内标法分内标工作曲线法、内标对比法、内标校正因子法。

4. 内加法　内加法又称叠加法。这种方法是将待测组分 i 的纯品加至待测样品溶液中,测定增加纯品后的溶液比原样品溶液中 i 组分的峰面积增量,求算 i 组分的含量。此法不需要内标物,又能克服由于进样量的不准确所带来的定量分析误差。内加法定量分析计算公式如下:

$$m_i = \frac{A_i}{\Delta A_i} \Delta m_i$$

式中 Δm_i 是纯物质 i 的加入量, ΔA_i 是相应增加的峰面积。

(三)痕量分析法

痕量分析即痕量组分的分析,通常指含量 $<0.01\%$ 的组分的分析。在医药领域内经常遇到痕量分析的问题,如药物的痕量杂质或降解物(尤其是有毒物质)和体内药物的痕量代谢产物的分析测定。前者的样品量(体积)可能不受限制,而后者则可能只有很小体积的样品,但二者的共同点是待测组分的含量极低,并且含有大量的干扰组分。HPLC 能很好地完成痕量分析任务,因为它既有良好的分离性能,又具有高选择性和高灵敏度的检测器。在进行 HPLC 痕量分析时,需要考虑下列问题和采取相应步骤。

(1)应尽可能使用细孔径的短柱,并选择适当的色谱条件以获得在 $0.5\sim1.5$ 的范围的 k 值。

(2)使用传质速率高的细颗粒固定相,以提高柱效。

(3)当有大量干扰物质共存时,采用适宜的洗脱方法。一种是使大量干扰物质在死时间流出,待测痕量组分稍后流出。另一种是使待测组分在干扰物质之前流出。一般认为前一种方法具有更多的优点。

(4)选择灵敏度高、选择性好、噪声低的检测器。

(5)如果样品极稀,应考虑样品的富集和浓缩。

(6)痕量分析一般采用峰高法定量。但当进样体积很大,柱效严重下降时,用峰面积定量。痕量组分可以采用内加法或外标法定量。

(四)药物杂质总量限度测定法

药物中可能存在着各种杂质,有时并不确切知道是什么杂质。《中国药典》规定了杂质(即有关物质)的限量检查,其方法如下。

1. **内标法** 将所有杂质峰总面积与内标物峰面积(不加校正因子)相比较,不得超过规定限度。

2. **主成分对照法** 将各杂质峰面积及其总面积与主成分的峰面积比较。主成分对照法也可使用峰高法。

3. **面积归一化法** 即把所有峰(溶剂峰不计算在内)的面积之和作为1即100%。限度检查的归一化法是计算各杂质峰面积或其总和占总峰面积的百分率。

以上三种方法的色谱图的记录时间一般应为内标物或主成分保留时间的2倍,还需要调节检测器的灵敏度或进样量,使峰面积或峰高满足一定的要求。

二、分析方法的建立

(一)HPLC分析方法的参数及其确证

对于任何分析方法都必须进行确证(validation)或评价,以保证分析结果的准确性。HPLC分析方法的主要确证参数如下。

1. **专一性(specificity)** 使有时也用选择性(selectivity)。专一性是指在可能存在诸多干扰组分时,方法具有明确确定被分析组分的能力,干扰组分包括合成前体、杂质、赋形剂、降解物和基质等。HPLC方法的专一性可以通过检查色谱峰纯度来确证。采用多波长紫外检测器时,同时在两个波长下检测色谱峰,如果测得该峰在两波长处的吸收之比值恒定不变,则该峰为纯组分色谱峰。用光电二极管阵列检测器时,通过比较色谱峰前沿、峰顶及后沿的光谱图就能判别峰的纯度。此外,还可改变色谱条件观察峰的变化情况来检查其纯度,或者收集色谱峰馏分再采用光谱法等进行纯度检查。

2. **准确度(accuracy)** 表示测得值与真值或认可的参考值之间的一致程度。此外,真实性(trueness)表示一组测量值的平均值与真实值间的差异,偏差表示多组测量值的平均值与真实值间的差异,偏差是由系统误差引起的。

通常用回收率实验来确证准确度。在制剂分析中,分别用赋形剂的上限和下限量,加入已知量(制剂标示量的80%、100%和120%)的对照品,进行测定,测得量与加入量之比则为回收率。

生物样品的分析可用3个浓度的质量控制(quality control, QC)样品测得的相对误差来表示。方法回收率实验应包括整个操作过程,实际上是以相同的方法配制和分析对照品系列和测试样品,以对照品结果绘制标准(工作)曲线,再以此曲线确定样品的浓度。这样,方法回收率总是在100%左右。有的方法只报道预处理(提取)过程的回收率,这反映样品预处理过程中组分丢失的情况,这种回收率一般低于100%,但重要的是要重现性好,即使其值在70%左右甚至更低,方法也仍然可用。

3. **精密度(precision)** 表示在规定条件下对同一均匀样品多次测得的一组测得值之间的一致程度。精密度的表示方法有标准差、方差,更多的是用相对标准差(RSD)。美国FDA又把精密度分为重复性(repeatability)、中间精密度(intermediate precision)和再现性(reproducibility),也有人把后两者统称为再现性。重复性表示在相同条件下,短时间间隔内的一致程度,如日内精密度(intra-day precision)和批内精密度(intra-assay 或 intra-run precision);中间精密度表示同一实验室内不同日期(inter-day)、不同实验批(inter-assay)、不同分析者、不同仪器间的一致程度。再现性是不同实验室间的一致程度。

在 HPLC 分析中,如果只用对照品(或样品)溶液重复进样测定精密度,这只表示色谱系统的精密度。而方法的精密度的确证应该对均一的真实(QC)样品进行包括样品处理在内的全过程操作,用接近最低、中间和最高浓度的 3 个样品浓度进行随机分析。日间精密度还应连续测定 8d,每个样品每天至少测定 2 次。

4.线性和线性范围　浓度和响应值呈线性,相关系数(r)应接近 1,且线性范围内的浓度都能以确定的准确度和精密度进行测定。如果直线不经过原点,则应该证明其不影响方法的准确度。也可以用重现性好的非线性响应曲线。

5.检测限(LOD)和定量限(limit of quantitation,LOQ)　检测限一般为信噪比(S/N)2∶1或 3∶1时的浓度,对其测定的准确度和精密度没有确定的要求。

能以适当准确度和精密度定量测定的样品中组分的最低浓度(量)称为定量限。这对低含量的组分的测定如杂质含量的定量测定和体内代谢物的测定是十分重要的。有人以空白样品的本底的标准差乘以一个因子(常为 10),然后再分析数个接近该浓度的样品来确证定量限。在定量分析中,定量限比检测限更重要,但是只有近年来报道的方法才给出定量限。

不同类型的分析方法要确证的参数不同,定性鉴别要求确证方法的专一性,痕量杂质限量只要求专一性和检测限,而定量分析则要确证除检测限以外的所有特性参数。在确证生物分析方法的准确度、精密度等参数时,都应采用 QC 样品。

(二)色谱条件参数和系统适用性试验

1.色谱条件参数　一个 HPLC 系统条件参数主要包括色谱柱、流动相及其流速和检测器等。

(1)色谱柱:描述色谱柱的参数有柱的尺寸(柱长×内径)、固定相的种类、粒径和孔径,而《英国药典》方法还特别注明了色谱柱的生产公司。

(2)流动相:描述流动相的组成、比例及流速。

(3)色谱分离的温度:HPLC 一般均在室温进行。

(4)检测器:类型及工作条件。

(5)进样量:样品的体积。

2.系统适用性试验　通常的色谱系统适用性试验包括理论塔板数、分离度、拖尾因子(对称因子)和系统相对标准差的试验、调整。有些还规定了保留时间和保留时间比。药典方法的分离度指待定量组分的峰与其他峰或内标峰之间的分离度,除另有规定外,应＞1.5。拖尾因子应在 0.95～1.05。或配制相当于 80%、100%、120%的对照品和规定量的内标物的三种溶液,分别进样 3 次,平均校正因子的相对标准偏差应不＞2.0%。系统的相对标准差一般应＜2.0%。如盐酸克林霉素的含量测定规定:理论板数按克林霉素计算,应不低于 1300。克林霉素峰与内标物质峰之间的分离度应不＜5。重复进样,其相对标准差(RSD)应＜2.0%。

三、标准曲线的建立

在进行生物利用度、生物等效性及药物动力学研究中,要对生物样品中的药物和代谢产物进行定量分析,目前多采用加权最小二乘法建立生物分析方法的标准曲线法进行数据处理。

(一)指导原则

1990 年 12 月,几十个国家就生物分析方法确证的问题,确定了如下的指导原则(规范):要求标准曲线要覆盖未知样品的整个浓度范围,应用 5～8 个浓度点确定(不含零点);应采用质量控制(QC)样品评价分析方法的准确性、精密度及测试结果的有效性,QC 样品取 3 个浓度,分别在最低、最高检测限附近和待测浓度范围中部;在分析方法建立阶段和未知样品分析阶段,一般要求 QC 样品的测量值相对误差分别在理论值的±15%或±20%范围内。

(二)建立方法

1. **普通最小二乘法**　该法应用广泛,回归运算的目标是使得观测值对回归直线上对应估量值偏差的平方和最小。但是,对于生物分析方法来说,意味着标准曲线上每个浓度点的绝对误差具有同等的重要性。然而,经验和理论都表明,生物样品测试的绝对误差会随浓度的增加而增加,从而导致低浓度区域测量值的相对误差很大,难于满足规范的要求。

2. **两条回归直线法**　对普通最小二乘法的一种改良措施是将测量浓度范围分为高、低两个区间,每个区间分别用普通最小二乘法求得一条回归直线,合起来作为标准曲线。该法部分弥补了普通最小二乘法的缺点,但是由于规范要求每条标准曲线至少有 5 个浓度点,这样,两条回归直线至少包括 8 个点,且其中的第 4 个和第 5 个点之间的区段为两个区间共有,因此需要计算两条回归直线的交点,工作量较大。

3. **多项式拟合回归曲线法**　当生物样品测定的浓度与响应的函数不成线性时,可采用多项式拟合的回归方法,一般是增设二项式,即采用 $y = a + bX + cX^2$ 的形式。但是由于规范要求:不成线性关系的标准曲线,应测定至少 8 个浓度点以确定浓度与响应的关系,工作量加大。

4. **加权最小二乘法**　是在回归计算时增加了一个权重因子。计算时,一般使权重与绝对误差成反比,即将大的权重赋予绝对误差小的点,而将小的权重赋予绝对误差大的点。把以这种方法求算的回归直线作为生物分析标准曲线,可使生物样品的测定结果与理论值的相对偏差在不同的浓度区间内比较均衡,易于满足规范的要求。从而保证了生物利用度、生物等效性和药物动力学研究数据的可靠性。

权重因子的选择依据是:应使各测定点具有适当的权重,由此算得的标准曲线应尽可能使各浓度点测量值的相对误差都符合规范的要求。

近年来,国际上关于制剂的生物利用度、生物等效性和药物动力学研究中,对于包括紫外、荧光、电化学检测的 HPLC 法等诸多生物分析方法,多采用加权最小二乘法计算单一的直线方程作为标准曲线,既包括在方法建立阶段每个浓度点多重样品的情况,也包括在未知样品分析阶段每个浓度点单一样品的情况。仅在浓度范围特宽(如上下限范围在 100 倍以上)的少数情形下,采用不同浓度区间的两条回归直线(均用加权最小二乘法求算)组合的方法。权重因子多在采用 $w_i = k/x_i$ 时最佳。

四、色谱条件选择

在色谱分析中,如何选择最佳的色谱操作条件以实现最理想分离,是色谱工作者要解决的问题。而在液相色谱分离过程中,色谱柱的填料(固定相)的类型和特性,直接影响分离效率和分析速度;而流动相溶剂的选择更是影响分离的关键因素。GPC 是指以化学键合相为固定相的液相色谱法,它是由液-液分配色谱法发展而来的。将有机官能团通过化学反应共价键合到硅胶表面的游离羟基上而形成的固定相称为化学键合相,这类固定相的突出特点是耐溶剂冲洗,并且可以通过改变键合有机官能团的类型来改变分离的选择性。GPC 在现代液相色谱中占有极其重要的地位,通常大部分分离问题都可以用它来解决。

根据键合相与流动相相对极性的强弱,可将 GPC 分为正相 GPC 和反相 GPC。正相 GPC

的固定相一般为极性键合相,流动相通常采用烷烃加适量极性调整剂,即流动相的极性比固定相弱;反相 GPC 的固定相一般为非极性键合相,流动相通常以水作基础溶剂,再加入一定量的能与水互溶的极性调整剂,即固定相的极性比流动相弱。一般认为,正相 GPC 的分离机制属于分配色谱,但对反相 GPC 的分离机制的认识尚不一致,多数人认为吸附与分配机制并存。正相 GPC 适用于分离中等极性和极性较强的化合物,而反相 GPC 则适用于分离非极性和极性较弱的化合物,离子型或可离子化的化合物可采用特殊的反相色谱技术分离,例如,反相离子抑制技术和反相离子对色谱法等。反相 GPC 在现代液相色谱中应用最为广泛,据统计,它占整个 HPLC 应用的 80% 左右。现以 GPC 为例说明色谱条件优化的方法。

(一)固定相

目前,GPC 广泛采用 LSAC 中的微粒硅胶为基体,利用有机氯硅烷或烷氧基硅烷试剂与硅胶表面上的游离硅醇基反应制备而成的 Si—O—Si—C 键型键合相。这类键合相具有良好的耐热性和化学稳定性。

1. **键合相的性质**　键合相的键合量常用含碳量($C\%$)来表示,也可以用覆盖度来表示。所谓覆盖度是指参加反应的硅醇基数目占硅胶表面硅醇基总数的比例。

pH 对以硅胶为基体的键合相的稳定性有很大影响,一般来说,硅胶键合相应在 pH=2～8 的介质中使用。

2. **键合相的种类**　化学键合相按键合官能团的极性可分为极性和非极性键合相两种类型。

(1)常用的极性键合相:主要有氰基(—CN)、氨基(—NH₂)和二醇基(DIOL)键合相。极性键合相常用作正相色谱,混合物在极性键合相上的分离主要是基于极性键合基团与溶质分子间的氢键作用,极性强的组分的保留值较大。极性键合相有时也可作反相色谱的固定相。

(2)常用的非极性键合相:主要有各种烷基键合相(如 C_2、C_6、C_8、C_{16}、C_{18} 等)和苯基(phenyl)键合相,其中以 C_{18} 键合相(简称 ODS)应用最为广泛。非极性键合相通常都用作反相色谱,极性弱的组分的保留值较大。非极性键合相的烷基链长对样品容量、溶质的保留值和分离选择性都有影响,一般样品容量随烷基链长增长而增大,且长链烷基可使溶质的保留值增大,并常常可改善分离的选择性,但短链烷基键合相具有较高的覆盖度,分离极性化合物时可得到对称性较好的色谱峰。苯基键合相与短链烷基键合相性质相似。

(二)流动相

1. **溶剂的强度和极性**　在 GPC 中,溶剂的洗脱能力即溶剂强度直接与它的极性相关。在正相键合相色谱中,随着溶剂极性的增强,溶剂的强度也增加;在反相键合相色谱中,溶剂强度随极性增强而减弱。

2. **溶剂的选择性**　Snyder 以溶剂和溶质分子间的作用力作为溶剂选择性分类的依据,将 81 种溶剂的 X_e、X_d 与 X_n 值按三角坐标的标度点在相应位置上,把在三角坐标中处于一定区域中的溶剂组成具有相似选择性的一组,共分为八组。选择性参数 X_e 较大,属于质子接受体溶剂;X_n 值较大,属偶极作用力溶剂;X_d 值较大,属质子给予体溶剂。处于同一组中的各溶剂具有相似的选择性,而处于不同组的溶剂,其分离选择性差别较大如图 5-3 所示。

由图 5-3 可见,Ⅰ组溶剂的 X_e 值都较大,属于质子接受体溶剂;Ⅴ组溶剂的 X_n 值较大,属偶极作用力溶剂;Ⅷ组溶剂的 X_d 值较大,属质子给予体溶剂。

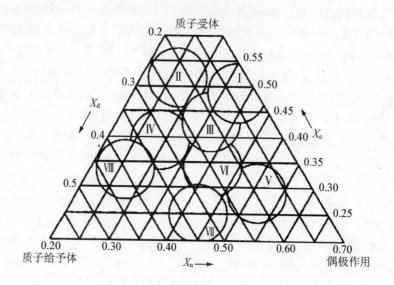

图 5-3 溶剂选择性三角形

(引自:李发美. 医药高效液相色谱技术. 北京:人民卫生出版社,1999)

(三)分离条件的选择

1. 固定相的选择

(1)分离中等极性和极性较强的化合物可选择极性键合相。氰基键合相对双键异构体或含双键数不等的环状化合物的分离有较好的选择性;氨基键合相具有较强的氢键结合能力,对某些多官能团化合物如甾体、强心苷等有较好的分离能力,氨基键合相上的氨基能与糖类分子中的羟基产生选择性相互作用,故被广泛应用于糖类的分析,但它不能用于分离羰基化合物,如甾酮、还原糖等,因为它们之间会发生反应生成 Schiff 碱;二醇基键合相适用于分离有机酸、甾体和蛋白质。

(2)分离非极性和极性较弱的化合物可选择非极性键合相,利用特殊的反相色谱技术,非极性键合相也可用于分离离子型或可离子化的化合物。ODS 是应用最为广泛的非极性键合相,它对于各种类型的化合物都有很强的适应能力。短链烷基键合相能用于极性化合物的分离,而苯基键合相适用于分离芳香化合物。

2. 流动相的选择

(1)正相 GPC 的流动相:通常采用烷烃加适量极性调整剂,一般极性调整剂常从Ⅰ、Ⅱ、Ⅴ、Ⅷ组中选。例如,先选正己烷与异丙醚(Ⅰ)组成的二元流动相,通过调节极性调整剂异丙醚的浓度来改变溶剂强度 P',使样品组分的 k 值在 $1\sim10$ 范围内。若溶剂的选择性不好,可以改用其他组别的强溶剂如氯仿(Ⅷ)或二氯甲烷(Ⅴ),与正己烷组成具有相似 P' 值的二元流动相,若仍难以达到所需要的分离选择性,还可以使用三元或四元溶剂体系。

(2)反相 GPC 的流动相:通常以水作基础溶剂,再加入一定量的能与水互溶的极性调整剂,常用的极性调整剂有甲醇、乙腈、四氢呋喃等。极性调整剂的性质及其与水的混合比例对溶质的保留值和分离选择性有显著影响。一般情况下,甲醇-水系统已能满足多数样品的分离要求,且流动相的黏度小、价格低,是反相 GPC 最常用的流动相。但 Snyder 则推荐采用乙腈-

水系统做初始实验,因为与甲醇相比,乙腈的溶剂强度较高且黏度较小,并可满足在紫外185～205nm 处检测的要求,因此,综合来看,乙腈-水系统要优于甲醇-水系统。

在采用 GPC 分离含极性差别较大组分的样品时,为了使各组分均有合适的 k 值并具有良好的分离度,也需采用梯度洗脱技术。

3. 其他条件的选择　由于 GPC 大多采用硅胶为基体的烷基键合相,一般应控制流动相的 pH 在 2～8 范围内,以保证键合相的稳定性。

采用反相 GPC 分离弱酸($3\leqslant pKa\leqslant7$)或弱碱($7\leqslant pKa\leqslant8$)样品时,通过调节流动相的pH,以抑制样品组分的解离,增加组分在固定相上的保留,并改善峰形的技术称为反相离子抑制技术。对于弱酸,流动相的 pH 越小,组分的 k 值越大,当 pH 远远小于弱酸的 pKa 值时,弱酸主要以分子形式存在;对于弱碱,情况相反。分析弱酸样品时,通常往流动相中加入少量弱酸,常用 50mmol/L 磷酸盐缓冲液和 1‰ 醋酸溶液;分析弱碱样品时,通常往流动相中加入少量弱碱,常用 50mmol/L 磷酸盐缓冲液和 30mmol/L 三乙胺溶液。

同 LSAC 一样,温度对 GPC 分离的影响并不显著。通常实验操作是在室温下进行的。

(四)流动相最优化方法

大多数 HPLC 分离优化的策略都是基于分离方程:

$$R=\frac{\sqrt{n}}{4}\cdot\left(\frac{\alpha-1}{1}\right)\cdot\left(\frac{k_2}{1+k_2}\right)$$

由上式可见,要提高分离度可以有 3 个途径,即增加 n、α 及 k 值。n 值主要由色谱柱的性能所决定,而按照动力学理论制备高效的色谱柱即可获得最大的 n 值。提高分离度的较为简便的途径是改变 α 和 k 值。在 HPLC 中,流动相的种类和配比显著影响着溶质的 α 和 k 值,因此,HPLC 分离优化的关键是流动相的最优化。

第四节　高效液相色谱法的应用

HPLC 适用于分离、分析沸点高、热稳定性差、离解的和非离解的有生理活性及相对分子量比较大的物质,因而广泛应用于核酸、肽类、内酯、稠环芳烃、高聚物、药物、人体代谢产物、生物大分子、表面活性剂、抗氧化剂、杀虫剂、除莠剂的分析等物质的分析。应用的领域包括医药、生化、天然产物主要组分的分析,以及食品分析、环境分析、农业分析和石油化工分析。

一、在药学中的应用

HPLC 在医药领域中的应用非常广泛,它既能用于化学合成药物的含量测定和杂质限度检查,用于中草药和中成药的定性鉴别和有效成分或指标成分的测定,也能用于制剂分析,如固体制剂的溶出度测定和各种药物制剂的生物利用度测定,还能用于药物代谢和动力学研究。此外,制备型 HPLC 还广泛用于药物尤其是天然药物有效成分的分离制备和纯化。

(一)合成药

合成药物的分析,除了需要测定其含量外,还必须分离药物及其原料和中间体等杂质。HPLC 法不仅能分析测定合成生产的最终产品,而且还能对药物合成制备过程实行监控。而采用手性试剂衍生化、手性固定相法或手性流动相添加剂法以及手性 HPLC 法可对药效和毒副作用均不同的光学异构体进行分离和测定。

（二）抗生素

天然抗生素在发酵生产过程中往往有多种组分产生，合成或半合成抗生素中可能残留有中间体，性质不稳定的抗生素在贮存过程中会产生降解物质。HPLC法能有效地分离、分析抗生素及上述杂质，且许多方法已成为抗生素分析的法定方法。

（三）生化药物和生测药物

氨基酸、多肽、蛋白质、酶、辅酶及生物组织提取物等生化药物和一些生测药物的含量测定和鉴别也越来越多地采用HPLC法。

（四）中草药和中成药

中草药的成分十分复杂，鉴定、分析与功能主治有关的有效成分往往很困难。中成药是由多种中药材配方组成，其成分分析就更为困难。HPLC法是分离和测定中药材和中成药的有效成分、活性成分或主要成分的先进手段，它在这一领域的广泛应用将促进我国中药质量的标准化和规范化。

举例　RP-HPLC法测定柴黄颗粒中黄芩苷含量。

1. 色谱条件　色谱柱：Shim-pack VP-ODS C18柱（150mm×4.6mm，5μm）；流动相：甲醇：水：磷酸（47：53：0.2）；流速：0.8ml/min；柱温：40℃；进样量：10μl；检测波长：278nm。

2. 系统适用性试验　分别取对照品和供试品溶液各10μl注入液相色谱仪，记录色谱图。本液相条件下，黄芩苷保留时间为9.7min，理论塔板数按黄芩苷峰计为8 340，供试液各组分分离良好，溶剂对黄芩苷测定没有干扰。

（五）制剂分析

各种剂型的药物尤其是复方制剂成分比较复杂，除了主成分外还有较次要组分和辅料，因此制剂的分析往往很困难。HPLC法能够将复方制剂中各成分进行同时测定，也能排除辅料或添加剂等的干扰，可用于制剂的含量测定，制剂的均匀度、溶出度、稳定性和生物利用度等研究。

（六）治疗药物监测和药动学研究

HPLC法的同时进行分离和定量测定的优点在治疗药物监测（TDM）和药代动力学研究中体现得最为突出。生物样品只要经过简单的预处理后便可直接进样分析。HPLC法不仅能分离待测药物和各种杂质，还能同时测定多种共用药物，也能同时测定药物和与原药结构、性质相似的代谢产物，这是许多生物法、化学法和免疫法所不及的。有些药物的毒副作用还往往与它们的代谢物有关，因此测定血液中药物及其代谢产物的浓度至关重要，而HPLC是必不可少的手段。

二、在医学中的应用

采用HPLC法分析人体在正常生理条件下或在病理条件下产生的许多内源代谢物并对这些物质进行监测，可为生理研究、临床诊断和疗效观察提供宝贵的数据。

（一）医学诊断

1. 黄疸症的辨别　研究发现不同病因的黄疸，有其特殊的血清胆汁酸改变，测定血清胆汁酸谱的特殊变化有助于黄疸的鉴别诊断、药物疗效观察和预后的判断。HPLC-荧光法可分离测定15种胆汁酸。

2. β-地中海贫血的诊断　HPLC法用于检测血红蛋白A_2（HbA_2）诊断β-地中海贫血（β地贫）携带者的最佳阈值，可以提高HbA_2作为β地贫携带者诊断指标的应用价值，减少漏诊与误诊。

3. 新生儿筛检　新生儿疾病筛查是指在非选择性新生儿中对一些危害严重的先天性和遗传代谢性疾病,在新生儿期症状未出现前,用实验筛查出来,以便早期诊断,早期治疗,避免或减少不可逆损伤,可有效预防患儿残疾的发生。LC-MS/MS 具有分离、定量和鉴别的多重功能,且需样品量少,定量迅速、准确,能够对多种代谢物质同时定量,使其在新生儿疾病筛检中的应用日渐受到重视,应用范围越来越广。现已应用于 Ⅰ 型酪氨酸血症、对甲基丙二酸尿症、丙酸血症以及先天肾上腺增生(CM'I)的诊断和常规监测。

(二)生物分子的研究

当前随着生命科学和生物工程技术的迅速发展,人们对氨基酸、多肽、蛋白质及核苷、核苷酸、核酸等生物分子的研究兴趣日益增加。HPLC 法中的反相色谱法、体积排阻色谱法、亲和色谱法和离子色谱法都可用于上述多种生物分子的分离和分析。

1. 氨基酸、多肽和蛋白质分析　糖尿病人血浆中氨基酸代谢谱与血糖值的高低存在相关性,有 7 种氨基酸(Arg,Cit,Asp,Asn,Thr,Leu,Trp)承载的重要信息可作为反映血糖值高低变化的标志物组,对于糖尿病的早期诊断及深入研究具有潜在的科研及临床价值。急性颅脑损伤患者脑脊液中氨基酸类神经递质的变化代表损伤的程度,RP-HPLC 法是检测脑脊液中氨基酸类神经递质的简便方法,准确度高。颅脑损伤患者脑脊液中 Asp、Glu 水平显著升高,GABA 水平降低。

2. 生物胺的分析　生物胺是生物体内除了氨基酸、多肽、蛋白质以外的带有氨基基团的生物活性物质,生物胺在生命科学中有重要价值,它们对帕金森病的基础研究、嗜铬细胞瘤的实验诊断等神经化学领域的研究具有重要意义,已引起国内外重视,由于它们在组织体液中含量极低,且检测易受干扰,费时。高效液相色谱-电化学检测器(HPLC-ED)是测定儿茶酚胺和吲哚胺等生物胺和相关化合物公认的方法,具有简便性、多功能性、精确性和特异性。

3. 碱基、核苷、核苷酸和核酸的分析　外源性因素如电离辐射、化学毒物以及机体代谢产生的内源性物质均可引起 DNA 分子损伤,并以 DNA 氧化损伤为主要类型,表现为 DNA 单链断裂、双链断裂、交联等碱基损伤以及分子水平上出现无嘌呤位点、8-羟基脱氧鸟嘌呤等,应用 HPLC-电化学检测方法建立的痕量 8-羟基脱氧鸟嘌呤的分析方法,可用于研究其形成与毒性的机制。

单核苷酸多态(single nueleotide polymorphisms,SNPs)是指某一人群的正常个体基因组内特定核苷酸位置上存在不同碱基,且其最低的基因频率>1%,即在基因组核苷酸水平上单碱基突变引起的:DNA 序列多态性。变性高效液相色谱法(DHPLC)可用于 SNPs 研究。

肿瘤患者的尿中存在异常升高的修饰性核苷酸,来源于降解的 tRNA,人体内不存在这些核苷酸的代谢途径,它们以原型排出体外。肿瘤患者体内合成代谢旺盛,具有很高的 tRNA 转化率,相应的修饰性核苷酸排出量异常高,伪尿核苷是其中最多的一个,可用 HPLC 法分析肿瘤患者的尿伪尿核苷指数(伪尿核苷与肌酐的比值),对伪尿核苷在诊断及监视恶性肿瘤中的作用作初步探讨。

三、在其他方面的应用

(一)食品监管

有效分析控制食品或饲料中各种添加剂及有害有毒成分,是当前食品科学中的重要课题,

HPLC法已经被广泛应用于这些领域。例如,用 HPLC 方法检测食品中的苏丹红和三聚氰胺,加强食品监管力度。

(二)环境监测

在对环境中大气污染物的成分分析、废水、废气和汽车尾气中有害组分的分析中,HPLC法发挥着很大的作用。

(三)农业方面

在农业的发展中,HPLC 也发挥着很大的作用。它可以用来对各种农作物中营养成分进行分析,特别是对多糖、脂肪酸、蛋白质等分析都是极为有效的方法。也可对蔬菜、水果和土壤中农药的含量进行测定。HPLC 方法的准确度和精密度都比较高,非常适用于农药的分析和监测。

第五节 制备型色谱的操作

分离和制备纯组分是医药分析中经常遇到的问题,如分离制备中草药有效成分或药物的代谢产物进行结构鉴定、制药工业中手性化合物的分离制备都是非常活跃的领域。PHPLC是制备、纯化组分的现代手段,它具有速度快、效率高的特点,制备量可达克量级。PHPLC需要制备型色谱柱,下面是实际操作过程中的一些原则和注意事项。

一、分离条件的选择

一般说来,可以利用分析型 HPLC 作为选择分离条件的起点,使用与分析柱相同的固定相,当然粒径较大的固定相($20\sim40\mu m$)有成本低、易于操作等优点,但柱效较低。最好采用等溶剂强度洗脱,溶剂的纯度要高,且以易挥发的溶剂为宜。为了维持与分析型 HPLC 相似的保留时间,必须增大流动相的流量,一般原则为流量之比是柱内径之比的平方。

二、上 样

为了获得高制备量,PHPLC 一般都在超载条件下工作,但超载对分离有影响。制备柱的上样量如果按分析柱上样量放大(即两柱容积之比),一般不会损失分辨率。如果上样量过大,即质量超载,会出现拖尾峰,且保留时间缩短(也有延长的情形);如果样品浓度稀,上样体积过大(但质量不超载),则出现平头峰,其半峰宽度等于柱头样品宽度;如果样品体积与质量都超载,则产生两者的综合影响。实际工作中可以不断增大上样体积,至相邻峰稍有重叠为止。也能通过计算求出最大进样体积。

三、检 测

PHPLC需要低灵敏度的检测器,但要求检测器的线性响应范围宽,且对样品是非破坏性的。

四、馏分收集和再循环

馏分收集是通过手动或自动馏分收集器进行的。自动馏分收集器有定时或定体积收集两种方式。连接检测器和馏分收集器之间的管路不能太长,一般说来管路体积不应超过流速的数值。由于样品超载,相邻色谱峰常有部分重叠,这时不能收集重叠部分,而应使这一部分进入再循环。分离不好的组分也可通过再循环来改善分离度。再循环是通过一个四通阀将柱流出液再切换回到色谱柱上。但是循环次数不宜多，以 4～5 次为限，以避免产生严重的峰扩展。

五、色 谱 置 换

色谱置换是一种完全不同的制备色谱法。如果把大量的样品注进色谱柱，由于不同的化合物对固定相有不同的"亲和力"，它们将从固定相上互相置换出来。这时必须在样品后再注进一种有更强"亲和力"的物质，才能把所有样品组分都置换出柱。以硅胶为固定相分离非酸性物质时，季铵就是常用的置换剂，反相色谱中常用醇为置换剂。每次置换分离后都必须再生色谱柱。

第六节　超高效液相色谱的主要特点与应用

超高效液相色谱(UPLC)，与传统的 HPLC 技术相比，提供了更高的效率，因而具有更强的分离能力。

基于填料小颗粒技术的 UPLC，与人们熟知的 HPLC 技术具有相同的分离原理。不同的是：UPLC 不仅比传统 HPLC 具有更高的分离能力，而且结束了人们多年不得不在速度和分离度之间取舍的历史。使用 UPLC 可以在很宽的线速度、流速和反压下进行高效的分离工作，并获得优异的结果。

一、主 要 特 点

(一)超高分离度

因为分离度与填料颗粒粒度的平方根成反比，$1.7\mu m$ 颗粒的分离度比 $5\mu m$ 颗粒提高了 70%，可以分离出更多的色谱峰，从而对样品提供的信息达到了一个新的水平。而柱效提高了 3 倍，使得 UPLC 在大大提高分离度的同时提高了色谱峰强度，同时缩短了开发方法所需的时间。同理，在梯度分离中也具有同样的优越性。

(二)超高速度

由于 UPLC 系统用 $1.7\mu m$ 颗粒，柱长可以比用 $5\mu m$ 颗粒时缩短 3 倍而保持柱效不变，而且使分离在高 3 倍的流速下进行，结果使分离过程快了多倍而分离度保持不变。

UPLC 的快速分析亦节省了以往一向耗时的方法认证的时间，使方法认证变得简单快速。如 Water 公司 UPLC™美国药典有关物质分析实例，原有 HPLC 分析需要 4 个不同的方法、3 根不同的色谱柱，至少需要 65min 才能完成；UPLC™ 使用了一根色谱柱、一种简单方法，在 1min 内即可完成。

(三)超高灵敏度

过去几年中，提高灵敏度的工作集中在检测器上，包括光学检测器和质谱检测器。这种趋势主要是受要求检测化合物的浓度越来越低(如高效药物)的驱动。然而采用超高性能色谱系统就能获得灵敏度的显著提高。

UPLC 使用小颗粒技术可以得到更高的柱效(因而改善了分离度)、更窄的色谱峰宽，即更高的灵敏度。因为色谱峰变得更窄，峰高也就更高了；同样，当 UPLC 用于快速分析、用较短色谱柱而使柱效不变时，色谱峰高会相应增加。因此，使用 UPLC 技术，不仅可以在保持与

HPLC 相同分离度时提高峰高,而且在改善分离度的同时亦可提高峰高即灵敏度。

(四)简单方便的转换方法

UPLC 与 HPLC 基于相同的分离机制,故相互之间的方法转换非常容易和方便。现有 HPLC 方法可以按照比例直接转换成 UPLC 方法;相反,UPLC 方法也很容易可以转换成 HPLC 方法供常规 HPLC 系统使用。也可以利用各公司为方法转换设计的简单易用计算工具来实现参数间的转换。

(五)最佳质谱入口

质谱技术与液相色谱技术的强强结合,使 UPLC 的设计能够充分考虑到质谱检测器的诸多特点和需求,成为质谱检测器的最佳液相色谱入口。UPLC 与质谱联用,可以实质性地改善质谱检测结果的质量,UPLC 的特殊性能使质谱检测器的性能首次得以充分体现。

由于低流速下色谱峰扩散不大,增加了峰浓度,有利于提高离子源的效率,因而使灵敏度至少提高了 3 倍。除 UPLC 技术本身带来的速度、灵敏度和分离度的改善外,UPLC 的超强分离能力有助于目标化合物与之竞争电离的杂质的分离,从而可以使质谱检测器的灵敏度因离子抑制现象的减弱或克服而得到进一步的提高。故使用 UPLC-MS 联用,可以获得灵敏度较 HPLC-MS 联用系统大有改善的分离结果,获得更多、质量更好的信息。

(六)特殊的色谱系统

基于小颗粒技术的 UPLC,并非普通 HPLC 系统改进而成。它不但需要耐压、稳定的小颗粒填料,而且需要耐压的色谱系统(>15 000 psi)、最低交叉污染的快速进样器、快速检测器及优化的系统体积等诸多方面的保障,以充分发挥小颗粒技术优势。这就需要对系统所有硬件和软件的进行全面创新。

二、主 要 应 用

(一)药物分析

Apollonio 等利用 UPLC-API-MS 在选择离子监测(SIR)模式,在 3 min 内对苯丙胺、苯海拉明等 9 个成分进行分离、鉴定,可显著提高分析速度、改善色谱峰的基线分离,显示出分离、鉴定非法用药的优势,方法可用于法医和毒物学中的分析。

(二)蛋白组学或代谢组学研究

卢果等采用超高效液相色谱-飞行时间质谱(UPLC-TOF-MS)联用技术分析了 31 个随机尿样,并用主成分分析法(PCA)和偏最小二乘法判别分析(PLS-DA)两种数据处理方法对数据进行处理,与 PCA 法比较,PLS-DA 法能提高分类效果。研究结果表明,UPLC-MS 联用技术通量高,数据量丰富;模式识别数据处理方法适合于从大量数据中提取信息,两者的结合有利于代谢组学研究。

(三)食品、化妆品分析

Cristina 等对分别使用 UPLC 和 HPLC 串联二级四极杆质谱测定 3 种婴儿食品中 16 种农药残留进行了比较,16 种农药浓度约在 $1\mu g/kg$,UPLC-MS/MS 的信噪比均明显高于 HPLC-MS/MS 的信噪比,UPLC 的分析速度是 HPLC 的 2.5 倍,体现了 UPLC 高效、快速、灵敏的特点。

(四)环境监测

王静等利用 UPLC-MS/MS(正离子模式)在多反应监测(MRM)模式,测定水体中痕量微囊藻毒素(MCYST)的含量,采用固相萃取法富集净化样品,该法在 5 min 内即可完成对 4 种 MCYST(LR、RR、LW、LF)的分离及检测;LR、RR、LW、LF 的定量检测限为 1.3～ 6.0 ng / L,回收率为 91.1%～ 111.0%。

　　总之,与传统的 HPLC 相比,UPLC 的速度、灵敏度及分离度分别是 HPLC 的 9 倍、3 倍及 1.7 倍。UPLC 以更快的速度和更高的质量完成以往 HPLC 的工作,节省了大量的分析时间和日常的溶剂消耗。多数生化样品及天然产物都十分复杂,在同样条件下,UPLC 能分离的色谱峰比 HPLC 多出一倍还多,UPLC 的分辨率能够认出更多的色谱峰。UPLC 的高分离度可以迎接复杂组分(如天然产物或中草药等)分离的挑战,高灵敏度有助于检测更加痕量的目标化合物,快速的分离使大量样品的分析实现高通量。在提到"蛋白组学"或"代谢组学"时,与没有"组"差别从分析的角度说就是样品量极大,需要在短时间分析成千上万的样品,UPLC 不损失分离度的高速度优点在这里充分体现。因此 UPLC 在蛋白质、多肽、代谢组学分析及其他一些生化领域里将会得到广泛应用。

(张　莉　崔　颖　郭　鹏)

参 考 文 献

[1]　李发美.医药高效液相色谱技术.北京:人民卫生出版社,1999;3-50.

[2]　张祥民.现代色谱分析.上海:复旦大学出版社,2006.

[3]　卢佩章,等.高效液相色谱法及其专家系统.沈阳:辽宁科学技术出版社,1992.

[4]　王俊德.高效液相色谱法.北京:中国石油化工出版社,1992.

[5]　孙毓庆,等.现代色谱法及其在医药分析中的应用.北京:人民卫生出版社,1998.

[6]　于世林.高效液相色谱方法及应用.北京:化学工业出版社,2000.

[7]　王志伟,沈洪,陈玉泉.血清胆汁酸在黄疸鉴别诊断和治疗中的价值.肝胆胰外科杂志,2000,12(1):1-19.

[8]　曾劲伟,杨光,崔金环,等.高效液相色谱法检测血红蛋白 A₂ 诊断 β-地中海贫血携带者的最佳阈值.中国循证医学杂志,2009,9(8):828-831.

[9]　王德兴,张瑞芳,朱玉芬,等.肿瘤患者尿样中伪尿核苷定量 320 例分析.中华医学写作杂志,2004,11(12):1005-1008.

[10]　盛晓燕,段京莉.液相色谱-质谱/质谱联用技术在临床诊断和疾病筛查中的应用.中国药物与临床,2009,9(8):730-732.

[11]　袭著革,晁福寰,孙咏梅,等.高效液相色谱-电化学检测法测定脱氧核糖核酸分子氧化损伤标志物 8-羟基脱氧鸟苷.分析化学,2001,29(7):765-767.

[12]　胡俊,史树贵,李露斯.变性高效液相色谱法检测单核苷酸多态性的研究进展.临床检验杂志,2005,23(4):308-309.

[13]　陈为,柯雪红,杨小催.AQC 柱前衍生 RP-HPLC 荧光法测定颅脑损伤患者脑脊液中氨基酸类神经递质.神经损伤与功能重建,2010,5(2):94-96,155.

[14]　伦立民,于维林,田清武.高效液相色谱法快速检测 7 种生物胺和代谢产物.药物分析杂志,2004,24(6):602-605.

[15]　曾祥林,曾智.超高效/高分离度快速/超快速液相色谱技术在分析领域中的应用.医药导报,2010,29(7):909-914.

第6章 毛细管电泳技术

毛细管电泳(capillary electrophoresis,CE),又叫高效毛细管电泳(high performance capillary electrophoresis,HPCE),是指以高压电场为驱动力,以细内径毛细管为分离通道,依据样品中各组分粒子之间淌度和分配系数的差异而实现分离的一类液相分离技术。

CE 是在 1937 年 Tiselius 提出的电泳理论基础上逐步发展而来。在 1981 年 Jorgenson 和 Lukacs 首先提出在 $75\mu m$ 内径的 100cm 毛细管柱内用高电压对单酰化氨基酸进行分离,创立了现代毛细管电泳分离技术。1984 年 Terabe 等通过引入离子表面活性剂建立了胶束毛细管电动色谱。1985 年 Hjerten 建立了毛细管等电聚焦,两年后 Cohen 和 Karger 提出了毛细管凝胶电泳的分离模式。1988—1989 年出现了第一批毛细管电泳商品仪器。随后短短几年内,由于 CE 能够满足生命科学各领域中对多肽等大分子的分离分析要求,得到了迅速的发展。

CE 技术分析范围非常广,除了蛋白质、核酸等生物大分子外,还能够实现有机小分子的分离和分析,同时具有高效、快速、微量的特点。CE 和普通电泳相比,由于其采用高电场,因此分离速度要快得多;检测器则除了未能和原子吸收及红外光谱连接以外,其他类型检测器均已和 CE 实现了连接检测;一般电泳定量精度差,而 CE 和 HPLC 相近;CE 操作自动化程度比普通电泳高很多。

第一节 概 述

一、仪器组成

HPCE 的仪器结构包括高压电源、毛细管柱、检测器及两个供毛细管两端插入而又可和电源相连的缓冲液贮瓶。在电解质溶液中,带电粒子在电场作用下,以不同的速度向其所带电荷相反方向迁移。

二、电 泳

电泳是指在电场作用下,溶液中的带电粒子向某个电场方向做定向移动的现象。其行为与特性通常使用表观淌度(μ_e)描述,毛细管或固相多孔物质内液体沿固体表面移动的现象即单位场强(E)下离子的平均电泳速度 v:

$$\mu_e = v_e / E \tag{6-1}$$

v_e 为表观迁移速度。

实验中,只发生电泳有效淌度(μ_{ef}):

$$\mu_{ef} = v_{ef}/E \tag{6-2}$$

$$= v_{ef} \cdot (L/V) \tag{6-3}$$

$$= (l/t_m) \cdot (L/V) \tag{6-4}$$

l 为毛细管有效长度,t_m 为迁移时间,L 为毛细管总长度,V 为电压。

三、电　渗

电渗又称电渗流(electroosmotic flow, EOF),是 CE 中的基本操作要素。它是指毛细管内液体在外力作用下整体朝一个方向运动的现象,其形成与管壁的双电层有关。

由于毛细管壁自身材质能够电离产生负离子,使管壁带有负电荷。为了保持电荷平衡,溶液中水和阳离子被吸附到毛细管管壁附近形成双电层。该双电层在毛细管壁的负电荷表面形成一个圆筒形的阳离子鞘。在高电压作用下,双电层中溶剂化了的阳离子,沿滑动面做相对运动,携带着溶剂一起向阴极迁移,便形成了电渗流,用表观电渗淌度表示(μ_{eo})。粒子在毛细管内电解质中的迁移速度等于电泳和电渗流两种速度的矢量和,电渗流的速度一般比电泳速度快 6 倍左右。正离子的运动方向和电渗流一致,故最先流出;中性粒子的电泳流速度为零,故其迁移速度相当于电渗流速度;负离子的运动方向和电渗流方向相反,但因电渗流速度一般都大于电泳流速度,故它将在中性粒子之后流出,从而因各种不同电性粒子迁移速度不同而实现。

电渗是 CE 中推动流体前进的驱动力,电渗驱动力沿毛细管均匀分布,使整个流体像一个塞子一样以均匀速度向前运动。因此整个流型呈近似扁平形的塞式流动,它是 CE 获得高效分离的重要原因。但在高效液相色谱(HPLC)中,采用的压力驱动方式使柱中流体呈抛物线形,其中心处速度是平均速度的 2 倍,导致溶质区带本身扩张,引起柱效下降,使其分离效率不如 CE(图 6-1)。

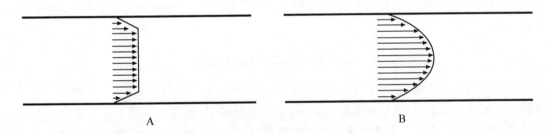

图 6-1　不同分离机制流型
A. 毛细管电泳;B. 高效液相色谱

四、分离效率和分离度

(一)分离效率
与 HPLC 一样,CE 的分离效率即柱效也可以用理论塔板数(n)表示。计算公式表达如下:
$$n = (\mu_e + \mu_{eo})Vl/(2DL) \tag{6-5}$$
D 为溶质扩散系数。

理论塔板高 H 的计算公式表达如下:
$$H = L/n \tag{6-6}$$
$$n = 5.54(X/W_{1/2})^2 \tag{6-7}$$
X 为电泳图上从起点至电泳峰最大值之间的距离;$W_{1/2}$ 为电泳峰的半高峰宽。

(二)分离度

电泳中两峰的分离度(Rs)表示淌度相近的组分分开的能力,计算公式表达如下:

$$Rs = (n^{1/2} / 4) \times \Delta\upsilon/\upsilon_平 \tag{6-8}$$

$$= 2(t_{m_2} - t_{m_1})/(W_1 + W_2) \tag{6-9}$$

$\Delta\upsilon$ 相邻两区带的迁移速度差;$\upsilon_平$ 为两者的平均速度;$\Delta\upsilon/\upsilon_平$ 表示分离选择性;n 为柱效;t_{m_1}、t_{m_2} 分别为两个组分的迁移时间;W_1,W_2 为峰底的宽度。

第二节 毛细管电泳分离模式

虽然毛细管电泳的基本原理如第一节所示,但是该机制只是最基本的模式。在上述模式基础上加入其他分离机制,使毛细管电泳具有多种分离模式,能够用于不同物质的分离和分析,从而扩大了该技术的应用范围。

一、毛细管区带电泳

毛细管区带电泳(capillary zone electrophoresis,CZE),又称毛细管自由电泳,是 CE 中最基本、应用最普遍的一种模式。前述 CE 基本原理即是 CZE 的基本原理。该操作模式应用最广泛,是其他各种操作模式的基础,理论上适合于所有具有不同淌度的带电粒子的分离。其分离机制在于:不同离子按照各自表面电荷密度的差异即淌度的差异,以不同的速度在电解质中移动,而实现分离。中性物质的淌度差为零,各中性物质之间没有电泳差异,所以不能以这种形式分离。

二、胶束电动毛细管色谱

胶束电动毛细管色谱(micellar electrokinetic capillary chromatography,MECC),是把一些离子型表面活性剂(如十二烷基硫酸钠等)加到缓冲液中,当其浓度超过临界浓度后就形成具有疏水内核和外部负电荷的胶束。虽然胶束带负电,但一般情况下电渗流的速度大于胶束的迁移速度,故胶束将以较低速度向阴极移动。溶质在水相和胶束相(假固定相)之间产生分配,中性粒子因其本身疏水性不同,在二相(缓冲液和假固定相)中分配就有差异。疏水性较强溶质与胶束结合较牢,同时结合到胶束的量也较多,需要较长流出时间。由此中性粒子最终按疏水性不同得以分离。MECC 是电泳技术和色谱技术巧妙的结合,它是唯一同时实现离子和中性物质分离的 CE 技术,拓宽了 CE 的应用范围。

三、毛细管凝胶电泳

毛细管凝胶电泳(capillary gel electrophoresis,CGE)是将板上的凝胶移到毛细管中作支持物进行的电泳,是 20 世纪 80 年代后期发展起来的分离模式。凝胶具有微小孔隙,对溶质具有分子筛作用,溶质可按照分子大小逐一分离。凝胶黏度强,能减少溶质的扩散,所得峰形尖锐,能达到 CE 中最高的柱效。通常使用聚丙烯酰胺在毛细管内交联制成凝胶柱,可分离、测定蛋白质和 DNA 的分子量或碱基数等,但其制备过程繁琐,且柱子使用寿命短。如采用黏度低的线性聚合物如甲基纤维素代替聚丙烯酰胺,可形成无凝胶但有筛分作用的无胶筛分(non-gel sieving)介质。它能避免空泡形成,比凝胶柱制备简单寿命长,但分子筛作用较弱,分离能力比凝胶柱略差。CGE 和无胶筛分正在发展成第二代 DNA 序列测定仪,将在人类基因组织计划中起重要作用。

四、毛细管等电聚焦

毛细管等电聚焦(capillary isoelectric focusing,CIEF)是将普通等电聚焦电泳转移到毛细管内进行,是根据蛋白质等电点不同进行分离。分离过程可在自由溶液中进行也可在凝胶中进行。通过管壁特殊涂层使电渗流减到最小,以防蛋白质吸附及破坏稳定的聚焦区带,再将样品与两性电解质混合后充满毛细管,两端贮瓶分别为酸和碱。加高压后,毛细管内部建立 pH 梯度,蛋白质在毛细管中各等电点 pH 处聚焦。聚焦完成后,在阳、阴极电解液中加入盐,破坏 pH 梯度,使各组分蛋白质重新带电,在电场力作用下发生迁移、检测,使不同组分的蛋白质得到分离。实际上等电聚焦也是一个试样浓缩过程,这一过程可用于浓缩试样组分。因此具有极高的分辨率,可以分离等电点相差 0.01pH 的两种蛋白质。

五、毛细管等速电泳

毛细管等速电泳(capillary isotachorphoresis,CITP)是一种移动界面 CE 技术,是出现较早的分离模式,采用先导电解质和尾随电解质,使溶质按其电泳淌度不同得以分离,常用于分离离子型物质,目前应用不多。前导电解质的电泳淌度应高于试样中各组分的电泳淌度,而尾随电解质的电泳淌度则反之。毛细管等速电泳过程中被分离各组分的浓度都将接近前导电解质浓度,对痕量组分在柱上浓缩可达几个数量级,目前该技术主要作为重要的柱上浓缩电泳技术。

六、毛细管电色谱

毛细管电色谱(capillary electrochromatography,CEC)是将 HPLC 中众多的固定相微粒填充到毛细管中,以样品与固定相之间的相互作用为分离机制,以电渗流为流动相驱动力的色谱过程,虽柱效较经典 CE 有所下降,但多种分离机制的引入增加了选择性和应用范围。

第三节 毛细管电泳硬件技术

一、进样方法

CE 采取的进样方法分为流体力学进样和电迁移进样,其中前者为主要进样方式。流体力学进样又称为重力进样、虹吸进样、压差进样。具体方法为,毛细管进样端插入试样溶液容器,通过进样端加压、检测端出口减压或调节进样端试样溶液液面大于出口端缓冲液液面高度即虹吸作用,使进样口端与出口端形成正压差,并维持一定时间,试样在压差作用下进入毛细管进样端,再把进样端放回缓冲液液槽中进行电泳。

二、毛细管柱技术

毛细管是 CE 的核心部件之一,其材料多为聚四氟乙烯、玻璃和弹性石英,最常用的是石英。早期研究集中在毛细管直径、长度、形状和材料方面,目前集中在管壁的改性和各种柱的制备。

(一)动态修饰毛细管内壁

毛细管内壁的吸附主要来源于其表面硅醇基离解形成带负电的吸附点与溶质分子中带正电荷基团间的静电引力。电泳分析过程中的管壁吸附现象不可避免并具有很大的随机性。当吸附发生时,电渗流改变,液流紊乱(不均匀吸附)并影响组分的峰形,出现谱带展宽、响应及分离度下降、迁移时间改变等现象。对毛细管进行适当改性可以减小这些影响。改性通常采用动态修饰和表面涂层两类方法。动态修饰包括低 pH 缓冲液和在运行缓冲液中加入添加剂的方法。pH 3 缓冲液可以抑制硅醇基的离解和使 pH 高于所分离的蛋白质的等电点等措施都能减少吸附,但只能解决部分吸附。如加入阳离子表面活性剂十四烷基三甲基溴化铵(TTAB)等添加剂,能在内壁形成物理吸附层,使 EOF 反向。其机制是 TTAB 胶束的正电荷端和带负电荷的毛细管壁因库仑引力形成 TTAB 的单分子层;其烃基一端面向缓冲液,和溶液中其他 TTAB 分子的烃基端因范德华引力形成了第二分子层。双层胶束的形成使毛细管内壁带上了正电,此时 EOF 就改变了方向。添加剂的选择还有聚合物,如聚胺、聚乙烯亚胺等,其中甲基纤维素可通过氢键与管壁形成中性亲水性覆盖层。

(二)毛细管内壁表面涂层

表面涂层方法有很多种,包括物理涂布、化学键合及交联等。最常用的方法是采用双官能团的偶联剂,如各种有机硅烷,第一个官能团(如甲氧基)与管壁上的游离羟基进行反应,使其与管壁进行共价结合,再用第二个官能团(如乙烯基)与涂渍物(如聚丙烯酰胺)进行反应,形成一稳定的涂层。

按照硅醇基生成键形式的不同可将涂层分为 Si—O—C 型、Si—C 型和 Si—O—Si—C 型。所用的有机硅烷偶联剂有三甲基氯硅烷(TMCS)、r-甲基丙烯酰基丙氧基三甲氧基硅烷、乙烯基三氯硅烷等。

(三)凝胶柱和无胶筛分

CGE 的关键是毛细管凝胶柱的制备,常用的聚丙烯酰胺凝胶柱采用丙烯酰胺(Acr)单体和甲叉双丙烯酰胺(Bs)作交联剂,以过硫酸铵(AP)作引发剂,经四甲基乙二胺(TEMED)催化而成。为提高凝胶柱的寿命,可采用管壁改性、加压聚合、前沿聚合和光引发聚合等技术。聚丙烯酰胺凝胶柱常用来进行 DNA 片段分析和测序。测定蛋白质和肽的分子量常用十二烷基硫酸钠聚丙烯酰胺电泳(SDS-LPAGE)。

如将聚丙烯酰胺单体溶液中的交联剂甲叉双丙烯酰胺(Bis-acrylamide)浓度降为零,得到线性非交联的亲水性聚合物用作操作溶液,仍有按分子大小分离的作用,称无胶筛分。此法简单,使用方便,但分离能力比 CGE 差。

(四)毛细管填充柱

CEC 是将 HPLC 中众多的固定相微粒填充到毛细管中的 CE 技术。目前也有将核糖核酸酶、己糖激酶、腺苷脱氨酶等固定到毛细管表面,构成开管反应器,再和 CE 连接,可进行核酸选择性检测,微量在线合成和分离寡核苷酸等工作。另一有意义的工作是用各种方式在毛细管内缓冲液中形成各种梯度,如 pH 梯度、溶剂浓度梯度等来提高分离效率和选择性。

三、检 测 技 术

CE 除了比其他色谱分离分析方法具有效率更高、速度更快、样品和试剂耗量更少、应用面同样广泛等优点外,其仪器结构也比 HPLC 仪器简单。CE 只需高压直流电源、进样装置、毛细管和检测器。前 3 个部件均易实现,困难之处在于检测器。特别是光学类检测器,由于毛细管电泳溶质区带的超小体积的特性导致光程太短,而且圆柱形毛细管作为光学表面也不够理想,因此对检测器灵敏度要求相当高。

当然在 CE 中也有利于检测的因素,如在 HPLC 中,因流动相稀释等原因,溶质到达检测器的浓度一般是其进样端原始浓度的 5% 以下,但在 CE 中,经优化实验条件后,可使溶质区带到达检测器时的浓度和在进样端开始分离前的浓度相同。而且 CE 中还可采用堆积等技术使样品达到柱上浓缩效果,使初始进样体积浓缩为原体积的 1%～10%,这对药物代谢动力学等学科中的低浓度检测非常有利。因此从检测灵敏度的角度来说,HPLC 由于光程理想,因此具有良好的浓度灵敏度,而 CE 由于分离方式的原因,具有很好的质量灵敏度。总之,检测仍是CE 中的关键问题,有关研究报道很多,发展也很快。迄今为止,除了原子吸收光谱、电感偶合等离子体发射光谱(ICP)未用于 CE 外,其他检测手段如紫外、荧光、电化学、质谱、激光等类型检测器均已用于 CE。

(一)紫外检测

与 HPLC 类似,CE 中应用最广泛的是紫外/可见检测器。按检测方式可分为固定波长或可变波长检测器和二极管阵列或波长扫描检测器两类。前一类检测器采用滤光片或光栅来选取所需检测波长,优点在于结构简单,灵敏度比后一类检测器高;后一类检测器能提供时间-波长-吸光度的三维图谱,优点在于在线紫外光谱可用来定性、鉴别未知物。有些商用仪器的二极管阵列检测器还可做到在线峰纯度检查,即在分离过程中便可得知每个峰含有几种物质;缺点在于灵敏度比前一类略逊。采用快速扫描的光栅获取三维图谱方式时,其扫描速度受到机械动作速度的限制。用二极管阵列方式,扫描速度受到计算机数据存储容量大小的限制。由于 CE 的峰宽较窄,理论上要求能对最窄的峰采集 20 个左右的数据,因此要很好地选取扫描频率,才能得到理想的结果。

(二)激光诱导荧光检测

激光诱导荧光检测器(LIF)一出现就以其优越的检测性能引起了广大分析工作者的兴趣,目前是 CE 最灵敏的检测器之一。而且 CE-LIF 联用的高灵敏度,完全可以满足日常分析的要求,成为最成熟的联用 CE 检测技术之一。激光诱导荧光检测尤其适用于 DNA 测序,同时单细胞和单分子检测也离不开 LIF。LIF 不但能够提高灵敏度,而且可增加选择性,但缺点在于被测物需用专属的荧光试剂标记成染色或衍生化。利用 CE-LIF 技术可检出染色的单个DNA 分子,进行癌症的早期诊断及临床酶和免疫学检测。

(三)质谱检测

质谱与毛细管电泳的联用使得分析范围更广,灵敏度更高,检测限更低,因此得到了广泛的应用。CE 末端接口是影响整个检测的一个关键因素,所有 CE/MS 接口的目标都是为了获得稳定的雾流(spray-current)和高效的离子化。目前,成功地应用于 CE/MS 接口中的离子化技术有连续流快原子轰击(continuous flow FAB,CFFAB)、离子喷雾(ions pray,ISP)、电喷雾(electrospray,ESI)、大气压化学电离(atmospheric pressure chem ical ionization,APCI)、基质辅助激光解吸离子化(matrix assisted laser desorption ionization,MALDI)和等离子体解吸(plasma desorption ionization,PD)离子化技术等。用于定量分析的质量分析器中,最常见的是四极杆质量分析器,包括单四极杆质谱仪和三重四极杆质谱仪。但是由于四极杆扫描速度有限,因此当和快速分离技术联用,例如,CE 联用时,不适用于分析未知化合物。不过由于它们对目标分析物的定量分析较灵敏,因此是毛细管电泳质谱联用中最常用的质量分析器。除了四极杆质谱仪外,离子阱质谱仪也是和 CE 联用较多的质量分析器。

(四)傅立叶变换红外检测(FTIR)

FTIR 是一种无破坏性的检测技术,其固有的检测优势是其极好的鉴别分析物的能力。但是溶剂介质的吸收常常干扰分析物的检测,尤其是水溶液,从而限制了红外光谱检测在分析领域的应用。目前已设计出全新的流通池及联用系统,成功地完成了红外光谱与毛细管电泳技术的在线联用,并实现了以咖啡因、对乙酰氨基酚、对硝基苄醇、对硝基酚、间硝基酚为分析物进行了 MEKC 与 FTIR 的联用研究。结果表明,应用全新设计的流通池,红外光谱可以成为一种很成功的在线检测器,即使在背景电解质中存在非常强的干扰化合物也同样适用。

(五)核磁共振检测(NMR)

CE 面临的主要问题是检测组分的定性能力差,特别对新的、未知化合物不能准确地定出各色谱峰的结构,为此需要使用各种谱学技术进行鉴定。由于 NMR 能提供丰富的物质结构信息,研究者开始考虑直接把 NMR 作为 CE 的检测器而实现 CE-NMR 联用的可能性。CE-NMR 联用已有两种不同的形式:连续流动模式和停流模式。CE-NMR 方法与常规分离鉴定方法相比大大节省了时间,提供了一种利用快捷有效的分离获取丰富的结构信息的方法,在分析复杂混合物上有着广泛的应用前景。CE-NMR 联用技术的进展已不同程度克服或改善了 CE 和 NMR 这两种技术联用所存在的固有矛盾,并在分离和鉴定上有了一些成功的例子。但由于在 CE-NMR 联用系统中 NMR 的灵敏度和分辨率还有限,还难以获得完整的立体化学信息,因此 NMR 作为 CE 检测器还处在实验室研究阶段,在商品化仪器推出之前仍需一定的改进。

第四节　毛细管电泳在生物医药的应用

一、化学药品分析

化学药品结构简单、明确,常规分析方法能基本解决定性、定量和纯度控制等问题。但有些结构特异(如手性对映体结构)或性质特殊的品种,现代分析手段从灵敏度、分辨率和分析速度等方面,仍有一些难点。CE 技术的特点和优势,恰恰弥补和解决了某些分析手段的不足。

手性药物分离和纯度检验是药物研究和制药工业的关键任务,也是 CE 在药物分析领域发展的重点。已有大量文献报道了应用 CE 分析药物手性异构体等方面的质量研究方法。进行药代动力学的研究,要求相应的检测技术能在生物基底的干扰下仍对被分析物有较好的定性定量分析能力。CE 在药代动力学研究中有独特优势:如与色谱手性分离柱相比,CE 技术对生物样品中手性药品的分离显得更为经济、方便。目前 2010 年版药典中也已经将 CE 列入药品质量分析的常规方法。说明 CE 以其高分辨、高灵敏度的性质,在药物研究领域将成为液相色谱的必要补充。

二、生物大分子分析

随着 DNA 技术和克隆技术的应用,对生物大分子的研究逐渐成为医药领域研究的热点。

但其分子量大、结构复杂,较难鉴别和定量一直是阻碍其快速发展的因素之一。CE 以其样品与缓冲液用量少,快速准确的分离效果成为研究生物多聚体最具吸引力的工具之一。作为一种蛋白质、多肽、核酸及其他生物分子分离和分析的重要技术,20 年来 CE 的机制探索和应用研究都取得了长足的进展,对 CE 的研究,使其分离效率和分析精度不断提高,也使其应用领域不断扩大推动了生物技术的不断发展。

三、中药分析

随着 CE 技术对中药材及其有效成分的鉴别与分析的快速发展,建立在此基础上的中成药成分的定性、定量分析已有进展。中药成分非常复杂,有效成分分离分析困难,特别是高极性大分子成分的分离测定成为一大难题。CE 提供了一种强有力的多组分分离分析手段,在中药材质量标准化研究中发挥重大作用。近年,HPCE 法已日益广泛地应用于中药生药化学成分的分离和含量测定,CE 分析的成分主要包括生物碱、黄酮、苷类、酚类、有机酸、香豆素、木脂素、醌类及其他成分。中药指纹图谱的建立对中药质量进行整体描述和评价,对控制中药及中药制剂的质量,促进中药现代化都具有很重要的意义。CE 技术在中药及制剂指纹图谱研究领域中充分展示了其优越性。

CE 技术的研究和应用,对生物医药分析领域的飞速发展起着重要的推动和促进作用,尤其以对手性拆分、基因工程药物、中成药复方制剂的分析方面。但它也有一定的弱点和不足,如有的药物用 CE 分析精确度还不够高,较其他分离手段 CE 重现性不够理想等。CE 技术理论方面的研究目前仍在深入,且在不断指导该技术的分支理论研究和操作技术的完善与成熟。随着毛细管电泳中多种分离机制的引入以及与其他分离技术联用,可以不断扩展 CE 的应用范围,获得更多的信息,在生物医药研究领域发挥更大的作用。

(崔　颖)

参 考 文 献

[1] 张正行,林梅,范国荣.高效毛细管电泳分析∥现代药物分析选论.北京:中国医药科技出版社,2001:103-199.

[2] 吴娟芳,陈令新,罗国安,等.毛细管电泳技术在药物分析中的应用研究进展.药学学报,2006,41(5):385-391.

[3] 卢巧梅,张兰,程锦添,等.毛细管电色谱-激光诱导荧光联用技术进展.化学通报,2010,73(7):586-592.

[4] 蔡鹭欣,陈忠,杨原,等.毛细管电泳-核磁共振联用技术及其应用.光谱学与光谱分析,1999,19(3):347-351.

[5] 周庆祥,苏箐,肖军平.毛细管电泳联用检测技术分析环境污染物的研究进展.安徽农业科学,2007,35(2):348-352.

[6] 阳平.毛细管电泳质谱联用技术及其在代谢组学研究中的应用.生物技术通报,2010,26(8):57-63.

[7] 王立云,黄碧云,袁牧,等.西布曲明对映体的毛细管电泳分离及结合常数的测定.华西药学杂志,2010,25(1):98-100.

[8] 剧仑,黄碧云,袁牧,等.β-环糊精用于毛细管电泳拆分佐匹克隆对映体的研究.分析测试学报,2009,28(8):978-980.

[9] 杨燕,杨荣,卫引茂,等.胶束毛细管电泳法测定家兔体内的丹参素及药代动力学和组织分布.药物分析

杂志,2008,28(3):362-366.

[10] 施爱红,李林秋,邓必阳.毛细管电泳-电化学发光法研究阿莫西林在人尿中的药代动力学.分析科学学报,2008,24(5):502-506.

[11] 陆少红,龙湘犁.毛细管电泳在生物领域的应用.沈阳航空工业学院学报,2002,19(2):85-87.

[12] Ahria KD. Overview of the status and applications of capillary electrophoresis to the analysis of small molecules Review. J Chromatogr A,2004,1023(1):1-14.

[13] Schmitt-Kopplin P,Junkers J. Capillary zone electrophoresis of natural organic matter. J Chromatogr A, 2003,998(1-2):1-20.

[14] Cao YH,Chu QC,Ye JY. Chromatographic and electrophoretic methods for pharmaceutically active compounds in Rhododendron dauricum. J Chromatogr B,2004,812(1-2):231-240.

[15] Menzinger F,Schmitt-Kopplin P,Freitag D,et al. Analysis of agrochemicals by capillary electrophoresis. J Chromatogr A,2000,891(1):45-59.

[16] 李俊松,刘训红,蔡宝昌,等.非水毛细管电泳测定黄连饮片中5种生物碱.色谱,2010,28(4):402-407.

[17] 李俊松,刘训红,蔡宝昌,等.黄柏饮片NACE-DAD指纹图谱的研究.中药材,2010,33(3):349-352.

[18] 江尚飞,杨元娟,何静,等.高效毛细管电泳技术在中药指纹图谱研究中的应用.中国药房,2010,21(15):1435-1437.

第7章 质谱分析技术

质谱分析法(mass spectrometry)是通过样品离子的质量和强度的测定,进行成分和结构分析的一种分析方法。样品通过进样系统进入离子源,由于结构、性质不同而电离为各种不同质荷比(m/z)的离子碎片,而后离子碎片被加速进入质量分析器,在其磁场作用下,离子的运动半径与其质荷比的平方根成正比,使不同质荷比的离子在磁场中被分离,并按质荷比大小依次抵达检测器,经记录即得样品的质谱(mass spectrum,MS)。

第一节 概　　述

一、发 展 简 史

1910 年,英国科学家 J. J. Thomson 研制了世界上第一台质谱仪器,运用质谱法首次发现了氖的放射性核素^{20}Ne 和^{22}Ne,并且观察到放电管中 $COCl_2$ 裂解产生碎片离子,得到这些离子的质谱图。这台仪器的诞生标志着质谱学的建立。1918 年,美国芝加哥大学的 Dempster 成功研制了扇形磁场方向聚焦型质谱仪,1934 年双聚焦质谱仪出现,以其分辨率高为原子量的精确测定奠定了基础,是质谱学发展的又一个里程碑。20 世纪 50 年代是质谱技术飞速发展的时期,尤其是 1957 年 Morell 和 Holmes 首次在实验室建立的色谱-质谱联用技术,具有分离度高、灵敏度高等特点,在复杂混合有机物分析方面具有独特的优势。70 年代计算机技术引入质谱仪,负责仪器状态的控制和数据的处理,从此,计算机成为现代质谱仪不可或缺的一部分。80 年代以后,质谱学有了更大的进展,新的离子化方式不断涌现,出现了快原子轰击电离子源、基质辅助激光解吸电离源、电喷雾电离源、大气压化学电离源等。联用技术是目前物质分析的强有力的手段,主要包括 HPLC-MS、GC-MS、MS-MS 等,以其高灵敏度可以用于定量分析,目前这一技术已成为一些药物质量控制的有效方法。

质谱分析法是一种快速、有效的分析方法,目前该方法已广泛地应用于化学、化工、材料、环境、地质、能源、药物、刑侦、生命科学、运动医学等各个领域。利用质谱仪可进行放射性核素分析、化合物分析、气体成分分析以及金属和非金属固体样品的超纯痕量分析。在有机化合物的分析研究中,已经证明了质谱分析法比化学分析法和光学分析法具有更大优越性。有机化合物质谱分析在质谱学中占最大比重,全世界几乎有 3/4 仪器从事有机分析。有机质谱法不仅可以进行小分子的分析,而且可以直接分析糖、核酸、蛋白质等生物大分子,在生物化学和生物医学上的研究已成为当前的热点,生物质谱学的时代已经到来,由此可见当代有机化合物的研究已经离不开质谱仪。

二、质谱分析法的特点和用途

(一)主要特点

1. 灵敏度高,样品用量少　目前有机质谱仪的绝对灵敏度可达 5pg(pg 为 10^{-12}g),有微克量级的样品即可得到分析结果。

2. 分析速度快　扫描 1～1 000U，一般仅需几秒，最快可达 1/1 000s，因此，可实现色谱-质谱在线连接。

3. 测定对象广　不仅可测气体、液体，凡是在室温下具有 10^{-7}Pa 蒸气压的固体，如低熔点金属（如锌等）及高分子化合物（如多肽等）都可测定。

(二)主要用途

1. 求准确的分子量　由高分辨质谱获得分子离子峰的质量，可测出精确的分子量。

2. 鉴定化合物　如果事先推测出样品的结构，用同一装置、同样操作条件测定标准样品及未知样品，比较它们的谱图可进行鉴定。

3. 推测未知物的结构　从离子碎片获得的信息可推测分子结构。

4. 测定分子中 Cl、Br 等的原子数　放射性核素含量比较多的元素（Cl、Br 等），可通过放射性核素峰强度比及其分布特征推算出这些原子的数目。

第二节　质谱仪的工作原理

一、分 析 原 理

质谱系统一般由真空系统、进样系统、离子源、质量分析器、检测器和计算机控制与数据处理系统（工作站）等部分组成（图 7-1）。

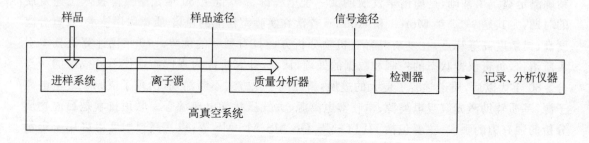

图 7-1　质谱分析仪程序

（引自：司文会．现代仪器分析方法．北京：中国农业出版社，2005）

质谱仪的离子源、质量分析器和检测器必须在高真空状态下工作，以减少本底的干扰，避免发生不必要的分子-离子反应。质谱仪的高真空系统一般由机械泵和扩散泵或涡轮分子泵串联组成。机械泵作为前级泵将真空抽到 10^{-1}～10^{-2}Pa，然后由扩散泵或涡轮分子泵将真空度降至质谱仪工作需要的真空度 10^{-4}～10^{-5}Pa。虽然涡轮分子泵可在十几分钟内将真空度降至工作范围，但一般仍然需要继续平衡 2h 左右，充分排出真空体系内存在的诸如水分、空气等杂质以保证仪器工作正常。

以电子轰击质谱为例，被气化的分子，受到高能电子流（70 eV）的轰击，失去一个电子，变成带正电的分子离子。这些分子在极短的时间内，又碎裂成各种不同质量的碎片离子、中性分子或自由基。

在离子化室被电子流轰击而生成的各种正离子,受到电场的加速,获得一定的动能,该动能与加速电压之间的关系为

$$\frac{1}{2}mv^2 = zV \tag{7-1}$$

m 为正离子质量,v 为正离子速度,z 为正离子电荷,V 为加速电压。

加速后的离子在质量分析器中,受到磁场力(Lorentz 力)的作用做圆周运动时,运动轨迹发生偏转。而圆周运动的离心力等于磁场力

$$\frac{mv^2}{R} = Hzv \tag{7-2}$$

式中 H 为磁场强度,R 为离子偏转半径。

经整理

$$m/z = \frac{R^2 H^2}{2V} \tag{7-3}$$

$$R = \sqrt{\frac{2Vm}{H^2 z}} \tag{7-4}$$

上两式为磁偏转分析器的质谱仪方程。式中单位 m 为原子质量单位;z 为离子所带电荷的数目;H 单位为高斯;V 单位为伏特;R 单位为厘米。

由上式可见,依次改变磁场强度 H 或加速电压 V,就可以使具有不同质荷比 m/z 的离子按次序沿半径为 R 的轨迹飞向检测器,从而得到一按 m/z 大小依次排列的谱—质谱。

二、主要离子源及其功能

离子源的主要功能是将被分析的样品分子电离成带电的离子,并使这些离子在离子光学系统的作用下,汇聚成有一定几何形状和一定能量的离子束,然后进入质量分析器被分离。其性能直接影响质谱仪的灵敏度和分辨率。

质谱仪的离子源种类很多,原理和用途各不相同,不同离子源使样品分子产生不同的离子。离子源的选择主要依据被分析物的热稳定性和电离的难易程度。离子源的选择对样品的测定至关重要,尤其是当分子离子不易出峰时,选择合适的离子源,就能得到响应较好的质谱信息。下面简要介绍几种常用的离子源。

(一)电子轰击源

电子轰击源(electron impact source,EI)由离子化区和离子加速区组成。在外电场的作用下,用 8~100eV 的热电子流去轰击样品,产生各种离子,然后在加速区被加速而进入质量分析器。EI 源能够使挥发性化合物、气体和金属蒸气发生电离,是最为常用的一种离子化方式。

通过电子轰击源得到的离子流稳定性好,碎片离子多,应用广泛。但当样品分子量太大或稳定性差时,常常得不到分子离子,因而不能测定分子量。

(二)化学电离源

化学电离源(chemical ionization source,CI)是一种软电离技术。它与 EI 不同,样品不是通过电子碰撞而是与试剂离子碰撞而离子化的。样品放在样品探头顶端的毛细管中,通过隔离子阀进入离子源。反应气经过压强控制与测量后导入反应室。反应室中,反应气首先被电离成离子,然后反应气的离子和样品分子通过离子-分子反应,产生样品离子。这种电离方法

的特点是能够得到强的准分子离子峰,碎片离子较少。

(三)快速原子轰击源

快速原子轰击源(fast atom bombardment,FAB)电离法是在 20 世纪 80 年代初发展起来的。它是使用具有一定能量的中性原子束来轰击负载于液体基质上的样品而使样品分子电离。该方法常采用液体基质(如甘油)将样本溶于极性、黏稠的高沸溶剂中,然后快原子枪射出的快原子来轰击于基质中的样品而产生离子。这种方法使分子电离的能量很低,通常没有分子离子峰,而易得到加成离子峰 M+H(M+1)峰。FAB 电离源特别适合分析高极性、高分子量,非挥发性和热不稳定分子的离子化方法。FAB 电离源缺点是在 400 以下质量范围内,基质会产生众多的质谱峰,产生噪声,可能会错误解析,因此对非极性化合物测定不灵敏。

(四)场解吸离子源

EI、CI 离子源需要使样品气化。1969 年,Beckey 提出了场解吸离子源(field desorption,FD)离子化法,该方法适用于难气化、热不稳定的样品。该法将固体样品直接涂在发射器表面的微针上,然后将发射丝上通电流,使样品分子在强电场下电离解吸,并在减压条件下,施加一适当高电压(发射微针为正高压,电位差约 1kV 左右),从而可得到较强的 M+H 离子。该离子化法的特点是准分子离子峰强,碎片离子少。FD 法的缺点是测定技术难度较大,重现性不太理想。

(五)场致电离

场致电离(field ionization,FI)离子源中重要部件是电极,正负极间施加高达 10kV 的电压差,两极的电压梯度可达 $10^7 \sim 10^8$ V/cm,具有较大偶极矩或高极化率的样品分子通过两极间时,受到极大的电压梯度的作用而发生电离。

FI 源可得到较强的分子离子峰,而碎片离子峰很少,图谱较简单。

(六)基质辅助激光解吸离子化

基质辅助激光解吸离子化(matrix assisted laser desorption ionization,MALDI)将样品溶于适当基质中涂布于金属靶上,用高强度的紫外或红外脉冲激光照射使样品离子化。该方法适用于热不稳定、难挥发、难电离的生物大分子,该种电离方法也属于软电离方法,产生明显的分子离子峰,碎片离子峰很少。

(七)电喷雾电离源

电喷雾电离源(electron spray ionization,ESI)使用强静电场电离技术使样品形成高度荷电的雾状小液滴从而使样品分子电离。该方法是一种软电离技术,通常得到分子离子峰,而没有碎片离子峰。ESI 源易于与液相色谱和毛细管电泳联用,实现对多组分复杂样品的分析。

三、质量分析器的种类及其作用

质量分析器(mass analyzer)是质谱仪的核心,它的作用是将离子源产生的离子,按照质荷比(m/z)的不同而进行分离并加以聚焦,从而得到按质荷比大小顺序排列的质谱图。

质量分析器种类很多,目前使用的有磁偏转质量分析器、四极杆质量分析器、离子阱分析器、飞行时间分析器、傅立叶变换离子回旋共振分析器等。

(一)磁偏转质量分析器

1.单聚焦质量分析器(single focusing mass analyzer) 在离子源生成的离子被加速进入质量分析器,由于受到磁场力的作用,其运动轨道发生偏转改做圆周运动,其偏转半径 R 由加

速电压 V、磁场强度 H 和 m/z 三者决定。

在质谱仪中,检测的位置即离子接收器 R 是固定的,当加速电压 V 和磁场强度 H 为某一固定值时,只有一定质荷比的离子可以满足条件通过狭缝到达接收器。改变加速电压 V 或磁场强度 H,均可改变离子的运动半径,连续改变 V 或 H 就可以使不同 m/z 的离子顺序进入检测器,实现质量扫描,得到样品质谱图。如果使 H 保持不变,连续地改变 V,叫做电压扫描,可使不同 m/z 的离子顺序通过狭缝到达接收器,得到某个范围的质谱;加速电压越高可测的质量范围越小,反之越大;同样,使 V 保持不变,连续地改变 H(磁场扫描),也可使不同 m/z 的离子被接收。

这种单聚焦分析器可以是 180° 的,也可以是 90° 或其他角度的,其形状像一把扇子,因此又称为磁扇形分析器。单聚焦分析器结构简单,但是分辨率较低。分辨率低的主要原因是单聚焦质量分析器没有考虑离子束中各离子的能量实际是有差别的,这种差别的存在使同种离子经过磁场后其偏转半径也不同,造成质量记录的偏差,从而降低了分辨率。

2.双聚焦质量分析器(double focusing mass analyzer) 双聚焦质量分析器在单聚焦基础上,在扇形磁场前面加一个扇形电场。扇形电场不是质量分离作用,而是能量分析器。质量相同而能量不同的离子经过电场后会彼此分开,即静电场有能量色散作用。如果使静电场的能量色散作用和磁场的能量色散作用大小相等方向相反,就可以消除能量分散对分辨率的影响。只要是质量相同的离子,经过电场和磁场后可以会聚在一起。其他质量的离子会聚在另一点。这种由电场和磁场共同实现质量分离的分析器,同时具有方向聚焦和能量聚焦作用,叫双聚焦质量分析器。双聚焦分析器的优点是分辨率大大提高,缺点是扫描速度慢,操作困难,而且仪器价格昂贵。

(二)四极杆质量分析器

四极杆质量分析器(quadrupole mass analyzer)的主要由四根棒状电极组成。离子的质量分离在电极形成的四极场中完成。其工作原理是将四根电极分为四组,分别加上直流电压和具有一定振幅和频率的交流电压。当一定能量的正离子沿金属杆间的轴线飞行时,将受到金属杆电压的作用而波动前进。这时只有符合条件的离子(满足 m/z 与四极杆电压和频率间固定关系的离子)可以顺利通过电场区到达收集极。其他离子则振幅不断增大,与金属杆相撞、放电,然后被真空系统抽走。如果依次改变加在四极杆上的电压或频率,就可在离子收集器上依次得到不同 m/z 的离子信号。

四极杆质量分析器具有扫描速度快,灵敏度高,结构简单,价格较低等特点。

(三)离子阱质量分析器

离子阱质量分析器(ton trap analyzer)由两个端盖电极和位于它们之间的类似四极杆的环电极构成。端盖电极施加直流电压或接地,环电极施加射频电压,通过施加适当电压就可以形成一个势能阱(离子阱)。根据射频电压的大小,离子阱就可捕获某一质量范围的离子。离子阱可以储存离子,待离子累积到一定数量后,升高环电极上的射频电压,离子按质量从高到低的次序依次离开离子阱,被电子倍增监测器检测。

目前离子阱分析器已发展到可以分析质荷比高达数千的离子。离子阱在全扫描模式下仍然具有较高灵敏度,而且单个离子阱通过时间序列的设定就可以实现多级质谱功能。

离子阱的特点是结构小巧,质量轻,灵敏度高,而且还有多级质谱功能。

(四)飞行时间质量分析器

飞行时间质量分析器(time of flight analyzer)的主要部分是一个离子漂移管。离子在漂移管中飞行的时间与离子质量的平方根成正比。对于能量相同的离子,离子的质量越大,达到接收器所用的时间越长;反之,质量越小,所用时间越短。根据这一原理,可以把不同质量的离子分开。适当增加漂移管的长度可以增加分辨率。

飞行时间质量分析器具有质量范围宽、扫描速度快的特点。缺点是分辨率较低,造成分辨率低的主要原因是由于离子进入漂移管前的时间分散、空间分散和能量分散。这样,即使是质量相同的离子,由于产生时间、产生空间的不同,初始能量的大小不同,达到检测器的时间就不相同,因而降低了分辨率。目前,通过采取激光脉冲电离方式,离子延迟引出等技术,克服了上述缺点,在很大程度上提高了分辨率。目前,飞行时间质谱仪的分辨率可达 20 000 以上。最高可检质量超过 300ku,并且具有很高的灵敏度。

(五)傅立叶变换离子回旋共振分析器

在一定强度的磁场中,离子做圆周运动,离子运行轨道受共振变换电场限制。当变换电场频率和回旋频率相同时,离子稳定加速,运动轨道半径越来越大,动能也越来越大。当电场消失时,沿轨道飞行的离子在电极上产生交变电流。对信号频率进行分析可得出离子质量。将时间与相应的频率谱利用计算机经过傅立叶变换形成质谱。傅立叶变换离子回旋共振分析器(fourier transform ion cyclotron resonance analyzer)具有扫描速度快,性能稳定可靠,质量范围宽等优点。此外,由于需要很高的超导磁场,因此需要液氮,仪器售价和运行费用较贵。

四、离子检测器和记录器

检测器的作用是将来自质量分析器的离子束进行放大并进行检测,质谱仪的检测主要使用电子倍增器,电子倍增器种类繁多,但基本工作原理相同。一定能量的离子打到电极的表面产生电子,电子经电子倍增器产生电信号,记录不同离子的信号即得质谱。电子倍增器常有 10~20 级,电流放大倍数为 105~108 倍。电子通过电子倍增器时间很短,利用电子倍增器可实现高灵敏度和快速测定。

信号增益与倍增器电压有关,提高倍增器电压可以提高灵敏度,但同时会降低倍增器的寿命,因此,应该在保证仪器灵敏度的情况下采用尽量低的倍增器电压。

由倍增器出来的电信号输送入计算机储存,这些信号经计算机处理后可以得到色谱图、质谱图及其他信息。

五、质谱仪的主要性能指标

(一)分辨率

分辨率(resolution power)表示仪器对两个质量相近离子的分离能力,通常用 R 表示,$R = M/\Delta M$。$M/\Delta M$ 是指仪器记录质量分别为 M 与 $M + \Delta M$ 的谱线时能够辨认出质量差 ΔM 的最小值。在一定的质量数附近,分辨率越高,能够分辨的质量差越小,测定的质量精度越高。实际测量过程中不一定要求两个峰完全分开,一般规定强度相近的相邻两峰间谷高小于两峰高的 10% 作为基本分开的标志,这时分辨率用 R10% 表示。

例如,两个离子其质荷比分别为 27.994 9(M)及 28.006 1($M + \Delta M$),若某仪器刚能基本分开这两种离子,则计算该仪器的分辨率为:

$$R=\frac{M}{\Delta M}=\frac{27.994\ 9}{28.006\ 1-27.994\ 9}=2\ 500$$

(二)质量范围

质谱仪的质量范围是指仪器所能测定的离子质荷比范围。对于大多数离子源,电离得到的离子为单电荷离子。可测的质荷比范围实际上就是可以测定的分子量范围;电喷雾源,可以形成带有多电荷的离子,尽管质量范围只有几千,但可以测定的分子量可达 10 万以上。质量范围的大小取决于所使用的质量分析器。四极杆分析器的质量范围上限一般在 1 000,而飞行时间质量分析器可达几十万。

(三)灵敏度

有机质谱仪采用标准样品测定灵敏度,即标准样品产生一定信噪比的分子离子峰所需的最小检测量,即为仪器的灵敏度指标。

六、质谱表示方式

质谱的表示方式很多,最常见的是经过计算机处理后的棒图及质谱表。其他尚有八峰值及元素表(高分辨质谱)等表示方式。

(一)棒图

棒图中,不同的质谱峰代表具有不同质荷比的离子,峰的高低表示产生该峰的离子数量多少。横坐标表示质荷比(m/z),纵坐标表示离子丰度(ion abundance)即离子数目的多少。表示离子丰度的方法有两种,即相对丰度和绝对丰度。

质谱中最高峰称为基峰(base peak),将其高度定为 100%。以此最强峰去除其他各峰的高度,所得的分峰即为其他离子的相对丰度(relative abundance)。

(二)质谱表

质谱数据也可以用列表的形式表示。把原始质谱图数据加以归纳,列成以质荷比为序的表格形式,叫做质谱表。

(三)八峰值

从化合物质谱表中选出八个相对峰强,以相对峰强为序编成八峰值,作为该化合物的质谱特征,可用于定性鉴别。未知物,可利用八峰值查找八峰值索引(eight peak index of mass spectra)定性。但是应用八峰值定性时要注意,不同实验条件下测定的同一化合物质谱八峰值可能含有明显差异。

(四)元素表

高分辨质谱仪可测得分子离子及其他各离子的精密质量,经计算机计算,可给出分子式及其他各种离子的可能化学组成。

第三节　离子类型

在质谱中常见的离子有分子离子、碎片离子、重排离子、放射性核素离子、亚稳离子及多电荷离子等。

一、分子离子

有机物分子失去一个电子所形成的离子为分子离子(molecular ion)。常用符号 M^{+} 表示。

$$M+e \longrightarrow M^{\dot{+}}+2e$$

质谱中,分子离子峰的强度和化合物本身的结构有关。环状化合物比较稳定,不易碎裂,因而分子离子较强。带有支链的化合物较易碎裂,分子离子峰就弱,有些稳定性差的化合物甚至看不到分子离子峰。分子离子峰强弱的大致顺序是芳环＞共轭烯＞烯＞酮＞不分支烃＞醚＞酯＞胺＞酸＞醇＞高分支烃。

分子离子是化合物分子失去一个电子形成的,因此,分子离子的质量就是化合物的分子量,可以推断化合物的元素组成,所以分子离子在质谱解析中具有重要意义。

二、碎 片 离 子

分子电离时获得的能量,超过分子离子化所需的能量,多余的能量切断分子中某些化学键而产生碎片离子(fragment ion)。较大的碎片离子再受电子流的轰击,又会进一步裂解产生更小的碎片离子。碎片离子可提供化合物的结构信息,以及该碎片离子在分子中所处的位置。

例如,在图 7-2 丁酸质谱图中,m/z 88 是分子离子峰,m/z 60 为基峰,m/z 29、45、60、73 等峰为碎片离子峰。

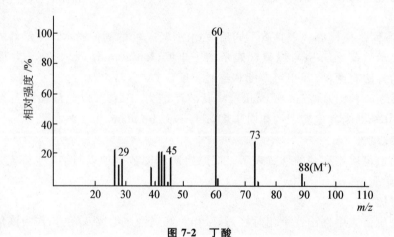

图 7-2 丁酸

(引自:司文会. 现代仪器分析方法. 北京:中国农业出版社,2005)

三、重 排 离 子

重排离子(rearrangement ion)是由原子迁移产生重排反应而形成的离子。发生重排反应中,至少有两个或两个以上的化学键断裂,导致原化合物骨架的改变,产生原化合物中并不存在的结构单元。

麦氏重排中同时有两个以上的键断裂并丢失一个中性小分子,形成稳定的重排离子。重排离子对化合物结构的推测非常重要。除麦氏重排,还有逆 Diels-Alder 重排、亲核性重排等。

四、放射性核素离子

大多数元素都是由具有一定自由丰度的放射性核素组成的。在质谱图中,会出现含有这些放射性核素的离子峰。这些含有放射性核素的离子称为放射性核素离子(isotopic ion)。有机物中常见元素的自然丰度见表 7-1。

表 7-1　放射性核素的丰度比

元素	C	H	O		Cl	Br	S		N
放射性核素	$^{13}C/^{12}C$	$^{2}H/^{1}H$	$^{17}O/^{16}O$	$^{18}O/^{16}O$	$^{37}Cl/^{35}Cl$	$^{81}Br/^{79}Br$	$^{33}S/^{32}S$	$^{34}S/^{32}S$	$^{15}N/^{14}N$
丰度比%	1.11	0.015	0.04	0.20	31.99	97.28	0.79	4.43	0.37

注：丰度%，是以丰度最大的轻质放射性核素为 100% 计算而得。

（引自：邓芹英，刘岚，邓慧敏．波谱分析教程．北京：科学出版社，2010）

重质放射性核素峰与丰度最大的轻质放射性核素峰的峰强比，用 $\dfrac{M+1}{M}$、$\dfrac{M+2}{M}$、…表示。其数值由放射性核素丰度比及原子数目决定。举例说明，天然碳有两种放射性核素 ^{12}C 和 ^{13}C。二者丰度之比为 100∶1.11，假设由 ^{12}C 组成的化合物质量为 M，那么由 ^{13}C 组成的同一化合物的质量则为 M+1。这样的化合物生成的分子离子会有质量为 M 和 M+1 的两种离子。如果化合物中含有一个碳，则 M+1 离子的强度为 M 离子强度的 1.11%；如果含有二个碳，则 M+1 离子强度为 M 离子强度的 2.22%。这样，根据 M 与 M+1 离子强度之比，可以估计出碳原子的个数。

放射性核素离子强度比，可用二项式 $(a+b)^n$ 求出。式中 a 和 b 分别为轻质及重质放射性核素的丰度，n 为原子数目。

例如，某化合物分子中含有 3 个氯，即 $n=3$、$a=3$、$b=1$，其分子离子的放射性核素离子强度之比，由上式计算

$$(a+b)^3 = a^3 + 3a^2b + 3ab^2 + b^3$$
$$= 27 + 27 + 9 + 1$$
$$(M)(M+2)(M+4)(M+6)$$

即放射性核素离子强度之比为 27∶27∶9∶1。这样，如果知道放射性核素的元素个数，通过计算可以推测各放射性核素离子强度之比。同样，如果知道各放射性核素离子强度之比，可以估算出元素的个数。

五、亚　稳　离　子

离子由电离区抵达检测器需一定时间（约为 10^{-5} s），因而根据离子的寿命可将离子分为三种。

1. 寿命（约 $\geqslant 10^{-6}$ s）的离子，足以抵达检测器称为稳定离子。这种离子由电离区生成，经加速区进分析器，而后抵达检测器，被放大、记录，获得质谱峰。

2. 寿命约 $< 1 \times 10^{-6}$ s 的离子，在电离区形成而立即裂解称为不稳定离子。仪器记录不到这种离子的质谱峰。

3. 寿命在 $1 \sim 10 \times 10^{-6}$ s 的离子，在进入分析器前的飞行途中，由于部分离子的内能高或相互碰撞等原因而发生裂解，这种离子称为亚稳离子（metastable ion）。裂解后形成的质谱峰为亚稳峰（metastable peak）用 $m*$ 表示。亚稳峰一般峰弱且峰较宽，一般可跨 2～5 个质量单位，质荷比一般不是整数。

假设 m_1 为母离子，m_2 为子离子，$m*$ 为亚稳离子，那么三者间存在下述关系：

$$m* = m_2^2/m_1 \tag{7-5}$$

用上式可以确定离子之间的母子关系,了解裂解规律,对于解析质谱很有帮助。

举例　某化合物质谱中存在 m/z 136、121、93 质谱峰及 m/z 63.6 亚稳离子峰,根据公式计算,可以确定 m/z 136 和 93 为母子关系,即 m/z 93 离子是由 m/z 136 离子裂解而产生的。

六、多电荷离子

具有两个或两个以上电荷的离子称为多电荷离子(multiply charged ion)。一般情况下,正离子只带一个正电荷。只有非常稳定的化合物,如芳香族化合物或含有共轭双键的化合物,被电子轰击后,才会失去一个以上电子,产生多电荷离子

多电荷离子质谱峰的 m/z 值是相同结构单电荷离子 m/z 值的 $1/n$,n 为失去电子的数目。对于双电荷离子,如果质量数是奇数,它的质荷比是非整数,这样的两价离子在图谱中还易于识别;如果质量数是偶数,它的质荷比是整数,就较难以辨认,但它的放射性核素峰是非整数,可用来识别这种两价离子。

七、负　离　子

通常碱性化合物适合正离子,酸性化合物适合负离子,某些化合物负离子谱灵敏度很高,可提供很有用的信息。

第四节　裂　解　过　程

一、简　单　裂　解

简单裂解,即仅有一个化学键发生断裂的反应。常见断裂方式有以下三种均裂、异裂和半均裂。为表示裂解过程中电子转移方式,常用鱼钩"⤵"表示单个电子转移;箭头"⤵"表示两个电子转移;含奇数个电子的离子(odd electron,OE)用 OE$^+$ 表示;含偶数个电子的离子(even electron,EE)用 EE$^+$ 表示,正电荷符号一般标在杂原子或 π 键上;电荷位置不清时,可用"⌐$\dot{+}$"或"⌐$^+$"表示。裂解方式如下。

1. 均裂(homolytic scission)　两个电子构成的 σ 键开裂后,两个成键电子分别保留在各自的碎片上的裂解过程。

$$X-Y \longrightarrow \dot{X} + \dot{Y}$$

2. 异裂(heterolytic scission)　两个电子构成的 σ 键开裂后,两个成键电子,全部转移到一个碎片上的裂解过程。

$$X-Y \longrightarrow X(\text{或} X^-) + Y^+$$

或
$$X-Y \longrightarrow X^+ + Y:(\text{或} Y^-)$$

3. 半均裂(hemi-homolysis scission)　离子化键的断键过程,称半均裂。

$$X^+ \cdot Y \longrightarrow X^+ + Y\cdot$$

二、重 排 裂 解

通过断两个或两个以上的键,结构重新排列的裂解过程为重排裂解。

(一)Mclafferty 重排

当化合物分子中含有 C=X(X 为 O,N,S,C)基团,而且与这个基团相连的链上具有 γ 氢原子时,化合物的分子离子峰碎裂时,此 γ 氢原子可以转移到 X 原子上,同时,β 键断裂,脱掉一个中性分子。该裂解过程是由 Mclafferty 在 1956 年首先发现的,因此称为 Mclafferty 重排,简称为麦氏重排。

式中:E 为 O,C,N,S 等;D 为碳原子;A、B、C 可以均为碳原子,或其中一个是氧(或氮)原子,其余为碳原子。

麦氏重排的重要条件是与 C=X 基团相连的基团 γ 位上要有氢,通过六元环过渡态发生重排。

(二)逆 Diels-Alder 重排(RDA 重排)

在有机反应中,Diels-Alder 反应为双烯加成,将 1,3-丁二烯与乙烯缩合生成六元环烯化合物。反过来,在质谱中,一些含有环己烯结构的分子,在电子轰击下,可以发生 RDA 开裂,六元环烯裂解为一个双烯和一个单烯。

RDA 反应是以双键为起点的裂解反应。在带有双键的脂环化合物、生物碱、萜类、甾体和黄酮等的质谱上常可看到 RDA 反应产生的离子峰。

第五节　分子离子峰判断原则与分子式确定方法

一般说来,分子离子峰的质荷比即分子量,如辛酮-4($C_8H_{16}O$)精密质荷比为 128.120 2,分子量为 128.216 1。这是因为质荷比是由丰度最大放射性核素的质量计算而得;分子量是由原子量计算而得,而原子量是放射性核素质量的加权平均值。在绝大多数情况 m/z 与分子量的整数部分相等。由分子离子峰可以确定化合物的分子量与分子式,因而确认分子离子峰是需要解决的首要问题。

一、分子离子峰判断原则

一般说来,质谱图上质量最大的离子峰为分子离子峰。但是在某些情况下,质谱上最右侧的质谱峰不是分子离子峰,例如,在 EI 质谱图中,有些化合物的分子离子极不稳定,在质谱上不显示分子离子峰。化合物分子离子峰判断原则如下。

(1)如果质谱图中质量最大的离子与其附近的碎片离子之间质量差为 3、4、5~14 或 21、22~25,则肯定这个最大质量的离子不是分子离子。

(2)具有 π 键的芳香族化合物和共轭链烯,分子离子很稳定,分子离子峰强;脂环化合物的分子离子峰也较强;含羟基或具有多分支的脂肪族化合物的分子离子不稳定,分子离子峰小或有时不出现。分子离子峰的稳定性有如下顺序芳香族化合物＞共轭链烯＞脂环化合物＞直链烷烃＞硫醇＞酮＞胺＞脂＞醚＞酸＞分支烷烃＞醇。当分子离子峰为基峰时,该化合物一般都是芳香族化合物。

(3)分子离子含奇数个电子($OE^{\cdot}$),含偶数个电子的离子(EE^{+})不是分子离子。

(4)分子离子的质量数服从氮律,只含 C、H、O 的化合物,分子离子峰的质量数是偶数。由 C、H、O、N 组成的化合物,含奇数个氮,分子离子峰的质量是奇数;含偶数个氮,分子离子峰的质量是偶数。这一规律为氮律,凡不符合氮律者,就不是分子离子峰。

如果某离子峰完全符合上述几项判断原则,那么这个离子峰可能是分子离子峰;如果几项原则中有一项不符合,这个离子峰就肯定不是分子离子峰。

另外,在分子离子很弱时,容易和噪声峰相混,所以,在判断分子离子峰时要综合考虑样品来源,性质等其他因素。

二、分子式确定方法

常用放射性核素峰强比法及精密质量法。

(一)放射性核素峰强比法

分为计算法及查表法。

1. 计算法 只含 C、H、O 的未知物用公式计算碳原子及氧原子数。例如,某有机未知物,由质谱给出的放射性核素峰强比如下,求分子式。

m/z	相对峰强(%)
150(M)	100
151(M+1)	9.9
152(M+2)	0.9

解:(1)(M+2)%为 0.9,说明未知物不含 S、Cl、Br。

(2)M 为偶数,说明不含 N 或偶数个 N。

(3)先以不含 N,只含 C、H、O 计算分子式,若结果不合理再修正。

含碳数 $n_C = \dfrac{(M+1)\%}{1.1} = \dfrac{9.9}{1.1} = 9$

含氧数 $n_O = \dfrac{(M+2)\% - 0.006n_c^2}{0.20} = \dfrac{0.9 - 0.006 \times 9^2}{0.20} = 2.1$

含氢数 $n_H = M - (12n_C + 16n_O) = 150 - (12 \times 9 + 16 \times 2) = 10$

可能分子式为 $C_9H_{10}O_2$。它的验证可通过质谱解析或其他方法。

2. Beynon 表法 Beynon 根据放射性核素峰强比与离子元素组成间的关系,编制了按离子质量数为序,含 C、H、O、N 的分子离子及碎片离子的(M+1)%及(M+2)%数据表,称为 Beynon 表。质量数一般由 12～250。使用时,只需将质谱所得的 M 峰的质量数、(M+1)%及(M+2)%数据,查 Beynon 表即可得出分子式或碎片离子的元素组成。

(二)精密质量法

利用高分辨质谱仪可以提供分子组成式。碳、氢、氧、氮的原子量分别为 12.000 000,10.078 25,15.994 914,14.003 074,如果能精确测定化合物的分子量,可以由计算机即可计算出所含不同元素的个数。

举例:用高分辨质谱计测得某有机物 M^+ 的精密质量为 166.062 99,试确定分子式。

利用高分辨质谱数据处理,给出可能的化合物分子式。其中质量接近 166.062 99 的有 3 个,分别为 166.057 650($C_7H_8N_3O_2$),166.074 228($C_8H_{10}N_2O_2$),166.062 994($C_9H_{10}O_3$)。

其中 $C_7H_8N_3O_2$ 不服从 N 律,应予以否定。$C_8H_{10}N_2O_2$ 的质量与未知物相差超过 0.005%,应否定。因此,化合物分子式可能是 $C_9H_{10}O_3$(166.062 994)。

第六节　质谱分析技术应用举例

质谱中包含化合物结构的丰富信息,有时仅依靠质谱的解析即可确定化合物的分子量、分子式和化合物结构。因此质谱成为鉴定化合物的重要方法。

1. 解析顺序

(1)首先确认分子离子峰,确定分子量。

(2)用放射性核素峰强比法或精密质量法确定分子式。

(3)计算不饱和度。

(4)解析某些主要质谱峰的归属及峰间关系。

(5)推定结构。

(6)验证查对标准光谱验证或参考其他光谱及物理常数。

2. 解析举例　某未知物的质谱如图 7-3,分子离子峰(m/z 87)很弱,仅为基峰的 2.8%,M+1 峰(m/z 88)为 0.14%,M+2 峰测不出,试确定未知物结构。

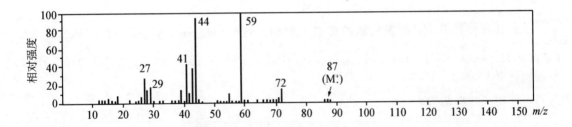

图 7-3　未知物的质谱

(引自:严拯宇. 仪器分析. 南京:东南大学出版社,2009)

解:(1)求分子式 M^+ 为奇数质量,说明未知物含奇数个氮,由 M+2 峰测不出,可知分子中不含 Cl、Br、S 等元素。因 M^+ 的 m/z 87 较小,含一个氮的可能性大,含 3 个氮的可能性小,先以含一个氮计算。

计算

$$n_C = \frac{(M+1)\% - 0.36n_N}{1.12} = \frac{4.98 - 0.36 \times 1}{1.12} = 4.1 \approx 4$$

根据饱和烷基中氢数为 $2n_C+1$ 及有机物中一个氮最多连两个氢的原则,未知物最多 11 个氢。则质量数余 $87-(12 \times 4+11+14)=14$。而本分子只能含奇数 N,不可能再含一个 N,说明假设 11 个氢是错误的。假若含一个双键,减少两个氢,即假若含 9 个氢、余质量 16(可能分子有一个氧），则分子式可能为 C_4H_9NO。它的验证需通过质谱解析。

(2) $U = \dfrac{2+2\times 4+1-9}{2} = 1$　有一个 π 键可脂环。

(3) m/z 59 是基峰，质量的奇偶性与 $M^{\cdot}$ 一致，为重排离子峰。m/z 59 有四种离子，先选其中含氮离子 $CH_2{=}C(OH)NH_2^+$ 试解释。

$CH_2{=}C(\overset{+\cdot}{O}H)NH_2$ 是酰胺的特征离子，经麦氏重排而得。

因为分子量为 87，若未知物是酰胺，则只可能丢失质量为 28 的碎片（$CH_2{=}CH_2$），所以分子结构可能为 $CH_3CH_2CH_2CONH_2$。下面由裂解来验证与质谱图的一致性。

由于共振结构的存在，离子很稳定。

其他碎片过程如下。

上述各碎片离子均可在未知物的质谱上找到。各峰归属 m/z 87($M^{\cdot}$)、72(M−15)、59（基峰、$CH_2{=}C(\overset{+\cdot}{O})NH_2$）、43($C_3H_7^+$)、41($CH_2{=}CH{-}CH_2^+$)、44($^+O{\equiv}C{-}NH_2$)、29($C_2H_5^+$)、27($C_2H_3^+$)。

可证明未知物结构为

$$CH_3CH_2\overset{O}{\underset{}{C}}{-}NH_2$$

由上可见，质谱以其灵敏度高，分析速度快，可提供化合物分子量等特点在有机化合物的研究起着不可或缺的作用，尤其是新的离子化方式和更准确的测定技术等新技术新方法的不断涌现、完善，使质谱的应用更为方便、快捷。随着 MALDI-MS 和 ESI-MS 等质谱技术的不断完善，各个学科的相互发展和相互渗透，质谱在生物大分子检测方面取得了突破性进展。近年也有一些质谱在临床医学方面的研究报道，这些均预示着质谱在有机化合物研究和生命科学研究中将有着越来越广阔的应用前景。

（高　颖　陈　虹）

参 考 文 献

[1]　张正行. 有机光谱分析. 北京：人民卫生出版社，1995：317-349.

［2］　施耀曾.有机化合物光谱和化学鉴定.南京:江苏科学技术出版社,1988:297-312.

［3］　练振琼,王正富.有机质谱解析.成都:四川大学出版社,1990:5-57.

［4］　清华大学分析化学教研室编.现代仪器分析(下册).北京:清华大学出版社,1983:341-387.

［5］　泉美治,等.刘振海,等译.仪器分析导论.北京:化学工业出版社,2004.:97-103.

［6］　司文会.现代仪器分析方法.北京:中国农业出版社,2005:154-167.

［7］　林贤福.现代波谱分析方法.上海:华东理工大学出版社,2009:161-169.

［8］　严拯宇.仪器分析.南京:东南大学出版社,2009:212-253.

［9］　潘铁英,张玉兰,苏克曼.波谱解析法.上海:华东理工大学出版社,2009:3-19.

［10］　梁晓东.质谱在新药研究中应用的回顾.质谱学报,2002,23(4):234.

［11］　方向,覃莉莉,白岗.四极杆质量分析器的研究现状及进展.质谱学报,2005,26(4):234.

［12］　张珍英.基质辅助激光解吸电离飞行时间质谱法应用.中山大学研究生学刊(自然科学版),2001,22(4):
　　　　1-7.

［13］　赖闻玲,曾志.飞行时间质谱新进展及其在生物分析中的应用.赣南师范学院学报,2000,6(3):49.

［14］　陈彬,孔继烈.天然产物结构分析中质谱与核磁共振技术应用新进展.化学进展,2004,16(6):863.

［15］　邓芹英,刘岚,邓慧敏.波谱分析教程.北京:科学出版社,2010:214-224.

［16］　王光辉.有机质谱解析.北京:化学工业出版社,2005:15-28.

第8章 色谱联用技术

色谱联用技术(hyphenated techniques in chromatography,HTC)是将具有高分离效能的色谱技术与能够获得丰富化学结构信息的光谱技术相结合的现代分析技术。按照连接方式可分为气相色谱-红外光谱联用、气相色谱-质谱联用、液相色谱-质谱联用、液相色谱-核磁共振联用等。

第一节 气相色谱-红外光谱技术

气相色谱和红外光谱的在线(on-line)联用检测,最早是在1964年。采用两台红外分光光度计分别记录一个色谱馏分的高波数段和低波数段光谱,从气相色谱柱流出的馏分直接进入红外检测池,不需进行样品转移,也无需终止气相色谱仪的操作。然而由于色散型分光光度计扫描速度太慢,灵敏度低,当时并未迅速发展。直到快速扫描型傅立叶变换红外(FTIR)联用技术硬件的发展,使GC-FTIR的检测灵敏度大大提高。20世纪70年代末,又将分离效能高和分离速度快的毛细管气相色谱与FTIR联用,更使鉴定准确和快速。

GC-FTIR系统由色谱仪、光谱仪和接口(interface)3个主要部分组成。

GC-FTIR联用技术是一种很有使用价值的分离、鉴定手段,其结合了气相色谱独特的分离能力与红外光谱的分子结构鉴定能力,检测灵敏度显著提高,可用于分离、鉴定各类复杂混合物,已广泛应用于中成药复方制剂的分析,药用挥发油分析,香精香料分析,毒物检测,废水分析和农药分析等方面。刘石磊等使用Tracer GC-FTIR系统,建立了T-2毒素及其代谢产物的分析方法,并将其应用于染毒大白鼠全血样品的检测,结果该法具有较好的适用性。李鹏等用气相色谱-负离子化学电离源质谱同时测定动物组织中氯霉素(CAP)、甲砜霉素(TAP)和氟甲砜霉素(FF)残留量。结果以间硝基氯霉素(m-CAP)作为内标,CAP、FF、TAP的批内精密度RSD分别为5.5%、10.4%、8.8%,批间精密度RSD分别为7.4%、20.7%、19.1%;回收率为80.0%~111.5%,RSD为1.2%~15.4%。该法前处理步骤简单,处理后杂质干扰少,灵敏度高,适用性强,可用于猪肉及禽类、水产品等多种动物组织中氯霉素类药物残留的检测。

GC-FTIR法也可鉴别光学异构体及其他异构体,用于鉴别未知或谱库中不存在的组分及其所属的化合物类别。其不足之处在于难以区分相似的同系物的红外光谱,当红外光谱图信噪比不够高时,得不到满意的图谱检索结果,故检测灵敏度难与GC-MS法相比。

第二节 气相色谱-质谱技术

一、概 述

气相色谱与有机质谱的联用系统(GC-MS)是最早得到实现(1957)的联用仪,目前该技术是联用技术中十分活跃的技术,它的成功应用能使样品的分离、鉴定和定量一次完成,对于药物分析的发展起到了很大的促进作用。

目前多用毛细管气相色谱与质谱联用,检测限已达 $10^{-9} \sim 10^{-12}$ g 水平。气相色谱仪可以看做是质谱仪的进样系统,相反也可以把质谱仪看做是色谱仪的检测器。因质谱仪灵敏度较高、特征性强、要求分析式样必须是高度纯净物(除 MS、MS 联用技术外),色谱技术为质谱分析提供了色谱纯化的试样,质谱仪则提供准确的结构信息。

GC-MS 联用技术是利用供试物经 GC 分离为单一组分,按其不同的保留时间,与载气同时流出色谱柱,经过分子分离器接口(interface),除去载气,保留组分进入 MS 仪离子源。由于此时载气和组分的量甚微,不至于严重破坏 MS 仪的真空度,各组分分子进入离子源后被离子化,使样品分子转变为离子。对于有机化合物,在多数情况下,由于在离子化过程中接受了过多的能量,新生的分子离子会进一步裂解,生成各种碎片离子。经分析检测,记录为 MS 图。经计算机自动检索核对,即可迅速鉴识样品。通常,在规定条件下所得的 MS 碎片图及其相应强度,犹如指纹图,易于辨别,方法专属灵敏。

因此,GC-MS 联用仪主要由气相色谱系统、质谱仪、连接接口和数据处理系统四部分组成。从质谱仪离子源角度来分类,GC-MS 联用仪主要包括电子轰击电离源(EI)、正化学源(PCI)和负化学源(NCI)三种模式。由于 EI 要求被测样品必须气化,故 GC-MS 联用仪使用 EI 是最为合适的。GC-MS 联用仪中主要着重解决仪器接口问题和扫描速度两个技术问题,接口的选择尤为重要。①接口技术要解决的问题是气相色谱仪的大气压的工作条件和质谱仪的真空工作条件的连接和匹配。接口要把气相色谱柱流出物中的载气尽可能多的除去,保留或浓缩待测物,使近似大气压的气流转变成适合离子化装置的粗真空,并协调色谱仪和质谱仪的工作流量。②和气相色谱仪连接的质谱仪一般要求具有较高的扫描速度,在很短的时间内完成多次全质量范围的质量扫描,另一方面,要求质谱仪能在不同的质量数之间来回快速切换,以满足选择离子检测的需要。

二、研 究 应 用

最常用的测定方法为总离子流法和质量碎片图谱法。

GC-MS 技术的应用很广泛,特别是在天然药物化学成分及农药残留分析领域显得尤为突出。由于天然药物的成分大多具有挥发性,应用 GC-MS 技术进行定性定量研究均显出极大的优势。唐红梅等采用 GC-MS 法对石菖蒲与水菖蒲的指纹图谱进行分析,结果表明,二者的挥发油含量不尽相同,从而证明两者混淆使用缺乏科学依据。薛健等采用 GC-MS 法对道地与非道地当归药材的挥发气味组分进行比较,结果表明,二者虽气味、组分相同,但相对含量却不同,含有许多不同成分。吴永江等建立 GC-MS 法检测中药材中有机氯、有机磷和拟除虫菊酯等 16 种残留农药,灵敏度高,重现性好,有效控制中药材的农药残留,对于促进中药现代化和国际化具有重要意义。

此外 GC-MS 联用技术在药物代谢产物研究方面也有广泛的应用。吴国华等采用固相萃取小柱分离尿液中克仑特罗,以美托洛尔为内标,加入衍生化试剂,建立 GC-MS 法测定尿液中的克仑特罗,结果表明该方法具有较高的选择性、回收率和精密度,克仑特罗的最小检出限为 0.1g/ml,可作为动物食品中生长促进剂的痕量分析控制方法。

固相萃取结合 GC-MS 系统分离生物体液中常见毒物药物在药物中毒急救、预防和刑事侦破工作中常需要在生物体液中进行未知毒物的鉴定。

三、质谱仪的基本结构和功能

(一)基本结构

1. **质谱系统** 一般由真空系统、进样系统、离子源、质量分析器、检测器和计算机控制与数据处理系统(工作站)等部分组成。

2. **气相色谱-质谱联用仪** 其进样系统由接口和气相色谱组成。接口的作用是使经气相色谱分离出的各组分依次进入质谱仪的离子源。接口一般应满足如下要求。

(1)不破坏离子源的高真空,也不影响色谱分离的柱效。

(2)使色谱分离后的组分尽可能多地进入离子源,流动相尽可能少进入离子源。

(3)不改变色谱分离后各组分的组成和结构。

3. **质量分析器** 是质谱仪的核心,它将离子源产生的离子按质荷比(m/z)的不同,在空间位置、时间的先后或轨道的稳定与否进行分离,以得到按质荷比大小顺序排列的质谱图。以四极质量分析器(四极杆滤质器)为质量分析器的质谱仪称为四极杆质谱。它具有重量轻、体积小、造价低的特点,是目前台式气相色谱-质谱联用仪中最常用的质量分析器。

(二)基本功能

1. **质谱仪的离子源、质量分析器和检测器** 必须在高真空状态下工作,以减少本底的干扰,避免发生不必要的分子-离子反应。质谱仪的高真空系统一般由机械泵和扩散泵或涡轮分子泵串联组成。机械泵作为前级泵将真空抽到 $10^{-1}\sim10^{-2}\,Pa$,然后由扩散泵或涡轮分子泵将真空度降至质谱仪工作需要的真空度 $10^{-4}\sim10^{-5}\,Pa$。虽然涡轮分子泵可在十几分钟内将真空度降至工作范围,但一般仍然需要继续平衡 2 h 左右,充分排出真空体系内存在的诸如水分、空气等杂质以保证仪器工作正常。

2. **离子源** 其作用是将被分析的样品分子电离成带电的离子,并使这些离子在离子光学系统的作用下,汇聚成有一定几何形状和一定能量的离子束,然后进入质量分析器被分离。其性能直接影响质谱仪的灵敏度和分辨率。离子源的选择主要依据被分析物的热稳定性和电离的难易程度,以期得到分子离子峰。电子轰击电离源(EI)是气相色谱-质谱联用仪中最为常见的电离源,它要求被分析物能气化且气化时不分解。

3. **检测器** 其作用是将来自质量分析器的离子束进行放大并进行检测,电子倍增检测器是色谱-质谱联用仪中最常用的检测器。

4. **计算机控制与数据处理系统(工作站)** 是快速准确地采集和处理数据;监控质谱及色谱各单元的工作状态;对化合物进行自动的定性定量分析;按用户要求自动生成分析报告。

5. **标准质谱图** 是在标准电离条件为 70 eV 电子束轰击已知纯有机化合物得到的质谱图。在气相色谱-质谱联用仪中,进行组分定性的常用方法是标准谱库检索。即利用计算机将待分析组分(纯化合物)的质谱图与计算机内保存的已知化合物的标准质谱图按一定程序进行比较,将匹配度(相似度)最高的若干个化合物的名称、分子量、分子式、识别代号及匹配率等数据列出供用户参考。值得注意的是,匹配率最高的并不一定是最终确定的分析结果。

目前,比较常用的通用质谱谱库包括美国国家科学技术研究所的 NIST 库、NIST/EPA(美国环保局)/NIH(美国卫生研究院)库和 Wiley 库,这些谱库收录的标准质谱图均在 10 万张以上。

四、GC-MS 的操作方法

(一)质谱仪调谐

为了得到好的质谱数据,在进行样品分析前应对质谱仪的参数进行优化,这个过程就是质谱仪的调谐。调谐中将设定离子源部件的电压;设定 amu gain 和 amu off 值以得到正确的峰宽;设定电子倍增器(EM)电压保证适当的峰强度;设定质量轴保证正确的质量分配。

调谐包括自动调谐和手动调谐两类方式,自动调谐中包括自动调谐、标准谱图调谐、快速调谐等方式。如果分析结果将进行谱库检索,一般先进行自动调谐,然后进行标准谱图调谐以保证谱库检索的可靠性。

(二)仪器和试剂

HP-6890plus 气相色谱、HP-5973N 质谱、He 气源(99.999%)、毛细管色谱柱:HP-5MS (30 m×0.32mm×0.25μm)、10.0μl 微量进样器甲苯、邻二甲苯和萘的混合物的苯溶液,浓度均为 100 ppm。

(三)操作步骤

1. 气相色谱-质谱联用仪的开启及调谐

(1)检查质谱放空阀门是否关闭;毛细管柱是否接好。

(2)打开 He 钢瓶,调节输出压力为 0.5 MPa。

(3)依次启动计算机、HP-6890 plus 气相色谱、HP-5973N 质谱的电源。

(4)输入正确的密码后进入计算机桌面。

(5)左键双击桌面上的"化学工作站"图标,输入"用户名"和"密码",进入"化学工作站"。

(6)左键单击"化学工作站"界面中"view",再用左键单击其下拉菜单中的"Diagnostics/Vacuum Control(诊断与真空控制)"项,进入"Diagnostics/Vacuum Control"窗口。

(7)在 Vacuum 的下拉菜单中选择 pump down 开始抽真空;同时分别设定离子源和四极杆的温度为 150℃和 230℃。

(8)在 View 的下拉菜单中选择 Manual Tune,进入调谐界面。

(9)在 Tune 的下拉菜单中选择 Autotune,进入自动调谐状态。自动调谐通过后,在 File 的下拉菜单中选择 Save Tune Values,以 Atune. U 为文件名,以 Custom(*. U)格式,点击 Open 按钮将调谐文件保存在 5973n 的目录下。

(10)在 Tune 的下拉菜单中选择 Standard Spectra Tune,进行标准谱图调谐。调谐完成后,在 File 的下拉菜单中选择 Save Tune Values,以 Stune. U 为文件名,以 Custom(*. U)格式,点击 Open 按钮将调谐文件保存在 5973n 的目录下。

(11)在 View 的下拉菜单中选择 Instrument Control,返回仪器控制界面。

2. 方法输入设定

(1)在 Method 的下拉菜单中选择 Edit Entire Method 进入方法编辑界面。

(2)对 check method section to edit 和 method to run 等界面中的选项都选中并点击 OK 按钮。

(3)在 Inlet and Injection 界面中,sample 项选择 GC;Injection source 项选择 Manual;Injection Location 项选择 front;选中 use MS,点击 OK 按钮确定。

(4)在 Instrument[Edit]界面中,点击 Inlet 图标。在 Mode 栏选择 Split、Gas 栏选择 He,分流比 1:20;选中 Heater℃,并在 Setpoint 栏中输入气化室温度 250℃,点击 Apply 按钮确定

输入的参数。

(5)单击 Columns 图标,在 Mode 栏选择 Const Flow,Inlet 栏选择 Front,Detector 栏选择 MSD,Outlet psi 栏选择 Vacuum,Flow 栏输入 1.1ml/min。单击 Apply 确定输入的参数。

(6)单击 Oven 图标,选中 On,将程序升温条件按下表输入:

OvenRamp	℃/min	Next℃	Holdmin
Initial	80	1.00	
Ramp1	10.00	180	5.00
Ramp2	0		

单击 Apply 确定输入的参数。

(7)单击 Detector 图标,关闭所有 GC 检测器及气体,单击 Apply 确定。

(8)单击 Aux 图标,在 Heater 栏选中 On,Type 栏选中 MSD,温度按下表设置

Ramps	℃/min	Next ℃	Holdmin
Initial	280	0.00	
Ramp1	0.00		

单击 Apply 确定输入的参数。

(9)单击 OK,出现 GC Real Time Plot 界面,直接点击 OK。

(10)出现 MS Tune File 界面,选择 Stune.U 作为调谐文件,单击 OK。

(11)出现 MS SIM/Scan Parameters 界面,在 EM Voltage 栏输入 0,Solvent Delay 栏输入 3.2(min),在 Acq.Mode 栏选择 Scan,单击 OK。

(12)出现 Select Reports 界面,选中 Percent Report,单击 OK。

(13)出现 Percent Report Options 界面,选中 Screen,设定为屏幕输出方式,单击 OK。

(14)出现 Save Method As 界面,输入本方法的名称为 Test.m,单击 OK 以保存方法。

3. 数据的采集

(1)在 Instrument Control 界面中,单击绿箭头图标,出现 Acquisition-Sample Information 界面,分别输入 Operator name、Data File Name(文件名)、Sample Name 等栏的内容,单击 Start Run,稍后出现进样的提示框。

(2)用微量进样器进 1.0μl 甲苯、邻二甲苯和萘的混合溶液,按下 GC 键盘上的 Start 键开始。

(3)出现"Override solvent delay ?"的提示时,单击 No 或不作任何选择。

(4)双击桌面上的 Data Analysis 图标,进入数据分析界面,在 Files 菜单中选择 Take Snapshot(快照)可得到截至快照时刻的所有数据。

4. 数据分析

(1)数据采集结束后,在 Data Analysis 界面中选择 File/Load File,打开得到的谱图。

(2)在不同的谱峰上双击右键,可得到各峰的定性结果和结构式。

(3)选择 Chromatography 中的 Integrate,对谱图积分。也可在调整了积分事件中的有关参数的设置后再积分。

(4)选择 Spectrum 中的 Select Library,出现 Library Search Parameter 界面。在 Library Name 栏中输入 Nist98.L,单击 OK,确定进行用来检索的标准谱库。

(5)选择 Spectrum 中的 Library Search Report,出现 Library Search Report Options 界面,在 Style 栏选择 Summary,在 Destination 栏选择 Screen 或 Printer 可在屏幕上显示或大于

检索结果报告。

第三节　液相色谱-质谱联用技术

一、概　述

高效液相色谱-质谱(HPLC-MS,简称 LC-MS)联用技术是 20 世纪 90 年代发展成熟的分析技术,它集 HPLC 的高分离能力与 MS 的高灵敏度、极强的结构解析能力、高度的专属性和通用性、分析速度快于一体,已成为药品质量控制(包括药品中微量杂质、降解产物、药物生物转化产物的分析鉴定)、体内药物和药物代谢研究中其他方法所不能取代的有效工具。GC 法对样品的极性和热稳定性有一定要求,因此在 GC-MS 联用技术分析前,样品的预处理极为重要。HPLC 法可以分离的化合物范围远较 GC 法为大,与 GC-MS 联用技术相比,LC-MS 联用分析前样品预处理简单,一般不要求水解,或者衍生化,可以直接用于药物及其代谢物的同时分离和鉴定。但是,LC-MS 仍存在明显不足,主要为:①由于离子化问题,对部分化学成分的响应差,不能分析所有结构类型的化合物;②对色谱流动相的组成有限制,不易使用非挥发性缓冲盐,挥发性缓冲盐的浓度也应控制在 10mmol/L 以下,在一定程度上降低了 LC-MS 的应用范围;③所提供的化学结构信息尚不足以彻底解决化合物的鉴定问题,尤其对阐明化合物的基团连接位置和立体构型等缺乏证据。

二、基本流程和应用范围

1. **基本流程**　混合的样品经高效液相色谱柱分离后成为多个单一组分,依次通过液相色谱/质谱接口进入质谱仪的离子源,离子化后的样品经过质量分析器分析后由检测系统记录,后经数据系统采集处理,得到带有结构信息的质谱图(图 8-1)。

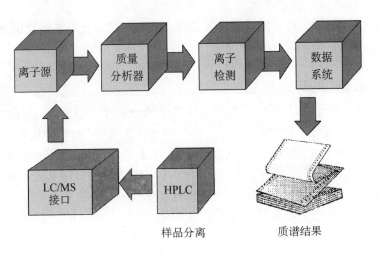

图 8-1　液相色谱/质谱联用的基本流程

(引自:盛龙生,苏焕华,郭丹滨.色谱质谱联用技术.北京:化学工业
出版社,2006)

2. 应用范围

(1)不挥发性化合物分析测定。

(2)极性化合物的分析测定。

(3)热不稳定化合物的分析测定。

(4)大分子量化合物(包括蛋白、多肽、多糖、多聚物等)的分析测定。

三、接口方式

液相色谱/质谱接口的发展起步于20世纪70年代,先后研究出多种接口方式。

1. 传送带(MB)LC-MS接口方式　70年代末采用传送带方式与MS传统的EI,CI离子源相连。灵敏度差,不能用反相柱,待测样品必须气化后再电离。

2. 热喷雾(TS)　产生于80年代中期,不仅是LC-MS接口,也是软电离方式,热喷雾时LC流出液经过高温加热而超高速喷雾,产生的离子进入MS,中性分子由真空泵抽走。TS只能获得与分子量有关的信息。在热喷射过程中会使热不稳定化合物分解,在一定程度上被API取代。

3. 粒子束(PB)　利用溶剂与被分析物的动量差分离(与气相色谱/质谱仪上的玻璃喷嘴分离器原理相似),进入质谱后用EI或CI方式电离,优点是能提供传统的EI和CI质谱图。

4. 连续流动快原子轰击(CFFAB)　与静态的快原子轰击(FAB)类似。

5. 大气压电离(API)(接口与电离相结合)　80年代后期出现,大气压电离源顾名思义是一种常压电离技术,在大气压下电离,仅把带电离子"吸入"质谱,不能提供经典的质谱图。目前大气压电离特指:电喷雾(ESI)、离子喷雾(IS)和大气压化学电离(APCI)。由于它不需要真空、减少了许多设备,方便使用,而且有下面的优点,因而在近年来得到了迅速的发展。

(1)由于产生多电荷离子(在ESI和IS下),测定分子量可以达到100ku以上。

(2)灵敏度达fg～pg。

(3)适用于极性和离子型化合物。

(4)进样方式灵活多样,可直接流动进样,与液相色谱联用,或与毛细管电泳联用。

四、接口原理

(一)电喷雾电离(ESI)

电喷雾电离是一种子"软"电离技术,ESI-MS既可分析小分子也可分析大分子。对于分子量在1ku以下的小分子,会产生$[M+H]^+$或$[M-H]^-$离子,选择相应的正离子或负离子形式进行检测,就可得到物质的分子量。此外,也可能源内CID生成一些碎片,有利于提供样品分子的结构信息。而分子量高达20ku的大分子在ESI-MS中常常生成一系列多电荷离子,通过数据处理系统能够得到样品的分子量,准确度优于±0.01%。

1. 电喷雾机制　电喷雾电离是在液滴变成蒸汽产生离子发射的过程中形成的,这种过程也称为"离子蒸发",溶剂由泵输送从不锈钢毛细管流出,由于它带3～5kV高压,与对应极之间产生的强电场促使溶剂在毛细管出口端发生喷雾,产生带强电荷的液体微粒,所以称为电喷雾。随着液体微粒中溶剂蒸发,离子向表面移动,表面的离子密度越来越大,最终逸出表面,蒸发进入空间。所以离子形成的过程实际上是在大气压下发生的。

2. 电喷雾离子源　样品溶液经过内径75μm、带3～4kV高压的不锈钢毛细管进入离子源,毛细管外有一个同轴套管,通入 N_2 气作为雾化气抵达探头端口的液滴。由于高压和雾化气的作用,使液滴生成含样品与溶剂离子的气溶胶。同时,离子源内还通入干燥的 N_2 气,将气溶胶经过四孔的不锈钢块,即称为 MAS 过滤器的 HV 透镜。这些孔径较大而且弯曲,其作用是增长了经过不锈钢块的通路长度,以免离子直接进入后面的透镜。并有效防止仪器污染。

离子源加热器经热传导可加热 HV 透镜至所需的温度。干燥的 N_2 气和热 HV 透镜导致脱溶剂过程发生,使溶剂与样品离子分离。HV 透镜还加了 0.5kV 电压,使毛细管与最接近它的表面之间存在电位差,有利于电离发生而不起拖曳离子的作用。离子和溶剂主要依靠干燥 N_2 气通过 HV 透镜,所以整个电离和除溶剂过程都是在常压下进行。

调节锥体电压可使离子源输出的离子数达最佳条件,它通常以 $[M+H]^+$ 或 $[M-H]^-$ 是否最佳来衡量。但是,增加锥体电压会加速离子向锥体分离器移动。由于按质谱标准该区域仍处于高压。样品离子仍有可能与气体或蒸汽分子碰撞而生成离子碎片。锥体电压增加越大,离子碎裂也越加剧。这种效应可产生反映样品结构信息的碎片,而且重现性好,还可用碎片离子准确进行物质的定量分析。由此可产生裂片的功能称为源内 CID(碰撞诱导分解)。

(二)大气压化学电离(APCI)

样品溶液经过内径 $100\mu m$ 的熔融石英毛细管抵达加热到设定温度的探头区,石英毛细管的外套管内通入热的 N_2 雾化气至毛细管口流出的液体,加热的探头与 N_2 雾化气的共同作用使流出液生成气溶胶后蒸发。雾化气管外还有一根同轴套管通 N_2 屏蔽气。将蒸发的气溶胶导入 APCI 源。大气压化学电离源其余部分与电喷雾源相似,所不同的是 HV 透镜前还有一个放电尖端,放电尖端装在一种 Peek 工程塑料上,使之与 HV 透镜绝缘。其上加 $3\sim3.5kV$ 电压(负离子检测用 $2\sim2.5kV$)。而 HV 透镜不带电压。它们之间放电的能量使毛细管流出经过离子源的溶剂分子发生电离。生成的离子还与其他溶剂分子碰撞,每次碰憧均消耗能量生成低能气态等离子。样品分子通过等离子区域时,由于质子转移或试剂离子作用而电离。因而整个电离都在常压下由化学溶剂作用而产生,所以称为大气压化学电离。

(三)电喷雾与大气压化学电离的比较

电喷雾电离与大气压化学电离在结构上有很多相似之处,但也有不同的地方。掌握它们的差异对正确选择不同电离方式用于不同样品的分子量测定与结构分析具有重要的意义。它们的主要差别如下。

1. 电离机制　电喷雾采用离子蒸发方式使样品分子电离,而 APCI 电离是放电尖端高压放电促使溶剂和其他反应物电离、碰撞及电荷转移等方式形成了反应气等离子区,样品分子通过等离子区时,发生了质子转移而生成 $[M+H]^+$ 或 $[M-H]^-$ 离子。

2. 样品流速　APCI 源允许的流量相对较大,可从 0.2 到 2ml/min,直径 2.1mm 或 4.6mm 的高效液相色谱(HPLC)柱可与 APCI 接口直接相连;而电喷雾源允许流量相对较小,最大只能为 1.0ml/min,最低流速可 $<5\mu l/min$,通常与 HPLC 的毛细管色谱柱相连。

3. 断裂程度　APCI 源的探头处于高温,尽管热能主要用于汽化溶剂与加热 N_2 气,对样品影响并不大,但对热不稳定的化合物就足以使其分解,产生碎片,而电喷雾源探头处于常温,所以常生成分子离子峰,不易产生碎片。

4. 灵敏度　APCI 与 ESI 源都能分析许多样品,而且灵敏度相似,很难说出哪一种更合适。同时至今没有一个确切的准则判断何时使用某一种电离方式更好。但是通常认为电喷雾有利于分析生物大分子及其他分子量大的化合物,而 APCI 更适合于分析极性较小的化合物。

5. 多电荷　APCI 源不能生成一系列多电荷离子,所以不适合分析生物大分子。而 ESI 源特别适合于蛋白质、多肽类的生物分子,由于它能产生一系列的多电荷离子。

(四)离子喷雾

离子喷雾是 PE 公司在普通的电喷雾源上加以改进,称为离子喷雾,实际上各公司在仪器上均有自己的专利技术,基本大同小异。

(五)热束(TB)

ThermaBeam(热粒子束即粒子束的改进型,TB),Waters 公司研究开发的 Integrity^{TM} 液相色谱/质谱系统是以粒子束(PBI)原理为基础,利用加热的喷嘴技术实现溶剂分离。称之为热束(TB)接口,它克服了传统的粒子束(PBI)接口线性范围小、灵敏度低以及无法做含 100% 水流动相等问题。巧妙地利用了加热的喷口和加热的动量分离区域可以最大限度地解决溶剂与溶质的分离问题,并得到经典的 EI 源质谱图,可以在标准谱库中检索。

(六)NanoFlow API 接口

专门设计的 NanoFlow API 接口特别适合于做微量的生化样品,其流速范围可从 5ml/min 到 1μL/min。一滴样品就可做数小时的分析。可在最小的样品消耗量下获得最大灵敏度。灵敏度可高达 fmol。并可直接与微孔 HPLC 联用。

五、LC-MS 对 LC 的要求

1. ESI 的最佳流速　是 1~20μl/min,应用 4.6mm 内径 LC 柱时要求柱后分流比<1/50,目前大多采用 1~2mm 内径的微柱,并配置 0.1~100μl/min 的微量泵。采用毛细管 LC 柱时,柱后必须补充一定的流量。

2. APCI 的最佳流速　1ml/min,常规的直径 4.6mm 柱最合适。

3. LC-MS 接口　避免进入不挥发的缓冲液,避免含磷和氯的缓冲液,含钠和钾的成分必须<1mmol/L。含甲酸(或乙酸)<2%,含三氯乙酸≤5%,含三乙胺<1%,含醋酸胺<5mmol/L。LC 色谱柱生产商提供了大量的文献帮助色谱工作人员选择流动相,但是这些资料并不包括最佳的 LC 分离。当用 API 作为接口使 LC 与 MS 联用时,磷酸盐缓冲液不适合 LC-MS 系统。送样前一定要摸好 LC 条件,能够基本分离,缓冲体系符合 MS 要求。

4. 总离子流(TIC)　可以与 UV 图相对照,基峰离子流(PBI)有时将更清晰地反映分离状况,特征离子的质量色谱在复杂混合物分析及痕量分析时是 LC/MS 测定中最有用的谱图,它既有保留值信息,又具备化合物结构的特征,抗化学干扰性能好,常用于定性定量。因此,为了提高分析效率,常采用<100mm 的短柱(此时 UV 图上并不能获得完全分离)。

5. 样品预处理

(1)进行样品的预处理的目的:预处理可以防止固体小颗粒堵塞进样管道和喷嘴,并且获得最佳的分析结果。从 ESI 电离的过程分析:ESI 电荷是在液滴的表面,样品与杂质在液滴表面存在竞争,而不妨碍挥发物带电液滴表面挥发,带电离子进入气相后大量杂质妨碍带电样品离子进入气相状态,大量杂质离子的存在增加电荷中和的可能。

(2)常用预处理方法:超滤、溶剂萃取/去盐、固相萃取、灌注(Perfusion)净化/去盐,以及色谱分离、反相色谱分离、亲和技术分离。

六、分子量测定

1. 测定方式　对于极性化合物使用 ESI 方式的正离子扫描、负离子扫描、正负离子交替扫描;对于中性或弱极性化合物使用 APCI 方式。

2.影响因素

(1)pH 的影响。

(2)气流和温度。

(3)溶剂和缓冲液流量。

(4)溶剂和缓冲液的类型。

(5)选择合适的液相色谱类型。

(6)合适的电压。

(7)样品结构和性质。

(8)杂质的影响。

3.分子量计算　有些化合物,如蛋白质类,经常带有多个电荷。质谱仪分析质荷比(m/z),这些离子以"表观"质量数出现在质谱图上,既得到 $M_1,M_2,M_3\cdots$。相邻两个质谱峰的电荷数差 1,即 $n_1 = n_2 + 1$,设样品的真实分子量为 M,可以列出方程组:

$$n_1 = n_2 + 1 \cdots\cdots\cdots\cdots\cdots\cdots(1)$$
$$(M + n_1 H)/n_1 = M_1 \cdots\cdots\cdots(2)$$
$$(M + n_2 H)/n_2 = M_2, \cdots\cdots\cdots(3)$$

M 为真实分子量;H 为质子的质量;n_1,n_2,为电荷数;M_1,M_2 为质谱测得的离子的"表观""表观"质量数。

解方程组,得到电荷数,进而算出分子量 M

$$n_2 = (M_1 - H)/(M_2 - M_1),(n_2 取最接近的整数)$$
$$M = n_2 \cdot (M_2 - H)$$

实际操作中,由计算机完成。

4.引起测定结果的误判的原因

(1)溶剂中杂质:常见 m/z 149,m/z 279 的峰来自于塑料添加剂。

(2)样品容器不干净:常见表面活性剂的峰。

(3)进样系统污染。

(4)样品在源内碎裂,形成碎片离子。

5.测定失败的原因

(1)流动相不合适。

(2)不挥发性盐的影响。

(3)成分复杂,杂质太多。

(4)样品浓度不够。

(5)pH 不合适。

(6)样品在源内分解或碎裂。

七、LC-HRMS 的方法

(一)精确质量扫描

通常用平均质量接近样品质量的 PEG 或 PPG 混合物作为内部校准物,以得到 LC 精确质量。电压扫描校准至少需要 2 个峰而磁场扫描需 4 个或更多的基准峰。

由于可能影响分离效果,产生峰扩张,在检测器上产生大的紫外抵消,所以不能加入 PEG。需要通过 T 形管加设一个后柱。经辅助泵提供 PEG 溶液,可以改变 PEG 的流速,改变 PEG 与样品的比率。这意味着校准物和样品的峰高相匹配,得出更精确的结果。

(二)高分辨率的单离子检测

选择一些特征离子监测的高分辨率的单离子检测(SIR)将得到最佳灵敏度。选择与被测样品离子团有相当质量的单一化合物用作校准。该法的优点在于,如仔细选择锁定质量物质,由于图谱中只有一种离子,则可降低化学背景噪声水平,同时可控制样品通路中的干扰。

八、LC-MS/MS

API-MS 在分子结构分析中的应用除了前面讨论的提高锥体电压、促使分子碎裂从而得到源内 CID 结构信息外,采用质谱/质谱即 MS-MS 是进行分子结构测定的一种更有效的方法。这是由于当 LC 分离不好,几个化合物同时流入 MS 时,混合物的 CID 谱很难解释。这里主要阐述 MS-MS 常用的操作及数据采集方式。

(一)化合物鉴别

1. 全扫描方式　全扫描数据采集用于鉴别是否有未知物,并确认一些判断不清的化合物,如合成化合物的质量及结构。

2. 子离子分析(DAU)　子离子用于结构判断和选择母离子作多种反应监测(MRM)。采用这种方式时,选择离子源中产生的感兴趣的母离子通过 MS1,在 MS1 和 MS2 之间碰撞室中通入气体(常用氩气、甲烷等)。离子由于碰撞电压加速进入池内与气体发生碰撞而发生断裂,MS2 记录碰撞产生的全部子离子,通过 MS1 的离子称为母离子,而在碰撞室内解离而成的离子称为子离子。

子离子谱图与锥体电压断裂谱图可能十分相似,实质上二种过程都包括了碰撞诱导分解(CID),所不同的是子离子质谱图已知只有一种质量通过 MS1,因此也已知所有碎片离子都是由我们所选定的母离子所产生的,只有在质量相同的两种化合物同时在离子源内电离时,才能出现干扰。而离子源内提高锥体电压的碎裂,则扫描 MS1 得到的图谱可能包括离子源内同时存在的其他化合物产生的离子。所以我们更相信由 MS-MS 产生的谱图的纯度。

(二)目标化合物分析

1. 单离子检测(SIR)　SIR 用于检测已知或目标化合物,比全扫描方式能得到更高的灵敏度。这种数据采集的方式一般用在定量目标化合物之前,而且往往需要已知化合物的性质,及它生成的特征离子,如果用色谱法,则它的色谱保留时间也需已知。若几种目标化合物用同样的数据采集方式监测,那么可以同时测定几种离子(实际上可用快速程序设定);或者,若用色谱法当目标化合物从色谱柱流出时(保留值窗口),仪器设定在只采集单个离子。通过锥体电压断裂并用 SIR 监测一种碎片离子,也可确认一种化合物是否存在。

2. 多反应监测(MRM)　MRM 操作方式用于检测已知或目标化合物,既有高灵敏度又有高选择性。用这种方式时,分析物质及它生成的子离子的性质均需知道。MS1 设在只让分析物的母离子通过,并让它在碰撞室中断裂。而 MS2 设在只让一个由该母离子生成的特定子离子通过。

MRM 可以看作两个 SIR 而且 MRM 在许多方面提供的特殊性比 SIR 还要好。若样品经过液相色谱柱再进入质谱仪可进一步提高特殊性。因为很少有保留时间完全相同、质量完全相同,以及生成的子离子也完全相同的化合物。

MRM 与 SIR 相似,得不到普通的质谱图,若要观看谱图,只能见到一种质量的峰;与 SIR 一样,可以用保留窗口监测不同时间下的不同变化,选用 MRM 代替 SIR 可以分析那些本底复杂的样品,还可排除可能会产生干扰的化合物。有时在 SIR 分析中碰到的干扰用 MRM 则可以过滤掉。

3. 母离子扫描(PAR)　母离子分析可用来鉴定和确认类型已知的化合物,尽管它们的母离子的质量可以不同,但在分裂过程中会生成共同的子离子,这种扫描功能在药物代谢研究中十分重要。

九、应　用

LC-MS 技术集高效液相色谱技术的高分离能力与质谱技术的高灵敏度、高专属性于一体,已广泛应用于药物及其代谢产物和天然药物化学成分的研究中。林杰等采用 LC-ESI-MS 法测定 18 名健康男性志愿者单剂量口服盐酸哌唑嗪片试验制剂或参比制剂后的血药浓度经时过程,研究盐酸哌唑嗪片的生物等效性。结果表明哌唑嗪的线性范围为 0.5～100 ng/ml,平均回收率为 96.2%,18 名受试者单次服用 4 mg 盐酸哌唑嗪片试验制剂或参比制剂后的主要药代动力学参数之间没有显著性差异,两制剂为生物等效制剂。于华玲等采用 LC-APCI-MS 法测定人血浆中氟桂利嗪的浓度,结果血浆中氟桂利嗪的线性范围为 0.2～200.0g/ml,定量下线为 0.2g/ml。日内、日间精密度(RSD)均<6.5%,准确度(RE)在 99.1% 以内,该方法选择性强,灵敏度高,适用于临床研究。

在中药化学成分鉴定及检验方面,也有很多实际应用。对中药材含量测定,《中国药典》2010 年版一部采用 LC-MS 法对川楝子及苦楝皮中的川楝素进行含量测定,以十八烷基硅烷键合硅胶为填充剂,以乙腈-0.01% 甲酸溶液(31:69)为流动相,采用单级四极杆质谱检测器,电喷雾离子化(ESI)负离子模式下选择质荷比(m/z)为 573 的离子进行检测。理论塔板数按川楝素计算应不低于 8 000。通过外标法,以川楝素两个峰面积之和计算川楝素的含量。对中药材的杂质检查,《中国药典》2010 年版一部采用 LC-MS 法对千里光中的阿多尼弗林碱进行了杂质检查,以十八烷基硅烷键合硅胶为填充剂,以乙腈-0.5% 加酸溶液(7:93)为流动相,采用单级四极杆质谱为检测器,电喷雾离子化(ESI)正离子模式下选择质荷比(m/z)为 366 离子进行检测。理论塔板数按阿多尼弗林碱计算应不低于 8 000。以百合碱为内标,计算校正因子,测定阿多尼弗林碱的含量。王子灿等用 LC-MS-MS 分析刺五加中抗疲劳化学成分,在样品中发现了 12 个化学成分,其中有 6 个是未知的,为进一步研究刺五加中化学成分提供指导。邹耀洪等采用 LC-MS 联用技术同时分离茶树老叶中的 7 种儿茶素,并用外标法对 7 种儿茶素进行了定量分析。

此外,LC-MS 技术在生物大分子方面的应用使得生物大分子研究得到了快速发展,尤其是多肽和蛋白质组学研究,LC-MS 技术已成为其研究中的重要工具之一。谷胜等利用 LC-ESI-MS 法分离、检测溶菌酶和牛血清中的蛋白混合物。在国家食品药品监督管理局颁布的《人用重组 DNA 制品质量控制技术指导原则》中,肽谱(Peptide Mapping)是指应用合适的酶或化学试剂使所选的产品片段产生不连续多肽,应用 HPLC 或其他适当的方法分析该多肽片段所得图谱。经验证的肽谱分析经常是确证目的产品结构/鉴别的适当方法。样品经过酶解后进入 HPLC,通过反相色谱对肽段进行分离,得到 HPLC 肽谱。传统的 HPLC 肽谱只能给出各肽段的色谱保留时间,无法确认洗脱峰代表蛋白质中的哪一个肽段。使用 LC-MS 技术,可在线检测每一个肽段的分子量,从而可确定代表蛋白样品中哪一个肽段,得到肽质量指纹图谱(peptide mass fingerprint,PMF)。HPLC 肽谱结合多级质谱技术,可自动对每一个肽段进行二级质谱分析,结合相关蛋白序列检索分析软件,得到不同分值相匹配的一系列数据库蛋白质条目,最高分值对应的是可能的所鉴定蛋白质条目。

LC-MS 技术在药典标准方法、有关物质检查、生化及重组药品质量控制、非法添加检验及生物等效性等领域有着广泛的应用,近年来国家标准委、美国 FDA 及欧盟等权威机构也将 LC-MS 作为标准检测方法引入药品食品质量控制中,尤其在食品安全领域已经建立利用 LC-MS/MS 检测一系列化学及药物残留的检测方法。随着研究的深入以及各种离子化技术的发展成熟,LC-MS 在食品药品检验领域的应用也会不断拓展,更准确、灵敏、快速的 LC-MS 仪器也将会不断出现。LC-MS 也将会在标准检验及非标方法研发方面涉及更多的药品质量控制方法,这对于提高药品检验水平,促进药品质量提升,保证人民群众安全用药将产生巨大的推动作用。

第四节　液相色谱-核磁共振联用技术

LC-MS 已成为复杂体系中各化合物结构分析的重要方法,而 MS 无法完全解决位置异构、立体异构等化学结构问题。随着 LC 与 NMR 联用技术所需硬件和软件方面的长足进展,20 世纪 90 年代后期 LC-NMR 联用分析技术已进入了实用阶段,正在成为药物杂质鉴定、药物体内外代谢产物的结构鉴定、天然产物化学筛选等研究领域最具价值的分析技术之一。

LC-NMR 联用技术主要有连续流动操作、停流操作和峰存储操作三种模式。

一、主要特点

NMR 是一种迄今为止功能强大的结构研究手段。

1. 优点

(1)可以彻底解决多数有机物的化学结构问题。

(2)NMR 对所有含检测核的化合物均有响应,具有极大的通用性。

(3)与 LC 联用时要求达到良好的色谱分离,但对色谱条件要求不高,使用普通色谱柱即可。

(4)一般建议仍使用重水、乙腈、四氢呋喃等有机溶剂,也可以向流动相中加入酸、碱和各种缓冲盐及离子对试剂等,因而该联用技术具有广泛的适用范围。

2. 缺点　灵敏度较低;要求达到良好的色谱分离,使复杂体系的分析存在难度;溶剂峰抑制技术会损失附近的样品信号,影响结构的准确解析。

二、应　　用

LC-NMR 联用技术能使微量天然混合物中主要组分的化学结构及立体结构得到证实,充分体现了其微量、快速的特点。王映红等建立了检测微量级蛇葡萄 Ampelopsis sinica 根提取物中混合组分结构的 HPLC-NMR 法,采用停止流动的方法对混合物的各个组分进行分离并获得 H NMR 及 COPY 谱,结果鉴定出其中主要成分的结构为白藜芦醇四聚体。联合微量探头技术对蛇葡萄根提取物、买麻藤属植物提取混合物垂子买麻藤（Gnetumpendulum C. Y. Cheng）、景洪哥纳香（Gronithalamus Cheliensis）提取混合物进行了分离鉴定。Foxan 等用 H-NMR 法观察了尿液中异环磷酰胺及其代谢物的变化（包括尿糖、甘氨酸、丙氨酸、组胺酸、乳酸、乙酸盐、三甲胺丁二酸盐的上升和马尿酸盐、柠檬酸盐的下降），结合 P-NMR 谱鉴定出 3 个代谢物。该法用 Bruker DKX 500 NMR 仪，测 H 谱时用门控预饱和技术来达到水和乙腈双溶剂的抑制。

高效液相色谱-核磁共振波谱（HPLC-NMR）联用既能高效、快速地获得混合物中未知物的结构信息，又能为植物粗提取物化学成分的快速分离鉴定提供非常重要的在线信息。近 10 年来，由于 NMR 技术在灵敏度、分辨率、动态范围等方面的提高，以及不用或少用氘代试剂而降低实验成本，使得 HPLC-NMR 联用技术用于体内药物分析成为可能。该法必将成为药物代谢产物研究更为有效的新手段。

第五节　液相色谱与其他技术的联用

一、液相色谱-毛细管电色谱

毛细管电泳（capillary electrophoresis，CE）是以高压电场为驱动力，以毛细管为分离通道，依据样品中各组分之间电泳程度或分配行为的差异而实现分离的液相分离技术，具有所需样品量小、柱效高、分析速度快、绿色环保等优点，对于带电荷药物的分离有相当的优势。

毛细管电色谱（capillary electrochromatography，CEC）则是集合了高效液相选择性色谱分离以及 CE 高柱效的优势，是近年来发展十分迅速的一种新型微柱分离技术。它是将常规色谱填料填充到毛细管中，或毛细管内表面键合、涂敷固定相，以电渗流作为流动相的推动力，根据样品中各组分在固定相和流动相间分配系数的差异和在电场中迁移速率的不同而实现分离的一种高效微分离技术。而将高压泵引入到毛细管电色谱中，即成为加压毛细管电色谱。压力流驱动毛细管电色谱是以液相色谱泵为流动相的主要驱动力，它克服了仅靠电渗流驱动的一些限制因素，可方便地对流动相的组成、性质和流速进行调节，尤其是能够实现流动相梯度洗脱，是 CEC 发展的重要方向。加压 CEC 也克服了 CEC 中柱体易烧干和易产生气泡的缺点，是近年来迅猛发展起来的一种新型微分离技术。在生物、医药及环境等领域中具有广泛的应用前景，尤其适合中药复杂体系的分离分析。

二、液相色谱-生物色谱法

在新药研究中，药物在体内的吸收、分布、代谢、排泄与它和体内血浆蛋白如白蛋白、糖蛋白、脂蛋白和球蛋白的结合有着密切的关系。由于仅有游离药物才具有特异位点并与产生药理作用的受体结合，因此药物和血浆蛋白的相互作用直接影响到药物的药理活性。

生物色谱是将生物分子间相互作用原理与色谱过程相结合的色谱技术，根据具有生物功能的分子或细胞膜与中药有效成分特异性结合的原理，并以色谱的方式筛选和分析中药有效成分的一种研究方法。生物色谱法包括分子生物色谱法、生物膜色谱法和细胞生物色谱法。分子生物色谱法中常用的固定相包括血浆蛋白、酶、受体、抗体等生物大分子。分子生物色谱技术是基于生物大分子的特性及相互作用，分离纯化和测定具有活性的化合物和生化参数的新技术。目前生物色谱技术在中药活性成分研究中的大致思路为首先建立以血液中存在的运输蛋白为固定相进行活性成分筛选,然后以特异性靶点筛选具有特定活性的物质,在技术上将生物色谱与 DAD、NMR、MS 联用,使得活性成分筛选、分离及结构鉴定一体化,是中药作用物质基础研究的快捷方法。

整体柱作为近年来发展迅速的一种固定相形式,由于其相对于常规填充柱有着制备简单和在生物大分子分离分析上的良好性能和高柱效等优点,而得到了极大的关注。整体柱,又称连续床或连续棒。根据所制备的整体材料的不同,整体柱可被分为有机聚合物整体柱、无机硅胶整体柱和颗粒固定化型整体柱。其中有机聚合物整体柱的制备方法是将聚合单体、交联剂、致孔剂和引发剂的混合溶液加入空管柱中通过热引发或光引发聚合。反应完全后用有机溶剂除去致孔剂及其他可溶性化合物,即可得到大孔聚合物整体柱,然后通过对其进行化学改性以满足各种色谱模式的要求。根据所用单体的不同,有机聚合物整体柱可分为聚苯乙烯整体柱、聚丙烯酸酯整体柱、聚丙烯酰胺整体柱、分子印迹整体柱等。其中,聚甲基丙烯酸缩水甘油酯(GMA-CO-EDMA)是应用最为广泛的聚丙烯酸酯类整体柱。由于它具有环氧活性官能团易于改性,不仅可用于制备不同性质的色谱填料,还可用于键合各种蛋白或酶,制成各种生物蛋白柱或酶反应器。而采用毛细管电色谱结合以整体柱为基质的生物色谱来研究药物和蛋白的相互作用,并将其作为药物活性的初步筛选手段,尚未报道。

随着分析科学的不断发展,色谱联用技术已成为一种常规应用的现代分析检测技术。对于混合物的分析,色谱联用技术具有较高的灵敏度、选择性及广泛的适用性,可对提取物中的已知、未知结构的成分及其代谢物进行定性分析,也可有效地对蛋白质及多肽进行分离和鉴定。未来分析方法学的进步将依赖于色谱分离技术及光谱检测能力的发展,随着色谱联用设备的普及,色谱联用技术必将在药物分析、食品检测、生物工程、环境监测和石油化工等研究领域得到更加广泛地应用。

(顾　军)

参 考 文 献

[1]　何美玉.现代有机与生物质谱.北京:北京大学出版社,2002.

[2]　盛龙生,苏焕华,郭丹滨.色谱质谱联用技术.北京:化学工业出版社,2006.

[3]　孙桂芳,刘国文.GC-MS 和 GC-FTIR 联合测定 C9 烃馏分组成.分析测试学报,2004,23(21):289.

[4]　刘石磊,许大年.Tracer GC/FTIR 分析 T-2 毒素及其代谢产物.现代科学仪器,2005,15(4):47.

[5]　李鹏,邱月明,蔡慧霞,等.气相色谱-质谱联用法测定动物组织中氯霉素、氟甲砜霉素和甲砜霉素的残留量.色谱,2006,24(4):14.

[6]　张莘民.气相色谱/傅立叶变换红外光谱(GC/FTIR)系统分析有机污染物.环境监测管理与技术,1993,5(1):16.

[7]　汪正范,杨树民,吴侔天,等.色谱联用技术.2 版.北京:化学工业出版社,2007.

[8]　杨秀岭,张兰桐,袁志芳.色谱联用技术在中药研究领域的应用.中国药房,2006,17(1):62.

[9]　唐红梅.石菖蒲与水菖蒲挥发油的指纹图谱分析.中医药研究,2002,18(3):43.

[10]　薛健,徐燕,张秀,等.道地与非道地当归药材气味成分比较研究.中国药科大学学报,2002,33(2):117.

[11]　吴永江,朱炜,程翼宇.气相色谱-质谱联用检测中药材中 16 种残留农药.中国药学杂志,2006,41(19):1497.

[12] 吴国华,邵兵,孟娟,等.气相色谱-质谱测定尿液中的克仑特罗.中国公共卫生,2004,20(2):235.

[13] 杨松成.有机质谱在生物医药中的应用.北京:化学工业出版社,2009.

[14] 林杰,张毕奎,陈本美,等.HPLC-MS测定人血浆中哌唑嗪及其在生物等效性研究中的应用.药物分析杂志,2006,26(5):621.

[15] 于华玲,陈笑艳,朱琳,等.液相色谱-串联质谱法测定人血浆中氟桂利嗪[J].中国药学杂志,2006,41(6):463.

[16] 国家药典委员会.中国药典(一部).北京:中国医药科技出版社,2010:32,189,3940.

[17] 王子灿,乔善义,马安德,等.高效液相色谱-质谱联用技术分析刺五加抗疲劳化学成分.第一军医大学学报,2003,23(4):355.

[18] 邹耀洪.高效液相色谱/质谱分析茶树老叶中儿茶素.分析化学,2003,31(3):381.

[19] 谷胜,沈金灿,庄峙厦,等.高效液相色谱-电喷雾-质谱法测定蛋白质混合物.厦门大学学报(自然科学版),2001,40(5):1067.

[20] 国家食品药品监督管理局.人用重组 DNA 制品质量控制技术指导原则.2005.

[21] 李宁,吴松锋,朱云平,等.鸟枪法蛋白质鉴定质量控制方法研究进展.生物化学与生物物理进展,2009,36(6):668.

[22] 中华人民共和国国家标准.原料乳与乳制品中三聚氰胺检测方法.GB/T 22388,2008.

[23] Turnipseed S,Casey C,Nochetto C,et al. Determination of Melamine and Cyanuric Acid Residues in Infant Formula using LC-MS/MS. FDA Laboratory Information Bulletin,2008,24,LIB No. 4421.

[24] Storey J. Pfenning A,Tumipseed S. et al. Determination of Chloram phenicol Residues in Shrimp and Crab Tissues by Electrospray Triple Quadrupole LC/MS/MS. Laboratory Information Bulletin,2003,19(6):4306.

[25] 王映红,李娜,贺文义,等.高效液相色谱-核磁共振联用技术在蛇葡萄根提取混合物中的应用研究.波谱学杂志,2001,18(3):229.

[26] 王映红,贺文义,李小妹,等.高效液相色谱-核磁共振联用技术及微量探头技术在天然产物分析中的应用.波谱学杂志,2002,19(3):325.

[27] 李忠红,沈文斌.HPLC-NMR 联用技术及其在药物研究中的应用.国外医学·药学分册,2001,28(1):47.

第9章 热分析技术

热分析(thermal analysis,TA)技术是研究物质在加热或冷却过程中产生某些物理变化和化学变化的技术。自1887年Lechatelier提出差热分析至今已发展成为一门专门的热分析技术。因其具有方法灵敏、快速、准确等优点,该技术及其分析仪器得到快速发展。不久Sadtler的差示热分析(differential thermal analysis,DTA)标准图谱集,热分析专著《Thermal analysis》等也相继面世。目前在药学领域中,TA已成为与四大光谱并列且互为补充的一种仪器分析方法。TA在药物分析领域得到广泛的应用,如化学药品的鉴别、理化常数测定、纯度考察、稳定性考察,以及近年来对中药活性成分的研究、中药材真伪品的鉴别、中药制剂质量分析等。目前,TA已被美、英、日等国收录到本国的药典中,成为药物质量控制中常用的分析方法之一。TA在药物制剂处方筛选、制剂中药物的存在状态、药物及其制剂的稳定性研究以及透皮吸收等方面也有一定的应用。

第一节 概 述

一、热分析仪的结构和原理

物质在受热或冷却过程中,当达到某一温度时,往往会发生熔化、凝固、晶型转变、分解、化合、吸附、脱附等物理或化学变化,并伴随有焓的改变,因而产生热效应,其表现为物质与环境(样品与参比物)之间有温度差。DTA就是通过温差测量来确定物质的物理化学性质的一种热分析方法。

(一)结构

DTA仪器的结构包括带有控温装置的加热炉、放置样品和参比物的坩埚、用以盛放坩埚并使其温度均匀的保持器、测温热电偶、差热信号放大器和记录仪(后两者也可以用计算机来测量温差)。

(二)原理

差热图的绘制是通过两支型号相同的热电偶,分别插入样品和参比物中,并将其相同端连接在一起。若样品不发生任何变化,样品和参比物的温度相同,两支热电偶产生的热电势大小相等,方向相反,差热图为平直的基线。反之,样品发生物理化学变化时,则基线发生上下偏移。根据规定,两支热电偶的连接及样品的放置位置应指定记录值向下偏移时过程吸热,向上偏移时过程放热。两支热电偶记录的时间-温度(温差)图就称为差热图。

从差热图上可清晰地看到差热峰的数目、高度、位置、对称性以及峰面积。峰的个数表示物质发生物理化学变化的次数,峰的大小和方向代表热效应的大小和正负,峰的位置表示物质发生变化的转化温度。在相同的测定条件下,许多物质的热谱图具有特征性。因此,可通过与已知的热谱图的比较来鉴别样品的种类。理论上讲,可通过峰面积的测量对物质进行定量分析,但因影响差热分析的因素较多,定量难以准确。

在差热分析中,体系的变化为非平衡的动力学过程。得到的差热图除了受动力学因素影响外,还受实验条件的影响。主要有参比物的选择、升温速率影响、样品预处理及用量、气氛及压力的选择和记录仪走纸速度的选择等。

二、热分析方法分类

(一)差示热分析

差示热分析(differential thermal analysis,DTA)是最先发展起来的热分析技术,是在相同的温度环境中,按一定的升温或降温速度对样品和参比物进行加热或冷却。记录样品及参比物之间的温差(AT)与时间或温度的变化关系的方法。当给予样品和参比物同等热量时,因二者对热的性质不同,其升温情况必然不同,通过测定二者的温度差达到分析目的。将样品与参比物(惰性,即对热稳定的物质)一同放入可按规定的速度升温或降温的电炉中,然后分别记录参比物的温度以及样品与参比物的温差,以 T、AT 对 t 作图,即可得到差热图(或称热图谱)。差热曲线直接提供的信息主要有峰的位置、峰的面积、峰的形状和个数。峰的位置是由导致热效应变化的温度和热效应种类(吸热或放热)决定的;前者体现在峰的起始浓度上,后者体现在峰的方向上。

(二)差示扫描量热法

差示扫描量热法(differential scanning calorimentry,DSC)是在 DTA 基础上发展起来的一种热分析方法。由于被测物与参比物对热的性质不同,要维持二者相同的升温,必然要给予不同的热量,通过测定被测物吸收(吸热峰)或放出(放热峰)热量的变化,达到分析目的。以每秒钟的热量变化为纵坐标,温度为横坐标所得的曲线,称为 DSC 曲线,与 DTA 曲线形状相似,但峰向相反。本法不但能用于定性,而且能用于定量。操作方法与 DTA 相似,获得的能量差-时间(或温度)曲线称差示扫描量热曲线(DSC 曲线)。影响本法的因素主要是样品、实验条件和仪器因素,样品的因素主要是试样的性质、粒度及参比物性质;实验条件的影响主要是升温速率。该法的优缺点基本与差热法相同,但灵敏度更高。

(三)热重分析

热重分析(thermogravimetry,TGA)是一种通过测量被分析样品在加热过程中重量变化而达到分析目的的方法。即将样品置于具有一定加热程序的称量体系中,测定记录样品随温度变化而发生的重量变化。以被分析物重量为纵坐标,温度为横坐标的所得的曲线即 TGA 曲线。从热重曲线可以得到物质的组成、热稳定性、热分解及生成的产物等与质量相关的信息,也可得到分解温度和热稳定的温度范围等信息。将热重曲线对时间求一阶导数即得到微商热重法(differential coefficient thermogravimetry,DTG)曲线,它反映试样质量的变化率和时间的关系。从 DTG 曲线可确定重量变化过程的特征点,故对生药进行鉴别,采用 DTG 曲线较 TGA 曲线好。

近年来,随着科学技术的进步和电子计算机的应用,热分析法得到了迅猛发展,出现了多种新型测量仪器和方法,如动力机械热分析(dynamic mechanical thermal analysis,DMTA)法、热机械分析(thermal mechanical analysis,TMA)法、声呐热分析(sonometry thermal analysis)法、发散热分析(emanation thermal analysis)法等。由热分析仪与其他仪器的特长和功能相结合,实现联用分析,扩大分析内容,已有商品化的各类联用量热仪,比如热重分析仪与红外分析仪、色谱仪、质谱仪的联用等。另外值得一提的是联用技术,它是在程序控温下,对同一试样同时采取两种或多种分析技术进行分析,其优点是显而易见的。近期发展的尚有紫外-可见光示差扫描热卡量热仪(DPC)、微调制热分析仪及微热机械仪等。

第二节　热分析技术的应用

一、药物特性研究

(一)药物熔点测定

熔点是衡量药物质量的重要指标之一。用 DSC 或 DTA 测定熔点,可了解被测样品熔融全过程,对那些熔融伴随分解、熔距较长,用毛细管法测定较困难的供试品,则能取得较理想的结果。重庆市药品检验所曾用 DSC 和 TGA 确定磷酸氯喹的熔点,杨腊虎用 DSC 测定了九种熔点标准品物质的熔点,用 DSC 和 DTG 测定土霉素及其盐酸盐的熔点,方法简便、结果准确。

(二)药物的纯度测定

药物的纯度不同,DSC 谱图曲线也不同。一般来说,纯度越高,峰形越尖锐。利用 TA 技术测定药物纯度的理论依据是范德霍夫方程,即药物熔点的下降与杂质的摩尔分数成正比。但此方程的适用条件为被测药物不能熔融同时分解,并且药物与共存杂质之间不得形成固溶剂。当不需要得到药物的准确纯度时,可采用与对照品同时测定 DSC 或 TGA 曲线,通过分析 TA 曲线来确定药物的纯度。纪雷等使用 DSC 对肌醇纯度进行测定,经 F 检验及 t 检验证实该方法与药典法无显著差异,且方法简便、快速、准确,适合产品的定量测定。另外尚有用 DSC 测定硝苯地平、依托泊苷等药物纯度的报道。

(三)差向异构体分析

不少的药物存在差向异构体,侯美琴等报道了用 DTA 和 DSC 分析双炔失碳酯的差向异构体,测定出其中 α 体的纯度,并为其制剂的剂量调整提供了依据。

(四)药物中结晶水与吸附水确定

药物溶剂化物可能是在合成过程中引入的残留溶剂或者在药物纯化中导致的。确定药物分子中有无结晶水和结晶水的个数,过去常用卡氏水分测定法或在一定条件下测定干燥失重来决定。这些方法很难区分是分子中的结晶水还是吸附水。采用 DSC-TG 技术则可测定药物的吸附水、结合水和结晶水,特别是 TG 方法,可定量测定水分或其他挥发物质。

(五)药物多晶型分析

在鉴别和描述药物多晶型特征时,过去通常采用红外分光光度法和 X-射线衍射法。现在多用 DSC 或 DTA 分析法。用热分析方法不仅可以区别同一药物的不同晶型,而且可测得其晶型是否为可塑型或单向转变型。药物多晶型的形成复杂多变,改变温度、湿度、压强等都会引起晶型的转变。用热分析方法,可进行晶型转变的动力学计算,用 Kissinger 方程可计算出活化能和转化速率,为选择转晶条件提供依据。

(六)绘制药物体系的相图

利用 DTA 或 DSC 技术来绘制相图,测二元组分的熔点。陈理等用热分析法研究了解热镇痛药阿司匹林与萘普生的二组分体系,比传统方法简便、客观、精确。

(七)药物热降解及稳定性研究

通常,化学稳定性试验需要几个星期甚至几个月,有的可能要几年才能取得数据资料,而应用 TA 技术可在一天或几天内就能完成,是研究固体药物稳定性的有效手段。常通过测定药物的活化能,并以活化能的大小作为衡量药物热降解及稳定性的标准。韩森、朱小梅采用 TGA 与 DSC 热分析方法,研究了喹诺酮类药物诺氟沙星和氧氟沙星的热分解动力学,计算了热分解动力学参数表观活化能(E)为、速率常数(K)和相关系数(r),并结合应用量子化学计算的有机物结构的键参数研究了热分解机制,推断了热分解机制和产物及贮藏期。万红等采用差热分析研究了温度、溶液 pH、抗氧剂等条件对溶液中姜黄素稳定性的影响。差热分析结果表明:温度对姜黄素的稳定性影响不大,250℃未见姜黄素分解。在溶液中,当 pH>5 时姜黄素稳定,随着溶液的 pH 升高,姜黄素的降解速率明显加快;去甲氧基姜黄素可使姜黄素的稳定性增加。

二、药物制剂研究

热分析技术可用于药物制剂中活性成分的定性分析、定量分析,还可以用于检查药物与赋形剂有无化学反应,有无化学吸附、共熔及晶型转变等物理化学反应发生,从而为赋形剂的筛选提供有价值的参数。许多发达国家已将其作为赋形剂配伍试验的常规首选方法。TA 技术为制剂的处方设计特别是新药的处方设计及制剂质量控制提供了极大的方便。

(一)药物状态鉴定

在固体分散体中,药物往往是以分子状态分散、胶体分散、微晶状态分散或无定形沉淀,因此需要选择合适的载体以及药物与载体的恰当比例,否则会影响药物在载体中的分散状况。DTA 及 DSC 不仅能判断药物的分散程度,还可鉴别固体分散体是否属于玻璃态体系。Hirotoshi 为解决前列腺素 E1(PGE1)的溶解性与稳定性,将其制备成 β-环糊精(β-cyD)包合物,采用 DTA 对制备的包合物进行鉴别,确定了包合物的制备工艺。国内有 30 篇文献报道了用热分析法研究 β-环糊精包合物鉴别的。

硝苯地平缓释微球的差热分析鉴定证实硝苯地平以无定型或分子状态分散在聚丙烯酸树脂载体中,且该法简便、快速、准确。热分析研究丁哌卡因-聚乳酸微球体、红霉素聚乳酸微球、去氢骆驼蓬碱明胶微球、奥沙普秦-氢化磷脂复合物,探讨吗氯贝胺-聚维酮、齐墩果酸固体分散体中的分散及分散作用的热力学,考察吸入粉雾剂载体的晶型以及复合物与混合物的鉴别。

(二)药物成分与辅料相互作用研究

1980 年,报道了不经分离直接用 DSC 技术测定磺胺类药物、硝基呋喃类药物以及解热镇痛类药物的胶囊剂和片剂。近年来文献报道用 DSC 考察了制剂中活性成分间及活性成分与辅料间是否发生反应,即通过观察各活性成分、辅料以及制剂的 DSC 曲线的差异,发现是否出现新峰,以达到考察它们之间是否相容,可否进行配伍的目的。

倪维骅用 DSC 考察了处方中各赋形剂的相互作用,并将各常见辅料(淀粉、乳糖、PVP等)的 DSC 图谱,原始数据存入微机,编制出检索程序,为中药制剂的赋形剂筛选提供了参考。用 DTA 研究了生脉散、四逆汤、参附汤等复方中药提取物成分间的相互作用,并用 DTA 曲线峰形与峰位的变化"三点法"规则分析各处方药材提取物相互配伍的 DTA 曲线,从而探讨了用 DTA 研究复方中药提取物相互作用的方法。采用 DSC 研究法研究吲哚美辛与多种赋形剂如乳糖、淀粉、蔗糖、微晶纤维素、硬脂酸镁、无水磷酸二钙等的共容性,由 DSC 图谱和转化热证实吲哚美辛除了与硬脂酸镁不具有共容性外,与其他几种辅料是相共容的。

(三)透皮吸收制剂对皮肤状态的鉴别

皮肤的角质层是透皮吸收制剂中药物穿透皮肤而被吸收的主要障碍,凭其能在研究角质层及其类脂对氟尿嘧啶经皮渗透作用时采用 DSC 方法对经溶剂处理与 1,8-CN 处理前后的角质层进行热分析,结果说明渗透促进剂 1,8-CN 仅与类脂发生作用,而且这种作用具有可选性。

(四)脂质体水合磷脂及药物与脂质体的反应研究

脂质体是胶质药物的良好释药系统,它具有一个或多个同心磷脂双分子层,上面散布着亲水相。热分析法,尤其是 DSC 法广泛应用于双分子层中水合磷脂行为的研究,并可通过对药物与脂质体的反应来模拟药物与细胞膜的反应过程。DTA 研究顺铂缓释多囊脂质体,发现辅助膜稳定剂有明显的膜稳定作用。

(五)制剂储存条件研究

某些剂型在加工或储存过程中会发生一些物理变化,影响药物的性能(如栓剂)。脂质栓剂一般以混晶形式存在。储存过程中,具有较低熔点的晶型慢慢向具有较高熔点的晶型转变。当药物的熔点>37℃时,药物失效。可以采用热分析法来监控该变化,从而可获得最佳储存条件。

三、药物、辅料及包装材料质量检查

用 TA 检查药物、辅料及包装材料的质量,不仅快速简便,而且样品用量较少。一般分析只需 0.5h,所需的样品量通常在毫克级或以下。常用 DTA 法进行检查,也可以将 DSC 与 TGA 法联用来检查药物质量。如 Pyramides 等用 DSC 和 TGA 法来对阿替洛尔片剂中赋形剂淀粉羟乙酸钠进行鉴定,并对整批剂型进行研究,根据实验结果绘制出整批分布图,以评价阿替洛尔的质量。DSC 法还能测出当药物发生玻璃转化时的温度(Tg)。如用 DSC 法分析冻干蛋白和蛋白质溶液,可求出其 Tg 值,从而指导冻干产品的冷冻干燥周期和储存温度的设置。也可以采用比 DSC 法灵敏度更高的 TMA 法来测定 Tg 值。此外,TA 还能为药品的干燥提供最佳的干燥温度。

四、中药材鉴别

每一种物质均有其固有的物理化学性质,也即各有其特有的 DTA 或 DSC 图谱。由于 DTA 及 DSC 方法简便、无需分离提取就可直接测试,因此,对外观相似且化学组成相同只是其含量有差异的动物药材,外观性状、化学成分乃至内部显微特征极为相似的同属不同种鉴别较为困难的植物药材,外观相似易混淆的矿物药材,用原植物鉴定较为困难显微鉴别也意义不大的树脂类药材,特别是一些名贵、稀有药材,应用 TA 技术进行定性鉴别及定量分析,更具有实用价值。

采用 DTA 和 DTG 法对几种不同产地山药的鉴别结果表明:不同种山药的 DTA、DTG 图谱,不同种、不同地域山药的 DTG 图谱均有差异。对 12 种金丝桃属药用植物叶进行差热图谱扫描,获得各具特征的热谱曲线,根据它们的峰顶温度值及其峰形的差异即可方便地加以鉴别,从而为该属药材的鉴定提供一种新的方法。

目前,应用 TA 鉴别了商陆属植物、艾叶及其同属植物、琥珀与松香、川黄柏和关黄柏、榧子、珍珠粉及其常见伪品、女贞子、积雪草及其混淆品、乳香、没药和白胶香等。DSC 成功地用于熊胆、阿胶的真伪鉴别,花鹿茸组成的快速鉴定以及人参和西洋参的鉴别。

五、蛋白质变性检测

在水溶液中,蛋白质具有特定的三维结构以支持特殊的生物功能,而一旦蛋白质被加热,分子运动就会破坏这种结构(热变性作用)。变性过程伴随着非常微弱的能量变化,高灵敏度的 DSC 可检测到这种转变。

第三节　热分析与其他技术联用

一、键合药物的表征

将甾体类避孕药左旋 18-炔诺孕酮(LNG)键合于生物相容性聚氨基酸材料 α、β-聚(3-羟丙基)-DL-天冬酰胺上,制成长效控释药物。用红外光谱法、DTA 等分别对材料及键合药物进行了表征,药物的接入率达 27.0%(w/w,$n=3$),共价缩合物以棒状形式释药。一种新型聚天冬酰胺衍生物聚(α,β-N-2-二羟乙基-DL-天冬酰胺)(PDHEA)时,采用 DSC、GPC、FTIR 等方法对材料进行表征,以研究反应条件对其分子量的影响,并对影响其降解的因素进行探讨。用两种方法将阿司匹林键合到 PDHEA 上,研究了不同分子量对复合体载药率及药物缓释性能的影响。复合体释药速率稳定,通过调节 PDHEA 分子量可调节药物的释放速率。

二、药物晶型研究

陈梅娟等在头孢呋辛酯胶囊剂的处方筛选过程中用 DTA 法研究了处方附加成分对头孢呋辛酯晶型和溶出度的影响。柯学等采用气流粉碎、球磨、重结晶、固态分散技术等多种微粉化技术,通过差热分析和 X 衍射研究微粉化后头孢呋辛酯的晶型特征。结果表明,固态分散技术可使该药由晶型转变为无定型,从而大大增加其片剂的溶出。溶解热的计算进一步证明了上述结果。

三、药物热降解及稳定性研究

汤启昭研究了葡萄糖酸亚铁固体的稳定性,并与气相色谱分析结合,提高了热分析的研究水平。武凤兰等研究了固体药物对乙酰氨基酚、马来酸罗格列酮、氯苯律定的分解动力学。Gireesh 采用 TG DTA 与 DTG 热分析法考察了片剂赋形剂玉米淀粉、硬脂酸镁及湿度对药物稳定性的影响。采用 TG 与 DTG 法研究固体药物氯苯律定的分解动力学,求出其热解动力学参数活化能 E 同时结合红外光谱、核磁共振、粉末 X 射线衍射和高效液相色谱研究其热分解过程,推断出其主要的分解产物结构。

四、新剂型和制剂新技术

(一)固体分散体

DTA 及 DSC 不仅能判断药物的分散程度,还可鉴别固体分散体是否属于玻璃态体系。如果再结合 X-射线衍射方法、红外光谱分析和电镜等技术,则可将药物在载体中的存在状态完整地表征,对药物的体外溶出和体内吸收做出判断,并预测其稳定性。

以肠溶性材料聚丙烯酸树脂Ⅲ为载体,制备齐酞酸钠与载体不同比例的固体分散物及物理混合物,采用 X-射线衍射方法、DTA 和红外光谱分析鉴别分散状态,并测定体外溶出速度,考察药物存在状态与体外溶出和药物稳定性的关系。研究表明齐酞酸钠以无定形态分散在载体中,形成肠溶性固体分散物,主要在碱性溶液中溶出,溶出速率高于物理混合物。齐酞酸钠与载体适当比例的肠溶性固体分散物不仅可明显提高体外溶出速率,还可防止药物的水解。

DSC 和 X-射线衍射结合溶解度法研究吗氯贝胺(MCB)在 MCB-PVPκ30 固体分散体中分散作用的热力学。MCB-PVPκ30 表观稳定常数(Kc)在实验范围内随温度升高而减小,反应热(ΔH_0)为-13.22 kJ/mol。经 DSC、X-射线衍射分析,SD 中药物晶体消失(1:3),经统计学分析所有 SD 的溶出速率显著大于原药的溶出速率。即 MCB 在 PVPκ30 中分散作用是放热过程,MCB-PVPκ30SD 显著提高了 MCB 的溶出度。

DTA 结合 X-射线粉末衍射鉴别水飞蓟宾在 PVP、泊洛沙姆 188、尿素中的存在方式,发现水飞蓟宾在 PVP 中以无定型存在,在泊洛沙姆 188 中以微细结晶存在,在尿素中大部分仍以晶体形式存在,少量以分子状态存在。而体外溶出研究结果表明泊洛沙姆 188 载体的水飞蓟宾固体分散体的溶解度最大,溶出速度最快。

DSC 结合溶解度、体外溶出度测定方法研究丹参酮不同载体固体分散体中药物存在状态与其溶解度和溶出度的关系。分别用熔融法和溶剂法制备丹参酮 PVPκ30、聚乙二醇(PEG)6000、PEG4000 固体分散体,丹参酮类组分可充分分散在载体中并形成低共熔物,因而 3 种载体对丹参酮均有较好的增溶作用。

用差热分析结合 X-射线粉末衍射和扫描电镜显微摄影研究用熔融法制备的 PEG6000 与聚山梨酯 80 为混合载体的尼群地平固体分散体,尼群地平以细微结晶充分分散在混合载体中,形成低共熔物,为稳定体系,混合载体的溶出度数倍于 PEG6000 单一载体。

(二)包合物

孔晓龙等以 β-环糊精(β-CD)对黄皮酰胺(Clausenamide,CLA)进行包合,采用饱和溶液法制备 CLA-β-CD 包合物,DTA 研究 CAL-β-CD 特征吸收峰,并考察其溶出度与原药粉的区别。结果发现 CLA-β-CD 主、客分子比为 2:1,平均载药量为 33.16%±0.11%,平均包合率为 96.40%±0.11%,包合物 10 min 内药物已溶出 82.7%,比原药物快 3.9 倍,CLA-β-CD 包合物可显著提高 CLA 的溶出速度。

武雪芬等用热分析技术考察丹皮酚-β-环糊精包合物的稳定性;以水做介质,用紫外光谱法测定 β-环糊精共存时丹皮酚的溶解度,以溶解度相图法确定包合物的形成常数。结果显示被 β-环糊精包合后,丹皮酚失重温度大大提高,熔融相变温度提高 220℃以上;丹皮酚的溶解度随介质中 β-环糊精浓度增加而增加,与共存的 β-环糊精浓度之间存在良好的线性关系;包合物的组成比为 1:1,形成常数为 K=27.42ml/mg。丹皮酚与 β-环糊精分子间作用力较强,当 1:1 混合时,包合态丹皮酚的理论转化率达 90.5%;包合态丹皮酚的热稳定性和水溶性均明显提高。

薄荷脑是一种易挥发且在水中溶解度较小的中药,而羟丙基-β-环糊精(HP-β-CD)可与药物形成包合物,广泛用于难溶性药物的增溶和提高药物的稳定性。陈勤等运用气相色谱法、差示扫描量热分析及偏光显微镜三种分析方法对薄荷脑-羟丙基-β-环糊精包合物的形成从不同的角度进行了分析研究。

宋洪涛等用考察冰片 β-环糊精的理化性能,采用薄层析、热重和差热分析、X-射线粉末衍射及红外光谱法对包合物进行理化鉴别,采用气相色谱法考察了包合物中冰片的溶解度和体外溶出度。薄层析图谱显示,冰片被 β-环糊精包合前后的主成分没有发生变化,包合物的热重和差热分析曲线、X-射线粉末衍射图谱及红外光谱与冰片、冰片 β-环糊精混合物的图谱具有显著性差异。包合物中冰片在 0.1mol/L 盐酸溶液、pH 6.6 和 pH 7.5 磷酸盐缓冲液中的溶解度及体外溶出速率均有显著提高。冰片被 β-环糊精包合后呈现出新的物相特征,与冰片相比其理化性质有显著的改变。

(三)磷脂复合物

刘辉等制备了奥沙普秦-氢化磷脂复合物并考察了复合物的摩尔比及奥沙普秦、奥沙普秦氢化磷脂物理混合物与奥沙普秦-氢化磷脂复合物三者的体外透皮渗透情况。采用差热分析及扫描电镜研究复合物的理化性质;通过连续递变实验测定复合物的组成摩尔比;改进 Franz 扩散池进行离体鼠皮渗透实验。结果显示奥沙普秦-氢化磷脂复合物在正辛醇中的脂溶性明显增加,差热分析图谱显示形成了新的物相;透皮实验表明其渗透速率、增渗倍数及 12h 累积渗透量均大于奥沙普秦及其物理混合物。奥沙普秦与氢化磷脂的最佳摩尔比为 1:1;制成复合物能增加奥沙普秦的透皮吸收。李俊领等考察了低分子肝素明胶口服制剂复合物及制剂的各种性质,由差热分析和红外分析可表明复合物与混合物不同;并进行了初步药效学实验,实验表明低分子肝素明胶复合物及制剂经口给药,均能明显延长小鼠凝血时间。

(四)脂质体

马晓翠等应用荧光偏振技术,差示扫描量热技术、傅立叶变换红外光谱技术(Fourier-transform infrared spectroscopy,FTIR)等检测手段,通过测定磷脂液晶相至六角相的相变温度来研究不同浓度的海藻糖对水化棕榈油酰磷脂酰乙醇胺(L-α-phosphatidylethanolamine,β-oleoyl-γ-palmitoyl,POPE)的脂多型性的影响。发现海藻糖存在时,在 30~70℃ 温度范围内 H II 相相变消失,表明海藻糖有稳定脂质体于双层相的能力。

(五)纳米粒

樊祥山等采用改良的化学共沉淀法制备 $Mn_{0.5}Zn_{0.5}Fe_2O_4$ 纳米磁性材料,用透射电镜、分析仪及热分析系统等进行表征及特性检测。结果表明,制备的锰锌铁氧体纳米粒子为圆形,约 40nm,纳米锰锌铁氧体磁流体能磁感应加热而升温到 40~51℃,且最终温度能稳定控制不变。

Attama 等采用 DSC 和广角 X-ray 衍射(WAXD)研究用羊毛脂和多烯卵磷脂胆碱 90G (R)进行表面修饰的固态脂质纳米粒(SLN)的结晶动力学和形态学,并与总的脂质骨架进行了比较。持续一个月的研究表明,结晶度略有增加,含有杂脂(heterolipid)的 SLN 热分析图谱中同源脂质(homolipid)的低熔点峰消失,20℃ 储存 1 个月后,仅有非常小的吸热过程。由此证明含有 0.5% 和 1% 吐温-80 的 SLN 具有良好的稳定性,是一种好的经皮给药或眼部给药系统。

(六)微球

微球给药系统的研究,是药物新制剂研究的前沿热点之一。选用生物可降解材料明胶为载体,将抗肿瘤化疗药物盐酸去氢骆驼蓬碱制成肝动脉栓塞靶向微球(HM-GMS),用差示热分析比较原料、空白微球及 HM-GMS 的 DTA 曲线,计算热解活化能为 93.37 kJ/mol,频率因子为 $2.304×10^{13}$/min。表明 HM-GMS 热稳定性较好。

杨帆等用生物可降解材料聚乳酸(PDLLA)制备肺靶向红霉素缓释微球(ERY-PDLLA-

MS)。用差示扫描热分析确证含药微球的形成,结果微球形态圆整,且药物确已被包裹在微球中,而非机械混合。

刘玲等利用复乳溶剂挥发法制备了超氧化物歧化酶(SOD)的乳酸-羟乙酸共聚物(PL-GA)微球,考察了各工艺因素对微球粒径、包封率等的影响,通过扫描电子显微镜(SEM)、差示扫描量热分析(DSC)初步研究了其性质。结果表明,通过调整内水相的体积及浓度、分散相体积及 pH,可得到较高包封率、粒径在 $20\sim30\mu m$、形态圆整、表面多孔的 SOD 微球,DSC 表明 SOD 被有效地包入了 PLGA 微球中。

综上所述,热分析技术的理论及其仪器已逐渐成熟并完善,热分析技术的联用及在微机上建立数据库等均为该技术的应用创造了条件,使其在药物的鉴别,合成药物中间体的控制,熔点、晶型和光学活性的测定,结晶水的确定,处方和辅料的筛选,药物的稳定性,包装材料的选择等方面都得到了较好的应用。其推广和应用对新药的开发、保证药品质量、提高药物分析水平都将起到一定促进的作用。

(张 岭 张 莉 陈 莉 冯欲静 张 丽)

参 考 文 献

[1] Benzler B,Nitschke T. Application of the thermal analysis in pharmaceuticals. Labor praxis,1994,20(9):70-72.

[2] Okada S,Yoshi K,Komatsu H. Application of thermal analysis to quality control of drugs. For the adoption of TA as a general test in the Japanese pharmacopoeia. Iyakuhin Kenkyu,1996,27(9):632-638.

[3] Craig DQM,Johnson FA. Pharmaceutical applications of dynamic mechanical thermal analysis. Thermochim Acta,1995,248(1):97-115.

[4] 赵淼.热分析法在中药鉴别中的应用.药学实践杂志,2001,19(1):29.

[5] 朱华.热分析在药学领域中的应用.山东生物医学工程,2001,20(1):28.

[6] 林锦明,郑汉臣,秦路平,等.金丝桃属药用植物的差热分析鉴别.中药材,2002,25(7):474-475.

[7] 林锦明,陈瑶,郑汉臣,等.差热分析法鉴别积雪草及其混淆品.中药材,2001,24(7):483-484.

[8] 韩森,朱小梅.喹诺酮类药物诺氟沙星的热稳定性研究.中国新药杂志,2007,16(14):1104-1107.

[9] 朱小梅.氧氟沙星的热稳定性及其热分解动力学.化学世界,2008,49(6):333-335,345.

[10] 万红,赵轶,韩刚,等.不同条件下姜黄素稳定性的研究.中国医学创新,2009,6(16)17-18.

[11] 樊祥山,李群慧,张东生,等.具有磁感应定向加热治疗肿瘤作用的锰锌铁氧体纳米粒子的制备及其特性检测.生物医学工程学杂志,2006,23(4):809-813.

第10章　激光共聚焦显微镜

激光共聚焦显微镜(laser scan confocal microscope,LSCM)是近二三十年发展起来的具有划时代意义的高科技产品。LSCM 是采用激光作为光源,在传统光学显微镜基础上采用共轭聚焦原理和装置,并利用计算机对所观察的对象进行数字图像处理的一套观察、分析和输出系统。LSCM 把光学成像的分辨率提高了 30%～40%,若使用紫外或可见光激发荧光探针,可得到细胞或组织内部微细结构的荧光图像,在亚细胞水平上观察生理信号及细胞形态的变化。因而,LSCM 成为形态学、分子生物学、神经科学、药理学、遗传学等领域中新一代的研究工具。

第一节　概　　述

一、发展简史

早在 1957 年 Marvin Minsky 首次提出 LSCM 的基本原理。之后,随着 Nipkow disk(实现光束对物体的连续扫描)的使用、拉曼光谱学(Raman spoctroscopy)理论的建立,Branken-hoff 于 1978 年在高数值孔径透镜装置上改装成功第一台具有高清晰度的共聚焦显微镜。1985 年 Wijnaendts 发表了第一篇关于 LSCM 在生物学上应用的文章。到了 1987 年,发展成现在通常意义上的第一代激光扫描共聚焦显微镜,它包括一套进行了像差和色差校准的光学透镜(含高数值孔径物镜)和一个高灵敏度的探测器,甚至加装了图像增强器和能产生特定波长相干光的、功率较大的激光器;同时配备一台微机,用于存储、处理及三维重组共聚焦图像,控制扫描装置。现在全球多家公司相继开发出不同型号的 LSCM,而荧光探针已经发展到了两千多种。随着技术的不断发展和完善,LSCM 产品的性能也不断改进和更新,应用范围也越来越广。

二、仪器设备

LSCM 是将光学显微镜技术、激光扫描技术和计算机图像处理技术结合在一起的高技术设备。其主要配置有激光器、扫描头、显微镜和计算机四大部分。包括数据采集、处理、转换及相应应用软件,图像输出设备及光学装置(如光学滤片,分光器,共聚焦针孔及相应的控制系统)。下面以 MRC-1024 为例说明:

1. 激光器　MRC-1024 型 LSCM 采用的是气冷式氦－氩离子混合激光管,输出功率为 15mW,激发光波长为 488nm、568nm 及 647nm。激光束通过光纤电缆导入扫描头。

2. 扫描头　扫描头由以下三部分组成。

(1)探测通道,由光电倍增管和相应的共焦针孔及滤过轮组成。

(2)滤光块,该机配有做细胞标记用的 T1/T2A 滤光块;有测活细胞钙离子的 B1 及 Open 滤光块,测 pH 及其他离子,可根据标本不同进行选择。

(3)扫描透射探测器(非共焦模式),是用于透射光观察样品,扫描头有管道与光学显微镜相连接。

3. 光学显微镜　可配置直立或倒置显微镜。

4. 计算机及界面(1997年原始配置)

(1)计算机:软件包括用于图像采集和分析的 OS/2、Win3.1 等和测定钙离子的 Time-Course/Ratiometric 等软件。

(2)MRC-1024 共聚焦界面:硬件为 24 比特图像获得及显示卡和相应软件 Lasersharp 等。

(3)17 寸彩色监视器:分辨率 1 280×1 024。

三、基 本 原 理

传统光学显微镜使用场光源时,标本上每一点的图像都会受到邻近点的衍射光或散射光的干扰,加之样品总有一定厚度,焦平面上或下的点同样能够成像,从而使图像模模糊糊。激光共聚焦显微镜在此基础上改进,利用激光束经照明针孔形成点光源对标本内焦平面上的点进行扫描,被照射点在探测针孔处成像,由探测针孔后的光电倍增管(PMT)或冷电耦器件(cCCD)逐点或逐线接收,实时在计算机监视器屏幕上成像。每一幅焦平面图像实际上是标本的一个光学横断面,这个光学横断面总是有一定厚度的,又称之为光学薄片(optical slice)。共聚焦显微镜光学分辨率及其光学薄片厚度,与光的波长有关,也取决于物镜的数值孔径和针孔的直径。如果探测器的针孔较大,光学薄片即变得较厚,那么所获得的图像与传统的荧光显微镜无异。LSCM 以一个微动步进马达(最小步距可达 $0.1\mu m$)控制载物台的升降,使焦平面依次位于标本的不同层面上,则可以逐层获得物体光学横断面的图像,这称为"光学切片"(optical sectioning),即"细胞 CT"。照明针孔与探测针孔相对于物镜焦平面是共轭的,焦平面上的点同时聚焦于照明针孔和探测针孔,此为"激光共聚焦"的由来。而由于探测针孔的几何尺寸很小,为 $0.1\sim0.2\mu m$,所以只能收集到来自焦平面的光,而其他来自焦平面上方或下方的干扰光,都被挡在针孔之外而不能成像。获得的标本数据,可以利用计算机图像处理及三维重建软件,沿 x、y、z 轴或其他任意角度来表现标本的外形剖面,进行直观的形态学观察。

四、荧光探针选择

使用适当的荧光探针是 LSCM 成像的重要保证。现在荧光探针已发展到两千多种,选择一种适当的荧光探针已经是一种越来越重要的工作,主要从以下几个方面考虑。

1. 现有仪器所采用的激光器　如美国 Meridian 公司的 ACASULTMA 312 型 LSCM,采用氩离子激光器,有 $351\sim364nm$,$488nm$,$514nm$ 等多种激发波长,相应可使用多种荧光探针。

2. 荧光探针的光稳定性和光漂白性　在进行荧光定量和动态荧光监测时,荧光探针的光稳定性越高越好,而其光漂白性越低越好。但在进行膜流动性或细胞间通讯检测时则需探针既有一定的光稳定性又有一定的光漂白性。

3. 荧光的定性或定量　在做荧光定性或定量测量时,应分别选择单波长和双波长激发探针;荧光探针的特异性和毒性。尽量选用毒性小、特异性高的探针。

4. 荧光探针适用的 pH　考虑适用该环境 pH 的荧光探针是有必要的。此外,应对不同的染料进行筛选,以寻求最适的荧光探针。对于疏水性荧光探针,则需使用其乙酰羟甲基酯(acetoxy methyl,AM)形式,变成不带电荷的亲脂性化合物,使其更易进入细胞或微粒。

第二节 主要应用技术

一、黏附细胞分选技术

可用 LSCM 对贴附在培养皿底部的黏附细胞进行分选。将细胞贴壁培养在特制培养皿上,培养皿底部有一层特殊的膜,用高能量激光在欲选细胞四周切割成八角形几何形状,掀去培养皿底部的膜,非选择细胞则被去除。该分选方式特别适用于数量极少的细胞,如突变细胞、转化或杂交癌细胞。另一种细胞分选的方式是用高能量激光自动杀灭不需要的细胞,留下完整的活细胞亚群继续培养,这种方式适于对数量较多的细胞的选择。LSCM 是目前世界上唯一能对黏附细胞进行分选而不改变细胞周围培养环境、细胞铺展程度和生长状态的仪器。

二、光漂白后的荧光恢复技术

光漂白后的荧光恢复技术(fluorescent recovery after photobleaching,FRAP)借助高强度脉冲式激光照射细胞的某一区域,从而造成该区域荧光分子的光淬灭,该区域周围未淬灭的荧光分子将以一定速率向此区域扩散,而扩散速率可通过低强度激光扫描探测。在细胞骨架构成、跨膜大分子迁移率、细胞膜流动性、胞间通讯等领域中有较大的意义。

三、细胞激光显微外科及光陷阱技术

把激光作为一把"光子刀",实现诸如细胞膜瞬间穿孔、线粒体或溶酶体等细胞器烧灼、染色体切割、神经元突起切除等一系列细胞"外科手术"。光陷阱则是利用激光的力学效应,将一个微米级大小的细胞器或粒子钳制于激光束的焦平面上。

四、笼锁化合物解笼锁-光活化技术

许多重要的生理活性物质(神经递质、细胞内第二信使)都能生成笼锁化合物,如 Ca^{2+} 的笼锁化合物主要有 Nitr-5,DM-nitrophen。在笼锁(caged)状态下,其功能被封闭,而一旦被特异波长(一般为紫外)的光瞬间照射后,即被光活化而解笼锁(uncaged),使快速地恢复原有的活性和功能。这种特性提供了一种在时间和空间上可控的生理活性产物或其他化合物释放的有效方法。该技术通过笼锁与解笼锁的测定,可以人为控制多种生理活性产物和其他化合物在生物代谢中发挥功能的时间和空间。

五、活细胞生理信号动态监测技术

活细胞的功能监测在细胞生物学、神经生理学、药理学及血液学等领域都有重要意义。许多荧光染料可以聚集在细胞的特定结构,而对细胞的活性基本上不产生影响。可以利用这一特性来反映细胞受到刺激后形态或功能的改变。

(一)细胞三维观察和定量测量

在观察细胞超微结构的三维图像方面 LSCM 的分辨率虽无法与电镜相抗衡,但其染色过程简便,甚至可以在活细胞上进行无创伤染色,最大限度地维持细胞的正常形态。如 AO、PI、DAPI、Rhodamine 123、$DiOC_6$(3)、鬼臼毒环肽(Phalloidin)和 DiI 等多种特异性的荧光染料,均已被广泛用于如 RNA、DNA、细胞核、线粒体、内质网、肌动蛋白和细胞膜等结构的标记。运用免疫荧光技术,将不同波长的两三种荧光物质标记在内部不同结构的相应抗体上,以这几种荧光物质特定的光谱特性选择激发光和滤光片,则可以观察到细胞内部各结构的毗邻关系。特别是在荧光着色点较小易被遮盖(如荧光原位杂交实验)的情况下,这种三维图像的多角度观察提供了极大的优越性。

(二)膜电位测量

DiBAC4(3)为最常用的膜电位荧光探针,DiBAC4(3)为带负电荷的阴离子慢反应染料。该探针本身无荧光,当进入细胞与胞质内的蛋白质结合后才发出荧光,测量时要求细胞浸在荧光染料中。当细胞内荧光强度增加即膜电位增加示细胞去极化;反之,细胞内荧光强度降低即膜电位降低示细胞超极化。Rhodamine 123 主要用于线粒体膜电位测量。Rhodamine 123 是一种亲脂性阳离子荧光探针,当线粒体膜内侧负电荷增多时,荧光强度增加,与 DiBAC4(3)的表示形式相反。

(三)细胞膜流动性观察

细胞膜流动性的定性和定量测定在分析膜的磷脂组成、药物的作用点和温度反应等方面有着重要的意义。Masashi Okamura 等在研究牛巴贝虫的无性生殖中,通过 LSCM 对其红细胞膜进行亚细胞定位,发现宿主红细胞膜内外都浓集着大量 SA 残渣。

也可采用 FRAP 技术对细胞膜流动性进行研究。利用 BD-C6-HPC 荧光探针标记细胞膜磷脂,然后用高强度的激光束照射活细胞膜表面的某一区域($1\sim2\mu m$),使该区域的荧光淬灭或漂白,再用较弱的激光束照射该区域。可检测到细胞膜上其他地方未被漂白的荧光探针流动到漂白区域时的荧光重新分布情况。荧光恢复的速率和程度可提供有关的信息,如用于观察细胞受体介导内吞过程中膜磷脂流动性的变化情况。NBD-C6-HPC 在温度稍高时可能会进入细胞内,因此荧光染色和测量时应在低于常温的环境下进行。

(四)细胞内活性氧的检测

活性氧(active oxygen species)可影响细胞代谢,与蛋白质、核酸、脂类等发生反应,有些反应是有害的,因此测量活性氧在毒理学研究中有一定的意义。根据检测活性氧的不同可选择不同的荧光探针。常用荧光探针有 Dichlorodihydrof-luorescein diacetate(2,7-二氯二氢荧光素乙酰乙酸、H2DCFDA),其原理是不发荧光的 H2DCFDA 进入细胞后能被存在的过氧化物、氢过氧化物等氧化分解为 dichlorofluorescein(DCF)而产生荧光,其反应灵敏到 $10\sim12mol$ 水平,荧光强度与活性氧的浓度呈线性关系。

(五)细胞内游离钙的测定

美国分子公司提供的钙荧光探针有 20 多种,激光扫描共聚焦显微镜常用的有 Fluo-3、Rhod-1、Indo-1、Fura-2 等,前两者为单波长激光探针,利用其单波长激发特点可直接测量细胞内 Ca^{2+} 动态变化,为钙定性探针;后两者为双波长激发探针,利用其双波长激发特点和比率技术,能定量细胞内$[Ca^{2+}]i$,为钙定量探针。

(六)细胞质 pH 的测定

常用于偏中性 pH 即细胞质 pH 检测的荧光探针有 SNAFL 类(SNAFL-1、SNAFL-calcein)、SNARF 类(SNARF-1SNARF-calcein)、BCECF 等,这些探针均为疏水性探针,需使用其 AM 形式。FITC-dextran 则适用于 pH 范围 $4\sim6$ 之间,如溶酶体 pH 的检测,该探针也不能透过质膜,但可通过细胞胞饮作用进入溶酶体,因此应选择分子量稍小的 Dextran(葡聚糖)。

(七)胞间通讯的研究

通过测量细胞缝隙连接的分子转移来研究相邻细胞间的通讯。此项研究可用于监测环境毒素和药物在细胞增殖和分化过程中所起的作用、肿瘤启动因子和生长因子对缝隙连接介导的胞间通讯的作用以及细胞内 Ca^{2+}、pH 和 CAMP 对缝隙连接作用的影响。

第三节　在临床医疗上的应用

一、肿瘤诊治

众所周知,肿瘤是心血管病外的第一致死病因。而现今医学发展水平尚不能对其进行有效的预防和治疗。LSCM 的问世,使人类从根源上又进一步加深了对肿瘤的了解,对预防和成功治愈肿瘤提供了希望。LSCM 采用定量免疫荧光对肿瘤细胞的抗原表达、细胞结构特征、抗肿瘤药物的作用机制等方面进行定量的观察和监测,近年来取得极大的成果。如 Ichiro Ono 等根据 LSCM 成像实时的、三维的监测和分析皮肤良性或恶性肿瘤,对预防和及时治疗皮肤癌提供了依据。在耐药性膀胱癌的治疗中,Jonathan M 等将核孔对核内化疗浓度的直接影响进行了研究中,LSCM 用来辨别耐药性核孔和药物敏感性核孔是否可在细胞中共存。结果显示,胞核可能在小麦胚凝集素的抑制作用下,将药物导出核体。Amling 等运用 LSCM 对孤立性软骨瘤及不同级别的软骨肉瘤进行对比研究,对甲状旁腺激素相关肽(parathyroid hormone-related peptide,PTHrP)及 bcl-2 进行双标,发现软骨肉瘤的 PTHrP 及 bcl-2 含量显著高于软骨瘤,并且与恶性程度呈正相关,由此推测 PTHrP 及 bcl-2 在软骨源性肿瘤的起源及调节软骨细胞的分化上起着重要作用。Baldini 等利用 LSCM 发现另一种耐药基因 Glutathione STransferase Pi(GST Pi),从而可以有效地解决肿瘤耐药性的问题。张红英等应用 LSCM 来观察细胞骨架,鉴别和区分人体的横纹肌肉瘤细胞系与培养的正常人横纹肌,使形态学更为客观,从而为有效判断病变程度提供可靠保证。

二、眼科疾病诊治

冷瀛等在糖尿病兔视网膜碱性成纤维生长因子(bFGF)的表达时期及 bFGF 表达增加与视网膜 Müller 细胞的相关性探讨中,通过激光共聚焦显微镜应用免疫荧光双重标记方法观察视网膜,对 bFGF 进行定位。得出结论:bFGF 在 BDR 期即开始在视网膜 Müller 细胞中表达。而 Esther M. Hoffmann 等利用激光共聚焦检眼法对 167 位高压眼、可疑性青光眼和青光眼患者的视神经视网膜进行扫描成像,得出其视网膜位置的空间关系。结果显示,三种眼疾患者视网膜的异常位置大致相同,仍需进行纵向研究来阐明其原因。

三、牙科疾病诊治

王岷峰等运用 LSCM 动态观察牙周致病菌和致龋菌,初步探索其生态平衡与口腔疾病间的关系。Foxton RM 等使用 LSCM 对复合树脂、复合物、汞合金充填后与牙体硬组织粘接面的超微结构以及边缘密闭性进行了观察,并对多种黏结系统中不同的黏结剂与牙体组织的粘接强度和发生微渗漏情况进行了研究。Ljubisa Markovic 等利用 LSCM 来观测牙釉质表面被不同浓度过氧化氢脲清洗后其表面纤维形态学的变化,而 Michele Scivetti 等则对 1 800 张共聚焦扫描的三维立体图像进行分析,发现了牙齿尖硬组织细胞定量和定性分析的可行性方法,对这一领域作出巨大贡献。

四、其他常见疾病诊治

王新月等首次采用 LSCM 研究解酒口服液对酒精性肝损伤肝细胞保护作用。王涛等利用 LSCM 探索前额骨术前主动加压矫治的合理性及规律,为外科手术提供理论依据。吴淑莲等观察光子嫩肤(IPL)后鼠皮的形态学随时间的改变情况,探讨 IPL 作用下,皮肤的表皮、真皮厚度变化与 IPL 在特定波长的能量密度的关系,应用激光共聚焦显微镜观察皮肤内部的结构,并对其不同的能量密度与照射前相比进行分析,讨论了真皮胶原蛋白在组织的修复过程的作用及其中的关键因素。此外,LSCM 在血管疾病的治疗方面也作出其独特贡献。Yasuyo Ieda 等在鼠后肢局部缺血的改善恢复研究中,激光共聚焦扫描显微镜显示 GFP 阳性细胞渗入到脉管系统的局部缺血部位,以助于病情好转。

第四节　在药学研究的应用

一、药物制剂研究

随着药物新技术和新剂型的发展,可供选择的剂型越来越多,一药多剂型现象越来越普遍。然而,在药物的众多剂型中,总有一种对药物的包封、释放及吸收综合评定最佳的剂型。其中药物包封率是评价剂型好坏的第一道关口。在传统药物制剂的制备过程中,常常采用普通光学显微镜与有机溶剂破坏并对其进行紫外或液相测定的方法来测量其包封率。而应用 LSCM 则可以直接对制剂进行定性和定量两方面测量,这是传统测量方法所不可比拟的。正是基于这一巨大优势,LSCM 在药物制剂学方面的应用越来越广泛。谭丰苹等在用牛血清白蛋白(BSA)为模型蛋白药物和聚合物(明胶与阿拉伯胶)采用复凝聚法制备微球时,应用 LSCM 将微球在不同荧光通道下呈像,并将微球切割成一系列平行切面分别成像,对微球进行三维重建和图像分析,以获取微球内部结构的信息。结果,在不事先破坏样品的情况下获得了被包裹药物的定位和成球材料所构成微球的结构资料,显示出 LSCM 作为研究微球结构的工具的强大优势。

李胜等采用乳化-内部凝胶化技术制得载 β-榄香烯的海藻酸钙凝胶微球,然后与壳聚糖反应制得 β-榄香烯海藻酸钙-壳聚糖微囊。利用 LSCM 观测所得微囊的形态、粒径及分布。可见白色部分为微囊表面的海藻酸钙与标记的壳聚糖发生络合反应形成的薄膜,在 LSCM 下呈绿色。

二、药动学研究

药物在体内或经皮吸收时,通常因为剂型的改变而使药效有所变化甚至引起药理作用的改变。其中有些药物的作用机制至今尚不明确。LSCM 的定量和动态监测功能,可以帮助我们更好的对其进行观测和研究,找出其确切的作用机制,对药物制剂的制备和筛选提供理论依据。此方面的研究成果尤以经皮吸收为最。下面介绍几种经皮吸收研究中应用 LSCM 的实例。脂质体作为药物的载体,有促进透皮吸收的作用,但其机制至今不明,有学者提出脂质体包裹药物可经皮脂腺、汗腺甚至毛囊直接进入皮肤下层,达到透皮作用。张三泉等在研究脂质体鬼臼毒素在皮肤层的分布规律时,采用 LSCM 扫描的方法,观察毛囊皮脂腺部位和非毛囊、皮脂腺部位单位面积鬼臼毒素的荧光量来探讨毛囊、皮脂腺在脂质体鬼臼毒素透皮吸收中的作用并由此得出结论:毛囊皮脂腺部位在脂质体鬼臼毒素制剂透皮过程中可能起主要作用。此次研究中应用 LSCM 较以往普通显微镜和电镜的显著优势为可以根据荧光量直接制作变化曲线,从而确定药物的达峰时间及累计透过量,避免应用其他如紫外等辅助手段,方便、简单、快捷。

曾抗等应用 LSCM 对鬼臼毒素脂质体和酊剂进行筛选,由显微图片直接观察其药效持续状况。酊剂起效较快,而脂质体的药效持续时间较长,具缓释作用。

颉玉胜等在研究脂质体混悬液对荧光素钠在大鼠皮肤分布的影响时,应用 LSCM 对制备好的皮肤切片进行扫描,由荧光曲线得出结论:脂质体混悬液能使药物在皮肤组织中保持较高的浓度,从而提高其生物利用度;毛囊是脂质体制剂中药物扩散的重要途径。

除在透皮吸收方面的应用外,Timothy W. Olsen 等以 LSCM 为辅助工具,来描述、测试和评价一种新型的以脉络膜周隙给药方法的药物代谢动力学。结果显示,此给药系统安全有效,且可重复给药。Tsong-Long Hwang 等利用 LSCM 观测顺铂 PE-脂质体在黑素瘤细胞内的药物蓄积情况。结果显示,顺铂在黑素瘤细胞内大量聚集,说明 PE-脂质体对黑素瘤有靶向治疗作用。

三、药理学研究

近年来有文献报道用 LSCM 监测药物的药理作用机制。肖永红等用 LSCM 观察不同剂量 CCl_4 对肝星状细胞作用不同时间后胞内游离 Ca^{2+} 的影响,表明 CCl_4 可能会引起肝星状细胞内 Ca^{2+} 的升高。孙秀坤等利用 LSCM 亚细胞定位法,探讨中药乙醇提取物对酪氨酸酶翻译后加工成熟及运输的影响。得出结论:中药菟丝子及桃仁对黑素瘤细胞内酪氨酸酶的成熟、稳定及内质网输出具有一定促进作用。叶文玲等在观察辛伐他汀(Simv)对佛波酯(PMA)诱导的人肾小球系膜细胞(HMC)A 型清道夫受体(SR. A)表达的作用时,利用 LSCM 检测 HMC 对荧光 DiI 标记的乙酰化低密度脂蛋白(Ac-LDL)的摄取,从而得出结论:①辛伐他汀抑制 HMC SR-A 基因表达和活性可能为其延缓慢性肾小球疾病进展的机制之一;②辛伐他汀通过抑制甲羟戊酸代谢途径而抑制 HMC SR-A 的表达。娄金丽等通过在 LSCM 下观察药物对细胞形态、细胞内钙的影响,发现小檗碱可能通过将 bFGF 活化的 HUVEC 细胞周期阻滞在 $G_0 \sim G_1$ 期,抑制活化 HUVEC 的增殖;诱导活化 HUVEC 细胞发生凋亡等机制,阻止新生血管形成,发挥其抗肿瘤作用。张红等探讨粉防己碱(Tet)对脂多糖(LPS)诱发大鼠胰腺腺泡细胞损伤的保护作用及其机制、邢三丽等对 Schwann 细胞的抗氧化损伤作用探讨补阳还五汤的疗效机制和杨敏观察仙草提取物对原代培养脾淋巴细胞 H_2O_2 所致 DNA 氧化损伤的保护作用时,LSCM 都发挥出其无可比拟的优势和作用。

LSCM 凭借其普通显微镜与电镜无可比拟的巨大优势,愈来愈成为医药发展中不可或缺的一部分。现今,LSCM 作为一种成熟的技术已广泛应用于形态学、分子细胞生物学、神经科学、药理学、遗传学等领域。同时,由于 LSCM 的功能很强大,技术很复杂,目前应用的只是 LSCM 中一小部分功能,所以加强仪器功能的开发和方法学的研究是医药工作者面临的严峻任务。例如,在人体内药物释放、吸收、代谢、排泄等过程,可通过 LSCM 的扫描监测来完成,既省去抽血取样等令人痛苦又繁杂的操作过程,又可以在体直观观测而免去操作过程中不必要的干扰。在制剂制备过程中,应更广泛的普及 LSCM,使其在纳米粒、微乳和纳米乳的制备和筛选等不成熟领域得到充分使用和发展。另外,在药物的化学合成过程中,可应用 LSCM 直接对反应器进行监测,绘制生成物的量-时曲线等。

(张 岭 张 莉)

参 考 文 献

[1] 张向阳,赵磊.激光扫描共聚焦显微镜的基本功能及在医学各领域中的应用.邯郸医学高等专科学校学报,2002,15(3):369-370.

[2] 张林西,金春亭,武欣.共聚焦激光扫描显微镜技术在医学研究中的应用.张家口医学院学报,2004,21(2):69-71.

[3] 霍霞,徐锡金,陈耀文.激光扫描共聚焦显微镜荧光探针的选择和应用.激光生物学报,1999,8(2):152-155.

[4] Masashi Okamura,Naoaki Yokoyama,Noriyuki Takabatake,et al. Babesia bovis:Subcellular localization of host erythrocyte membrane components during their asexual growth. Experimental Parasitology,2007,1(116):91-94.

[5] 程卫东,王鹏.激光共聚焦显微技术及其在抗肿瘤药物研究中的应用.中华实用中西医杂志,2003,3(16):1440-1442.

[6] Grams YY,Whitehead L,Lamers G,et al. On-line diffusion profile of a lipophilic model dye in different depths of ahair follicle in human scalp skin. J Invest Dermatol,2005,125(4):775-782.

[7] Michele Scivetti,Giovanni Pietro Pilolli,Massimo Corsalini,et al. Confocal laser scanning microscopy of human cementocytes:Analysis of three-dimensional image reconstruction. Annals of Anatomy-Anatomischer Anzeig,2007,2(189):169-174.

[8] Ichiro Ono,Akiko Sakemoto,Jiro Ogino,et al. The real-time, three-dimensional analyses of benign and malignant skin tumors by confocal laser scanning microscopy. Journal of Dermatological Science,2006,2(43):135-141.

[9] Jonathan M. Lewin,Bashir A. Lwaleed,Alan J. Cooper,et al. The Direct Effect of Nuclear Pores on Nuclear Chemotherapeutic Concentration in Multidrug Resistant Bladder Cancer:The Nuclear Sparing Phenomenon. The Journal of Urology,2007,4(177):1526-1530.

第11章 膜片钳技术

细胞是动物和人体的基本组成单元,细胞与细胞内的通信是依靠其膜上的离子通道进行的,离子和离子通道是细胞兴奋的基础,亦即产生生物电信号的基础,生物电信号通常用电学或电子学方法进行测量。由此形成了一门细胞学科——电生理学(electrophysiology),即是用电生理的方法来记录和分析细胞产生电的大小和规律的科学。早期的研究多使用双电极电压钳技术作细胞内电活动的记录。现代膜片钳技术是在电压钳技术的基础上发展起来的。膜片钳技术(patch-clamp technique)是经微弱电流信号测量为基础的,利用玻璃微电极与细胞膜封接,可测量多种膜通道电流,其值可小到 pA($10^{-10} \sim 10^{-12}$ A)量级,是一种典型的低噪声测量技术。

第一节 概 述

一、发展简史

1976 年,德国马普生物物理化学研究所 Neher 和 Sakmann 首次在青蛙肌细胞上用双电极钳制膜电位的同时,记录到乙酰胆碱(acetylcholine,Ach)激活的单通道离子电流,从而产生了膜片钳技术。

1980 年,Sigworth 等在记录电极内施加 $5 \sim 50 cm H_2O$ 的负压吸引,得到 $10 \sim 100$ GΩ 的高阻封接(Giga-seal),大大降低了记录时的噪声,实现了单根电极既钳制膜片电位又记录单通道电流的突破。

1981 年,Hamill 和 Neher 等对该技术进行了改进,引进了膜片游离技术和全细胞记录技术,从而使该技术更趋完善,具有 1 pA 的电流灵敏度、1μm 的空间分辨率和 10μs 的时间分辨率。

1983 年 10 月,《Single-Channel Recording》一书问世,奠定了膜片钳技术的里程碑。Sakmann 和 Neher 也因其杰出的工作和突出贡献,荣获 1991 年诺贝尔医学和生理学奖。

二、基本原理

膜片钳技术是在电压钳技术基础上发展起来的,电压钳是利用负反馈技术将膜电位在空间和时间上固定于某一测定值,以研究动作电位产生过程中膜的离子通透性与膜电位之间的依从关系。但电压钳只能研究一个细胞上众多通道的综合活动规律,而无法反映单个通道的活动特点,同时通过细胞内微电极引导记录的离子通道电流其背景噪声太大。膜片钳技术的优势是可利用负反馈电子线路,将微电极尖端吸附的 $1\mu m^2$ 至几个平方微米细胞膜的电位固定在一定水平上,对通过通道的微小离子电流作动态或静态的观察。因微电极尖端与细胞膜表面进行了高阻抗封接,阻值可达到 $10 \sim 100$ GΩ,近似电绝缘,从而可大大减少记录时的背景噪声,使矩形的单通道信号得以分辨出来。

用场效应管运算放大器构成的Ⅰ～Ⅴ转换器（converter），即膜片钳放大器的前级探头（head stage）是测量回路的核心部分。场效应管运算放大器的正负输入端子为等电位，向正输入端子施加指令电位（command voltage）时，经过短路负端子可以使膜片等电位，达到电位钳制的目的。当膜片微电极尖端与膜片之间形成 10 GΩ（10^{10} Ω）以上封接时，其间的分流电流达到最小，横跨膜片的电流（I）可 100% 作为来自膜片电极的记录电流（Ip）而被测量出来。

膜片钳使用的基本方法是，把经过加热抛光的玻璃微电极在液压推进器的操纵下，与清洁处理过的细胞膜形成高阻抗封接，导致电极内膜片与电极外的膜在电学上和化学上隔离起来，由于电性能隔离与微电极的相对低电阻（1～5MΩ），只要对微电极施以电压就能对膜片进行钳制，从微电极引出的微小离子电流通过高分辨、低噪声、高保真的电流-电压转换放大器输送至电子计算机进行分析处理。

膜片钳技术实现的关键是建立高阻抗封接，并能通过特定的记录仪器反映这些变化，因而，膜片钳实验室除了一般电生理实验所需的仪器外，还特需防震工作台、屏蔽罩、膜片钳放大器、三维液压操纵器、倒置显微镜、数据采集卡、数据记录和分析系统等。

三、研 究 进 展

膜片钳技术与其他技术相结合，使其应用不断扩展。1991 年，Eberwine 和 Yeh 等首先将膜片钳技术与 PCR 技术结合起来运用，其具体方法是：用全细胞膜片钳记录培养细胞或制备脑片的生物物理学和药理学特征，然后将细胞胞质内容物收集入膜片微吸管尖内，再把胞浆 RAN 反转录成 cDNA，然后用 PCR 直接扩增，PCR 的产物通过凝胶电泳和 DNA 序列进行分析。这两项技术的结合可对形态相似、而电活动不同的细胞做出分子水平的解释。这样在观察电生理功能的同时，分析有关基因表达改变的情况，成功地实现了在单个细胞内同时研究功能与分子的变化。

通过克隆通道基因转染靶细胞的方法，已能进行通道分类并将与人类有关的通道基因克隆表达，如对 KATP 异源同构的研究；并用膜片钳记录通道的动力学特性，增加了对通道结构与功能的认识，例如，发现病理和非病理状态下，因通道基因表达的不同而有不同的电生理学特性。分子生物学的发现认为通道的基因表达处于变化之中，不同状态（如发育、疾病）会带来相应的电变化或电重塑。

膜片钳技术结合荧光探针法测定胞内钙浓度，可研究钙内流和胞内钙释放的情况。用放射配体氚即 ^{3}H 结合技术与膜片钳技术结合，可以检测异丙酚与通道的结合位点。另外，Nygren 等和 Priebe 等用膜片钳实验结合数学模型的方法描述人心房和心室肌细胞通道特性，并可对特殊状态下心肌的通道变化做出预测。

总之，膜片钳技术以其实用、快速、灵敏、准确及重复性好等技术优势已经在大量的研究中得到证实。膜片钳技术为从分子水平了解生物膜离子通道的门控动力学特征及通透性、选择性等膜信息，提供了最直接的手段，使人们对细胞膜通道功能的认识进入了一个崭新的阶段。膜片钳技术与其他技术结合必将继续为生命科学的发展作出巨大贡献。

第二节　膜片钳技术的主要记录模式

在膜片钳技术的发展过程中，主要形成了四种记录模式，即细胞贴附模式（cell-attached

mode 或 on-cell mode)、膜内面向外模式(inside-out mode)、膜外面向外模式(outside-out mode)、常规全细胞模式(conventional whole-cell mode)和穿孔膜片模式(perforated patch mode)。根据研究目的和观察内容的不同,可采取相应的记录方法。此外,还有带核膜片记录、人工脂膜的膜电流记录、自动化膜片记录、平面膜片记录等其他记录方式。

一、细胞贴附模式

当吸管与细胞简单接触,造成低电阻密封时,给吸管内以负压吸引,吸管与细胞膜的封接将提高几个数量级,形成高阻抗封接(giga-seal),这时直接对膜片进行钳制,高分辨测量膜电流,这种方式称为细胞贴附式(cell-attached mode 或 on-cell mode)。其优点在于不需要灌流,细胞质及调控系统完整,可在正常离子环境中研究递质和电压激活的单通道活动,但不能人为直接地控制细胞内环境条件,不能确切测定膜片上的实效电位。此外,即使在溶液中加入刺激物质,也不能到达与电极内液接触的膜片的细胞外面,相反的,如果膜片离子通道对溶液中的刺激物质有反应,则说明这种刺激物质是经过某些细胞内第二信使的介导间接地起作用。

二、膜内面向外模式

在巨阻抗封接后如向上提起电极,在微电极尖端可逐渐形成一个封闭的囊泡,并与细胞脱离,将其短时间地暴露于空气,可使囊泡的外面破裂,与电极相连的膜片与整个细胞相分离,而形成膜内面向外的模式(inside-out mode)。此种构型下,能较容易改变细胞内的离子或物质浓度,也能把酶等直接加于膜的内侧面,因此适用于研究胞内激素和第二信使物质如 1,4,5-三磷酸肌醇、cAMP、cGMP、Ca^{2+} 等对离子通道型受体功能的调节。

将细胞贴附模式的膜片以外的某部位的胞膜进行机械地破坏,经破坏孔调控细胞内液并在细胞吸附状态下进行内面向外的单一离子通道记录,这种模式被称为开放细胞吸附膜内面向外模式(open cell-attached inside-out mode)。这种方法的细胞体积越大,破坏部位离被吸附膜片越远或破坏孔越小,均可导致细胞质因子外流变慢。

三、膜外面向外模式

如果从上述的全细胞模式将膜片微电极向上提起可得到切割分离的膜片,由于它的细胞膜外侧面面对膜片微电极腔内液,膜外面自然封闭而对外,所以这个模式被称为膜外面向外模式(outside-out mode)。此构型多用于研究细胞膜外侧受体控制的离子通道,研究腺苷酸环化酶、多磷酸磷脂酰肌醇激酶、蛋白激酶 C 等活动性变化,以及细胞膜上信使物质二酰甘油、花生四烯酸等对离子通道型受体功能的调节。

此外,在实验条件下,分离小块细胞膜片接触模拟状态下的膜内或膜外离子环境,从而可用来研究药物对电压和化学门控性通道的影响,从分子水平上解释药物的作用机制,也有助于研制开发特定的药物来作用于与某些疾病相关的离子通道,而产生最佳的治疗效果。

四、常规全细胞模式和穿孔膜片模式

在形成巨阻封接后,如进一步在吸管内施加脉冲式的负压或加一定的电脉冲,使吸管中的膜片破裂,吸管内的溶液与细胞内液导通。由于吸管本身的电阻很低,这时可形成常规全细胞模式或孔细胞模式(conventional whole-cell mode 或 hole cell mode)。其优点在于容易控制细胞内液成分,适合于小细胞的电压钳位,但全细胞记录的是许多通道的平均电流,须通过各种通道阻断剂来改变内部介质以分离电流,是当前细胞电生理研究中应用最广泛的一种模式。其不足之处在于胞内可动小分子可从细胞内渗漏(wash-out)到膜片微电极腔内液中。

为克服胞质渗漏的问题,Horn 和 Marty 将与离子亲和的制霉菌素(nystatin)或两性霉素 B(amphotericin B)经膜片微电极灌流到含类甾醇的细胞膜上,在已形成细胞贴附模式的膜片上形成只允许一价离子通过的孔,用此法在膜片上形成很多导电性孔道,借此对全细胞膜电流进行记录,这种方法被称为穿孔膜片模式(perforated patch mode)或制霉菌素膜片模式(nystatin-patch mode)。该模式的胞质渗漏极为缓慢,局部串联阻抗较常规全细胞模式高,钳制速度缓慢,故又称为缓慢全细胞模式(slow whole-cell mode)。运用穿孔膜片钳技术,可以防止细胞内物质的流失而影响其功能,具有特殊的生理意义和实用价值。

以上提到的四种膜片钳记录中都是通过一根电极对膜片或细胞进行电压钳制,但相同的电极电压所造成的钳制水平不同,以 V_p 代表电极电位,V_m 代表膜电位,则:

细胞贴附式:$V_m =$ 细胞静息电位 $- V_p$;内面向外:$V_m = -V_p$;外面向外:$V_m = V_p$;全细胞记录:$V_m = V_p$。

第三节　在医学上的应用

一、主　要　用　途

1. **主要应用范围**　膜片钳技术发展至今,已经成为现代细胞电生理的常规方法,它不仅可以作为基础生物医学研究的工具,而且直接或间接地为临床医学研究服务,并被广泛用于生物学、生理学、生物化学、药理学、药学等多种学科的基础研究和应用研究中,与其他许多技术进行了有机结合,为解决生物学跨膜信号传导问题提供了革命性的手段。随着全自动膜片钳技术(automatic patch clamp technology)的出现,膜片钳技术因其具有的自动化、高通量特性,在药物研发、药物筛选中显示了强劲的生命力。

2. **细胞水平生理功能研究**　膜片钳技术广泛用于研究细胞离子通道,已经成为研究细胞水平生理功能的常用技术。归纳其主要用途如下。

(1)可分辨单通道电流,直接观察通道开启和关闭的全过程。通过测得的单通道特征参数可鉴别通道类型,同时可验证和研究通道的开关动力学模型。

(2)单通道记录可以解释某些药物的作用机制,以研究特定药物对电压和递质依赖通道的影响。

(3)膜片钳的空间分辨率高,在中枢神经系统中可分离细胞体与轴突和树突的电流;在周围神经系统中可深入了解受体的分布区域,绘制细胞表面的特定离子通道的分布图。

(4)"内面向外"和"外面向内"膜片记录允许任意改变膜片内外溶液成分,分别研究单一组分对通道特征的影响,避免了其他成分的干扰。而全膜片记录可用来研究常规电压钳无法研究的小型细胞,在控制细胞内一定离子浓度的同时监测整个细胞膜的电活动。这种方法已被用于采用重组 DNA 技术表达的通道研究。

(5)膜片钳技术还可用于研究第二信使的作用。

二、离子通道研究与发现

应用膜片钳技术可以直接观察和分辨单离子通道电流及其开闭时程、区分离子通道的离子选择性、同时可发现新的离子通道及亚型,并能在记录单细胞电流和全细胞电流的基础上进一步计算出细胞膜上的通道数和开放概率,还可以用以研究某些胞内或胞外物质对离子通道开闭及通道电流的影响等。同时用于研究细胞信号的跨膜转导和细胞分泌机制。结合分子克隆和定点突变技术,膜片钳技术可用于离子通道分子结构与生物学功能关系的研究。

另外,利用膜片钳技术还可以用于药物在其靶受体上作用位点的分析。如神经元烟碱受体为配体门控性离子通道,膜片钳全细胞记录技术通过记录烟碱诱发电流,可直观地反映出神经元烟碱受体活动的全过程,包括受体与其激动药和拮抗药的亲和力,离子通道开放、关闭的动力学特征及受体的失敏等活动。使用膜片钳全细胞记录技术观察拮抗药对烟碱受体激动药量效曲线的影响,来确定其作用的动力学特征。然后根据分析拮抗药对受体失敏的影响,拮抗药的作用是否有电压依赖性、使用依赖性等特点,可从功能上区分拮抗药在烟碱受体上的不同作用位点,即判断拮抗药是作用在受体的激动药识别位点,离子通道抑或是其他的变构位点上。

三、心肌离子通道与药物作用研究

心肌细胞通过各种离子通道对膜电位和动作电位稳态的维持而保持正常的功能。近年来,国外学者在人类心肌细胞离子通道特性的研究中取得了许多进展,使得心肌药理学实验由动物细胞模型向人心肌细胞成为可能。目前利用膜片钳技术的实验研究所涉及的主要离子通道有以下几种。

(一)快钠通道

能够去极化心肌细胞,传播动作电位,对维持细胞兴奋性及正常生理功能有重要作用。另外,钠通道具有其选择性拮抗药河豚毒及局麻药和 I 型抗心律失常药的结合位点。Feng 等用全细胞记录法证实急性分离和培养的人心房细胞钠通道主要参数无明显差别。而心外膜下与心内膜下钠通道的阻断作用延长动作电位计不应期而减轻或逆转实行心律失常。

(二)钙通道

心肌的兴奋与收缩和心肌细胞钙离子通道密切相关。目前膜片钳技术已在心肌细胞上记录到 L、T 和 B 型电压依赖性钙通道。L 型钙通道目前研究最多,心肌以持久开放、失活缓慢的 L 型占优势,具有电压、时间依赖性。

(三)钾通道

钾通道种类最多,作为一大类通过调节膜电位而降低组织兴奋性,通过阻抗去极化影响动作电位的频率及动作时程,因而能够在不同的时程和电位水平精确调控细胞静息膜电位和动作电位。目前已经能够根据不同的通道敏感阻断药物和各自不同的激活/失活电位进行鉴别和区分。主要有:内向整流钾电流、延迟整流钾电流、瞬间外向钾电流。随着膜片钳技术的不断完善,可能会新发现更多的离子通道类型,并阐述其结构与功能。

四、生理与病理状态下离子通道研究

通过对各种生理或病理情况下细胞膜某种离子通道特性的研究,了解该离子的生理意义及其在疾病过程中的作用机制。如对钙离子在脑缺血神经细胞损害中作用机制的研究表明，缺血性脑损害过程中，Ca^{2+}介导现象起非常重要的作用，缺血缺氧使 Ca^{2+} 通道开放，过多的 Ca^{2+} 进入细胞内就出现 Ca^{2+} 超载，导致神经元及细胞膜损害，膜转运功能障碍，严重的可使神经元坏死。

五、单细胞形态与功能的关系研究

将膜片钳技术与单细胞反转录多聚酶链式反应技术结合，在全细胞膜片钳记录下，将单细胞内容物或整个细胞（包括细胞膜）吸入电极中，将细胞内存在的各种 mRNA 全部快速反转录成 cDNA，再经常规 PCR 扩增及待检的特异 mRNA 的检测，借此可对形态相似而电活动不同的结果做出分子水平的解释或为单细胞反转录多聚酶链式反应提供标本，为同一结构中形态非常相似但功能不同的事实提供分子水平的解释。目前国际上掌握此技术的实验室较少，我国北京大学神经科学研究所于 1994 年在国内率先开展。

六、药物作用机制研究

在通道电流记录中，可分别于不同时间、不同部位（膜内或膜外）施加各种浓度的药物，研究它们对通道功能的可能影响，了解那些选择性作用于通道的药物影响人和动物生理功能的分子机制。这是目前膜片钳技术应用最广泛的领域，既有对西药药物机制的探讨，也广泛用在重要药理的研究上。如开丽等报道细胞贴附式膜片钳单通道记录法观测到人参二醇组皂苷可抑制正常和"缺血"诱导的大鼠大脑皮质神经元 L-型钙通道的开放，从而减少钙内流，对缺血细胞可能有保护作用。陈龙等报道采用细胞贴附式单通道记录法发现乌头碱对培养的 Wistar 大鼠心室肌细胞 L-型钙通道有阻滞作用。

七、心血管药理学研究

随着膜片钳技术在心血管方面的广泛应用，对血管疾病和药物作用的认识不仅得到了不断更新，而且在其病因学与药理学方面还形成了许多新的观点。正如诺贝尔基金会在颁奖时所说："Neher 和 Sadmann 的贡献有利于了解不同疾病机制，为研制新的更为特效的药物开辟了道路"。

膜片钳技术的一大优点就是在通道电流记录中，可分别于不同时间、不同部位（膜内或膜外）施加各种浓度的药物或毒素，研究他们对通道功能的可能影响。通过研究，一方面可深入了解那些选择性作用于通道的药物或毒素影响动物和人生理功能的分子机制；另一方面，分析各种药物对通道蛋白的选择性相互作用的特点，提供有关通道蛋白亚单位结构与功能关系的信息。近十年来心血管药物学研究最重要的成就就是首先合成了各类钙拮抗药（如硝苯地平、硫氮䓬酮和维拉帕米及其衍生物），随着其在临床上不断应用，人们逐渐发现钙拮抗药尽管有一定疗效，但其负性肌力作用及反射性交感兴奋作用是其缺陷。因此目前人们普遍认为进一步开发作用于钾离子通道的药物更为理想。

八、药物创新研究与高通量筛选

药物大多通过于人体内"靶标"分子的相互作用而产生疗效。以药物靶标为基础的创新药物体系是快速发现药物的重要手段。据统计，目前治疗药物的作用靶点共 483 个。随着人类基因组、蛋白质组和生物芯片等研究的进展，大量的疾病相关基因将被发现，人们预测到 2010 年药物作用靶标分子可能急剧增加到 5 000 种。在已发现的药物靶标中离子通道类药物靶点仅占 5%，而基因组学、蛋白组学研究显示离子通道具有多样性和复杂性，在大约 5 000 个潜在药物作用靶标中，离子通道类药物靶点将上升到 15%，以离子通道为靶标的药物研发大有可为。从而，突破离子通道药物筛选这一药物发现领域的"瓶颈"就成为必须跨越的一步，迫切需要针对这个靶标建立全新的高通量筛选方法。

目前在离子通道高通量筛选中主要是进行样品量大、筛选速度占优势、信息量要求不太高的初级筛选。最近几年，分别形成了以膜片钳和荧光探针为基础的两大主流技术市场。将电生理研究信息量大、灵敏度高等特点与自动化、微量化技术相结合，产生了自动化膜片钳等一些新技术。

（张　岭）

参 考 文 献

[1] Hamill OP, Marty A, Neher E, et al. Improved patch-clamp techniques for high-resolution current recording from cells and cell-free membrane patch. Pflugers Arch, 1981, 391:85-100.

[2] 陈军. 膜片钳实验技术. 北京：科学出版社, 2001.

[3] 田晶. 膜片钳技术的应用进展. 吉林医药学院学报, 2008, 29(4):227-229.

[4] 陈军(Chen J)译. 神经解剖学杂志(J. Neurol. Anat.), 1994, 10(4):360-369.

[5] 刘昌焕, 江云. 钙与细胞损伤. 国外医学·生理、病理与临床分册, 1999, 19(3):210.

[6] Neher E, Sakmann B. Single. channel currents recorded from membrane of denervated frog muscle fibres. Nature, 1976, 260(5554):799-802.

[7] Korneich B G. The patch clamp technique: principles and technical considerations. J Vet Cardiol, 2007, 9(1):25-37.

[8] Yamazaki Y, Kato H. Modulatory effects of peri interneuronal glial cells on neuronal activities. Brain Nerve, 2007, 59(7):689-695.

[9] 马力农. 细胞膜离子通道及其检测技术的研究进展. 深圳职业技术学院学报, 2003, 2(3):21-26.

[10] 赖仞, 查宏光, 张云. 动物离子通道毒素与药物开发. 动物学研究, 2000, 21(6):499-506.

[11] 黄兵, 陈雷. 膜片钳技术在心肌细胞药理效应研究中的应用. 中国药学杂志, 2002, 379(6):406-409.

[12] Zhou WG, Fontenot J, Liu S, et al. Modulation of cardiac calcium channels by propofol. Anesthesiology, 1997, 86(3):670-675.

[13] Nygren A, Fiset C, Firek L, et al. Mathematical model of an adult human atrial cell: the role of K^+ currents in repolarization. Circ Res, 1998, 82(1):63-81.

[14] Priebe L, Beuckelmann D J. Simulation study of cellular electric properties in heart failure. Circ Res, 1998, 82(11):1206-1223.